Las armas secretas

Letras Hispánicas

Julio Cortázar

Las armas secretas

Edición
de
Susana Jakfalvi

TERCERA EDICION

EDICIONES CÁTEDRA, S. A. Madrid

Ilustración de cubierta: Mauro Cáceres

© Julio Cortázar
Ediciones Cátedra, S. A., 1981
Don Ramón de la Cruz, 67. Madrid-1
Depósito legal: M. 28.027.—1981
ISBN: 84-376-0119-3
Printed in Spain
Impreso en Artes Gráficas Benzal, S. A.
Virtudes, 7. Madrid-3
Papel: Torras Hostench, S. A.

Índice

INTRODUCCIÓN
Itinerario 11
Los juegos de la imaginación 18
Causalidad de lo real y lo fantástico 27
El surrealismo y la búsqueda de lo maravilloso 30
Los análisis múltiples de la realidad en *Las armas
secretas* de Cortázar 34
Cartas de mamá 35
Los buenos servicios 39
Las babas del diablo 43
El perseguidor 47
Las armas secretas 50
Algunos juicios críticos sobre la obra de Cortázar ... 53
Algunos juicios de Cortázar acerca de su propia es-
tética 57
BIBLIOGRAFÍA 59
LAS ARMAS SECRETAS
Cartas de mamá 69
Los buenos servicios 93
Las babas del diablo 123
El perseguidor 141
Las armas secretas 207

Introducción

A mi hijo Lautaro

Esta especie de maratón en busca del autor, del hombre y de sus personajes, se podría iniciar a partir de fechas muy concretas y ante un triángulo decididamente cierto, al menos para conocer e introducirnos en la vida de Julio Cortázar. De hecho el año 1914, en Bruselas, cuatro años más tarde en Buenos Aires y el de 1951 en París, nos sitúan en lo que habrá de resultar origen, efecto, causa, o viceversa, de nuestro autor. Es decir, una especie de clave cuyas características más sustanciales en la bio-bibliografía de Cortázar finalmente nos acerquen al verdadero mundo de lo real y lo fantástico de la que hoy es una entre las más importantes narrativas en nuestro idioma.

Entonces, no por bastante conocido se podrá obviar que Julio Cortázar, aunque de nacionalidad argentina, nació en Bélgica el 26 de agosto de 1914, donde su padre debió cumplir funciones públicas como técnico en economía dentro de la legación comercial de la Embajada argentina.

La primera guerra mundial se había desatado ya en Europa, de modo que la familia se traslada a Suiza, cuya neutralidad otorgaba cierta seguridad a sus habitantes; después, pasan a España, desde donde se dirigen a Argentina, llegando a Buenos Aires en el año 1918.

El ambiente donde va a transcurrir la infancia de Cortázar —apellido de origen vasco—[1] corresponde al

---

[1] A este respecto José Lezama Lima hace una observación

nivel de clase media, cuyos mecanismos de conducta y ambiciones más profundas Cortázar va a captar en una visión única dentro de la literatura argentina.

Sin embargo, Banfield, zona sureña, prolongación del matadero y del cinturón fabril de Buenos Aires —con sus calles todavía de polvo, de hombres a caballo y de faroles esquineros—, le irá enseñando el rostro cotidiano y lo que supondrá más tarde la literatura del que fue primero Julio Denis (seudónimo con el que se oculta el poeta de *Presencia)* y que luego se consagrará con el verdadero nombre de Julio Cortázar.

Pero retomemos el punto de lo que suponemos tal vez crucial y, haciéndonos eco de sus "confesiones" o mejor memorias, digamos que a la edad de seis años fue abandonado para siempre por su padre y que a los nueve, cuando comienza sus primeros escritos literarios —una novela nunca publicada, algunos poemas dedicados a compañeras del colegio—, un médico amigo de la familia aconsejó mantener al inquieto Julio a distancia de los libros, ya que éstos terminarían dañándole. Por fortuna, hoy se sabe que aquella receta fue un fracaso y que Julio Cortázar representa otra de las razones culturalmente lúcidas y de mayor eficacia para la evolución del hombre latinoamericano.

De aquella infancia solitaria de Cortázar, de su casa con un gran jardín en Banfield, de su madre argentina pero descendiente de franceses y alemanes, y de su hermana un año menor que él, nos queda, entre otras cosas, su descubrimiento temprano de la muerte, el alejamiento del padre, a quien no volvería a ver y del que tampoco volvería a saber nada hasta la noticia de su muerte en la provincia de Córdoba.

---

interesante: "Tanto Borges como Cortázar son de raíz vasca. Esto es muy importante para determinar ciertas maneras de su lenguaje, de sus recursos verbales. Es decir, en el vasco —no olviden el caso de Unamuno, por ejemplo— parece siempre que hay como otro idioma en su interior..." *(Cinco miradas sobre Cortázar,* Buenos Aires, Tiempo Contemporáneo, 1968, pág. 11).

No es de extrañar, entonces, que los recuerdos de Cortázar puedan ser los de un niño atormentado y de enamoramiento fácil, como lo demuestran sus poemas del colegio. Ya adolescente, inicia sus estudios de bachillerato en Buenos Aires, y luego los de Magisterio; de modo que a los 18 años se recibe de maestro normal y tres años más tarde inicia los estudios de profesorado en Letras en el Instituto del Profesorado en Buenos Aires. Aunque Cortázar se inscribe luego en la Facultad de Filosofía y Letras de la Universidad de Buenos Aires, ningún título universitario se destaca en su *curriculum*.

El típico ambiente del Buenos Aires de aquellos años era el de un país en el que se refleja la mezcla de ideas y de razas, es decir, la presencia de una geografía en la que espíritu y soledad física están inmersos en una dramática vivencia y búsqueda de lo esencial de la condición del ser argentino.

El tango, como la pobreza de los emigrantes, era el lenguaje cotidiano bailado al ritmo de versos populares. Gardel[2], el gran cantor de tangos, o Justo Suárez, el boxeador que dará a Cortázar años más tarde el motivo predilecto para uno de sus cuentos más celebrados, significan en el ambiente urbano, versificado por Cádicamo o Discepolín, el testimonio más cierto de una Argentina que todavía sabe de la entrega sin resentimiento, del fracaso sin frustración. Eran también los años en los que la tragedia de la "semana de las ollas populares" se unía al anarquismo libertario y a los primeros atisbos del socialismo en el Río de la Plata.

Mientras tanto el peregrinaje literario de Cortázar se situaba entre sus antecedentes inmediatos, el de dos grupos de narradores y poetas: Florida y Boedo, una relación de puente entre lo que más tarde se conocería

---

2 Cortázar siente por Gardel una gran admiración, rescata no sólo su voz incomparablemente pura, sino lo que simboliza: "En su voz de compadre porteño se refleja, espejo sonoro, una Argentina que ya no es fácil evocar" (*La vuelta al día en ochenta mundos*, Madrid, Siglo XXI, 1970, pág. 140).

como la Generación intermedia, y a la que Cortázar se siente vinculado[3].

Jorge Luis Borges y Roberto Arlt: dos mundos diferentes, dos etapas fundamentales en la narrativa argentina y que junto a las historias fascinantes de Edgar Allan Poe influirían con mayor fuerza en el conocimiento y el espíritu creativo del escritor de una novela nunca publicada por falta de editor, *El examen*.

Su ejercicio en el oficio de la traducción ya había comenzado, precisamente con la obra de E. A. Poe, que posteriormente sería publicada a instancias del escritor Francisco Ayala por el departamento de publicaciones de la Universidad de Puerto Rico. Un oficio que también le sirve para ingresar como traductor en la Unesco, función que desempeña todavía.

Pero, para no desviarnos del tema, recordemos su libro de sonetos en una edición de 250 ejemplares, su paso por el pueblecito de Bolívar como maestro de escuela primaria, la experiencia de Chivilcoy, reflejada en parte cuando describe a un personaje del lugar que acostumbraba llevar pintado de color verde a su caballo[4]. Recordemos también sus enseñanzas de literatura francesa en la modesta Universidad de Cuyo hasta el primer gobierno de Perón. El gusto de Cortázar por la tristeza agónica del *blues* y lo que éste significa como expresión de todo un mundo marginado en la "civilización" desarrollada, la de los tecnócratas de los países "avanzados". Melomanía que lo lleva, después de haber escrito su poema dramático *Los reyes* y su primer libro fantás-

---

[3] Véase en Ernesto Sábato, *El túnel*, Madrid, Cátedra, 1977, la introducción de Ángel Leiva, donde se encontrará el panorama histórico-social y el ámbito estético de la Generación intermedia.

[4] Ya por estos años Cortázar manifiesta haberse topado con algunos precursores de los cronopios: los piantados, esos subversivos provistos de sentido del humor. Uno de sus hallazgos fue el insólito Francisco Musitani, habitante de Chivilcoy y del futuro: "Armado de victrolas con bocinas infaltablemente verdes, nuestro amigo recorría las estancias en un sulky verde tirado por un caballo verde..." (*La vuelta al día en ochenta mundos*, Madrid, Siglo XXI, 1970, pág.130).

tico y real, *Bestiario,* a sumergirse en la problemática auténtica del ser en *Las armas secretas,* libro que incluye *El perseguidor,* cuyo protagonista, Johnny Carter, hoy todos sabemos que se trata del famoso "pájaro": el jazzman Charlie Parker, el que con su saxo subvierte esta realidad con una música que irrumpe brutalmente en las zonas acomodadas del hombre para intentar nuevos saltos en la conquista del espacio de la luz y la esfera.

Y ya bastante lanzados a la velocidad que nos sugiere el mundo propio de Cortázar, o sea, a esta especie de viaje que nos sirve para introducirnos en su obra, cabe volver a la idea de las fechas señaladas al comienzo como indicio clave, del mismo modo que a esa suerte de trinidad o de trilogía de ciudades y de la que todavía no hemos dicho nada. Me refiero a París, al tiempo en el que Julio Cortázar recorría sus calles con el asombro de su generosidad instintiva y al mismo tiempo consciente de su anonimato, es decir, a esa hora en que escasísimos amigos y escritores llegaban para visitarlo y cuando, parafraseando a Hemingway, *París era una fiesta,* al menos para la soledad buscada por este solitario. Este hombre lúcido y cálido, que, con su estatura exagerada, día a día nos viene descubriendo la magnitud de un mundo que, visto con sus ojos claros, nos acerca a la dimensión más exacta de lo que constituye el hombre y el entorno específicamente latinoamericano.

París no implica entonces, y más concretamente en el año 1951, ni la huida ni la isla de los sueños[5], sino una nueva alternativa en el mundo empírico de Cortázar.

---

5 Cortázar recuerda muchas veces con dolor el enjuiciamiento de sus compatriotas, de los cuales pocos se han salvado de señalarle su ausencia como un renunciamiento. El escritor describe el proceso de su alejamiento en los siguientes términos: "De la Argentina se alejó un escritor para quien la realidad, como lo imaginaba Mallarmé, debía culminar en un libro; en París nació un hombre para quien los libros deberán culminar en la realidad... Empecé por tener conciencia de mi prójimo, en un plano sentimental y por decirlo así antropológico" (*Cinco miradas sobre Cortázar,* Buenos Aires, Tiempo Contemporáneo, 1968, pág. 102).

Más aún, será ese ambiente, y dentro de un panorama complejo y conflictivo como producto de la vida intelectual y artística que allí se desarrolla, la ventana que permita al escritor latinoamericano la confrontación de sus ideales con los de la realidad en un país subdesarrollado. A tal punto que, y atendiendo a las reflexiones de Cortázar, París, de hecho, resulta un verdadero puente entre las cartas y los viajes para asumir definitivamente el *rol* que represente un compromiso histórico entre el escritor y la violencia desatada en los países marginados. Naturalmente esta nueva actitud y esa constancia perceptible en el movimiento continuo que el pensamiento de Cortázar realiza, tiene sus antecedentes más exactos en la lucha por su liberación del pueblo argelino, en lo que la conciencia fue adquiriendo a través de aquel primer contacto con los escritores españoles del exilio en Argentina y, fundamentalmente, en el camino irreversible de la revolución cubana y lo que ésta significa para América Latina y los países del llamado tercer mundo. Nada es casual entonces en el proceso y en los cambios que Cortázar afirma sobre él mismo. Sin embargo, su literatura mantendrá el rumbo perseguido frente a esa dualidad trazada por el vértigo de una imaginación fantástica y de un lenguaje que conserve la madurez del hecho cotidiano. Lo que puede ser antípoda del rostro literario se halla materializado desde su primera novela *Los premios,* pasando por lo que se ha dado en llamar el gran rompecabezas de este siglo y la aventura más alucinante del lenguaje, *Rayuela,* hasta llegar a *El libro de Manuel,* novela que se desarrolla en París, pero que trata de la tortura en América Latina, algo así como la visión de un mundo trágico que hasta el momento viene sucediéndose, y por el que Julio Cortázar va a ser analizado como el escritor que pone al servicio de su ideología el patrimonio de una literatura que lo llevó a la fama.

Cortázar define el problema del intelectual actual como una lucha por la paz y la justicia social. Desde su perspectiva de latinoamericano autoexiliado en París, Cortázar asume el socialismo y la revolución cubana como ese camino de salvación que ansía para la humanidad, pero en el que también confluye el conflicto permanente del escritor con su trabajo y del poeta con el mundo. Cortázar, sin embargo, reconoce en su naturaleza una incapacidad para la acción política. Por eso dice: "...no renuncio a mi solitaria vocación de cultura, a mi empecinada búsqueda ontológica, a los juegos de la imaginación en sus planos más vertiginosos; pero todo eso no gira ya en sí mismo y por sí mismo, no tiene ya nada que ver con el cómodo humanismo de los mandarines de Occidente. En lo más gratuito que pueda yo escribir asomará siempre una voluntad de contacto con el presente histórico del hombre, una participación en su larga marcha hacia lo mejor de sí mismo como colectividad y humanidad"[6].

No obstante los juicios de la crítica acerca de su compromiso y el derroche de energía, confabulado en torno a los escritores latinoamericanos como Cortázar o García Márquez, y que se ha venido apuntando desde las anónimas páginas de diarios y revistas, hay un mentís que pone en claro las necesidades expresivas de cada uno de aquellos narradores. *Historias de cronopios y de famas, Ultimo round,* o *La vuelta al día en ochenta mundos,* sin por ello olvidar *62. Modelo para armar, Todos los fuegos el fuego* y *Octaedro,* así como el último libro de relatos de Cortázar *Alguien que anda por ahí,* nos darán la pauta de que el escritor no siempre puede llegar a escribir lo que él más quiere, porque hay otras razones más poderosas que lo impulsan a concretar un sentimiento y el modo como piensa. Algo así como decir que nadie puede determinar definitivamente dónde empieza la literatura y cuándo el hombre, o con las palabras de Cortázar cuando responde

---

[6] En carta de J. Cortázar a Roberto Fernández Retamar (10/15/67). incluida en *Cinco miradas sobre Cortázar.* Buenos Aires, Tiempo Contemporáneo, 1968, págs. 113 y 114.

al novelista peruano Mario Vargas Llosa: "Yo no sé dónde empieza o termina lo real y lo fantástico."

LOS JUEGOS DE LA IMAGINACIÓN

Intentaremos completar estas referencias biográficas con una visión somera del conjunto de la producción cortazariana, en un propósito aproximativo de la unidad total.

En primer lugar, recalcamos el valor extraordinario de una obra que se fue haciendo sin renuncias, es decir, que entre un libro y otro no hay alejamiento, sino concentración y complementación de unos elementos que son los que constituyen su particular cosmovisión. Esta suma a que aludimos no deriva solamente de la apertura, afanosamente conquistada, sin lugar a dudas, en el nivel lingüístico, sino muy especialmente de esa preocupación por asaltar la realidad en sus aspectos desconocidos o negados, de la capacidad poderosa de verificar en la realidad lo puramente humano, de la convicción apremiante de la alterabilidad del tiempo, de la angustia ante la muerte, de la conciencia lúcida sobre el valor histórico del quehacer humano[7].

La soledad, la incomunicación, la búsqueda de la verdad, la esperanza, el desenmascaramiento de las falsas realidades, y tantas otras cuestiones que abundan en sus cuentos y novelas, reflejan la profundidad de sus obsesiones y la permanencia y fidelidad a una actitud que tiende a la dilucidación de los aspectos más conflictivos de la realidad.

Es Cortázar un autor que, por el carácter de sus indagaciones, se integra con plenitud entre la serie de escritores latinoamericanos con proyecciones universales, y al mismo tiempo un hombre profundamente america-

---

[7] Al revés de lo que sucede en las novelas que afirman la ideología capitalista y los principios con los que se defiende a la sociedad burguesa, Cortázar tiene una fuerte conciencia del tiempo y de la muerte, de su complejidad, su multiplicidad y su misterio.

no, vinculado física y espiritualmente, vitalmente, con el modo de ser particular del hombre argentino, o más específicamente, del porteño[8].

Cortázar mismo reitera acerca de sus obras que, si bien están localizadas en Buenos Aires o en París, su propósito fue y sigue siendo el planteamiento de problemas metafísicos, la indagación de lo que el hombre es, en todos los terrenos, y lo que quiere ser, y esto en última instancia es lo que lo proyecta fuera de una geografía local, insertándolo en el movimiento universal de la literatura que acusa e indaga la condición humana.

Sus comienzos literarios, nos remontan a una colección de sonetos reunidos bajo el título de *Presencia*[9], poemario elegíaco en el que indaga sus perfiles expresivos. Su repetida admiración y adhesión a la creación poética[10] (como género literario) se ve corroborada en estos inicios y en posteriores publicaciones que, aunque esporádicas, apuntan de manera cierta a otra forma de expresión de su universo. Publicado en 1940 con el seudónimo de Julio Denis, este libro refleja su preocupación esteticista, formal[11], y también unas todavía poco significativas relaciones entre la problemática existencial y literaria.

---

[8] Su argentinidad, que nadie puede negar, también se patentiza en la utilización del lenguaje típicamente porteño de una época determinada, en la certera visión del paisaje de Buenos Aires y en el modo de captar la psicología cotidiana del porteño.

[9] *Presencia*, Buenos Aires, El bibliófilo, 1940.

[10] Cortázar llegó a escribir 600 hojas sobre la poética de John Keats. Los poetas surrealistas también son admirados por Cortázar. Respecto al modo de captar la realidad Cortázar destaca en los poetas: "...ese sentimiento de esponja, esa insistencia en señalar una falta de identidad como tanto después le ocurriría al Ulrich de Robert Musil, apunta a ese especial camaleonismo que nunca podrían entender los coleópteros quitinosos. Si conocer alguna cosa supone siempre participar de ella en alguna forma, aprehenderla, el conocimiento poético se desinteresa considerablemente de los aspectos conceptuales y quitinizables de la cosa y procede por irrupción, por asalto e ingreso afectivo a la cosa..." *(La vuelta...*, pág. 173).

[11] Esta preocupación esteticista se cargará en la concepción de Cortázar con otras connotaciones que tienen que ver más con el sistema

19

La soledad y la incomunicación son problemas que preocupan a Cortázar desde *Los reyes*[12], poema dramático, donde reelabora el elemento mítico enfrentándolo a connotaciones de tipo temporal.

A partir de esta obra la literatura de Cortázar irá moviéndose en una suerte de ahondamiento centrípeto en temas obsesivos. En definitiva, lo monstruoso acusa su incómoda presencia en nosotros mismos; aceptarlo es para Cortázar una forma de conjurarlo y de salvarnos. El laberinto es también una idea recurrente que simboliza la dificultad que el hombre encuentra en su inagotable búsqueda del centro, en el que la realidad se daría en toda su luminosidad, y donde se unirían definitivamente el yo y el no-yo. Cortázar renueva la significación del mito griego y la inserta en la órbita de la problemática contemporánea[13].

En 1951 publica *Bestiario,* donde también, y en mayor cantidad, se encuentran los temas sobre los que variarán las posteriores obras de Cortázar y cuyo tratamiento "fantástico" ha hecho que los críticos lo localizaran entre los mayores escritores de esta tendencia. El crítico argentino Noé Jitrik[14] establece un parentesco y a la vez una oposición entre la literatura de Borges y este libro de Cortázar. La explicación surge de la observación de que

---

total en el que vive el hombre y al que Cortázar atacará desde todos sus flancos. *Rayuela* es la expresión más acabada de su voluntad por subvertir todas las formas que limitan, incluso las literarias.

[12] *Los reyes,* Buenos Aires, ed. de Angel Gulab y Aldabahor, 1949.

[13] El tema del laberinto y los rituales para vencerlo volverá a aparecer en su primera novela, *Los premios,* donde los personajes, embarcados por un azar del destino, intentarán llegar a la popa a través de numerosos laberintos y barreras. La búsqueda del camino que lleve a la popa es según Cortázar: "Buscar la propia realización personal, humana. Por eso unos llegan y otros no" (en Luis Harss, "Cortázar o la cachetada metafísica", *Mundo Nuevo,* no. 7, pág. 62).

[14] En "Notas sobre la 'Zona sagrada' y el mundo de los 'otros' en *Bestiario* de Julio Cortázar", trabajo incluido en *La vuelta a Cortázar en nueve ensayos,* Buenos Aires, Carlos Pérez editor, 1968, pág. 15.

en Borges lo absurdo e irracional no reside en el interior del ser humano, sino que es una manifestación del mundo objetivo que va mutando sus modos de ser, mientras el hombre permanece inalterado. Y agrega: "Cortázar, hace, en cambio, el movimiento inverso: la irracionalidad está adentro, los datos son invariables y la conciencia se escinde en la aceptación de la irracionalidad que se manifiesta y la voluntad de ocultarla frente a la racionalidad de los otros." En oposición a la atopía y atemporalidad (física y lingüística) del ambiente de *Los reyes*, en *Bestiario* Cortázar sitúa lo absurdo en Buenos Aires y hace hablar a sus personajes con el léxico y los giros tan particularmente porteños. Lejos de todo folklorismo, Cortázar utiliza un lenguaje que actúa como correlato de la realidad que quiere representar y a través de la que inicia implícitamente la búsqueda del hombre.

La ruptura con lo real, lo comprobable, se justifica aquí y más adelante, en tanto Cortázar trata de integrar las múltiples sub o superrealidades presentes en el hombre. De ahí la idea de lo monstruoso como instalado en nuestra parte más íntima, que una realidad, o un modo de acceder a la realidad, compartimentada, regida por la lógica, nos impide encontrar y reconocer.

Cabría aquí señalar, también en la medida en que aparecen en las narraciones de *Las armas secretas*, que las preferencias de Cortázar por descubrir o introducir imágenes y situaciones absurdas dentro de un mundo aparentemente real (el cotidiano y comprobable) tienen una relación con las mismas predilecciones expresadas y practicadas por los surrealistas[15] y particularmente por Alfred Jarry[16] y su humor objetivo.

---

[15] El surrealismo valora la imaginación y la creación dada a partir de la libertad de la imaginación. Al captar y reunir libremente los elementos de la realidad, se afirma el carácter fluido e inestable de los objetos, al tiempo que se entrega a la realidad la unidad profunda, escamoteada por leyes convencionales y extrañas a su esencia.

[16] Alfred Jarry (1873-1907) constituye un antecedente inmediato del surrealismo. Su estética conjuga el humor objetivo, que sintetiza

Decíamos que de la atemporalidad mítica de *Los reyes* se pasa bruscamente al Buenos Aires de mediados del siglo XX. Crea Cortázar en *Bestiario* una nueva mitología, pero esta vez real e histórica, por ejemplo, las "mancuspias" que aparecen en el cuento *Cefalea:* engendros extraños que parecen tener a veces consistencia real y otras ser producto de la pura fantasía:

> Las mancuspias nos entretienen mucho, en parte porque están llenas de sagacidad y malevolencia, en parte porque su cría es un trabajo sutil.
>
> A las mancuspias madres no les agrada el baño, hay que tomarlas con cuidado de las orejas y las patas...
>
> ...entonces, de repente, sobre el pozo negro del sueño donde ya caíamos deliciosamente, somos ese poste duro y ácido al que trepan jugando las mancuspias. Y es peor cerrando los ojos..., basta un leve abandono para sentir el vértigo que repta, un vaivén en el cráneo como si la cabeza estuviera llena de cosas vivas que giran a su alrededor. Como mancuspias.

Al proponernos Cortázar un enfrentamiento con los monstruos que se alojan en lo irracional, en las oscuras profundidades de la psiquis, cuyos aleteos fugaces pugnando por salir a la luz de la evidencia no percibimos si no estamos previamente en una posición de generosa disposición para ello, nos hace penetrar, valiéndose del absurdo, en la posibilidad de rescatar esa zona en la que se anulan las contradicciones entre razón e instinto y de donde emerge el verdadero camino de conocimiento de lo real, que no es sólo la apariencia, lo fenoménico, sino fundamentalmente esa rajadura, esos intersticios sobre la

---

dialécticamente las relaciones casuales entre el objeto y el sujeto, y el azar como método de creación.

Cortázar lo señala como un extrañado para quien su condición no implica ya ningún sentimiento de riesgo, y "tiende a volverse condición natural", a "anular la diferencia escandalosa entre lo sólito y lo insólito" (en *La vuelta...*, págs. 37 y 38).

superficie que abren nuestra imaginación y potencian nuestra capacidad intuitiva de un más allá, de un "otro lado" que la codificación y la mercantilización de las modernas sociedades intentan reducir a sus leyes.

La colección de cuentos *Final del juego*[17] incluye elementos que reflejan, una vez más, el absurdo y lo terrible de la realidad. De los cuentos de este conjunto se desprende una categorización estética y ética de la utilización del habla corriente, de las poses y estereotipos lingüísticos. La visión irónica a través del humor subyace en el modo de narrar elegido por Cortázar.

Después de publicar *Las armas secretas*, sobre el que nos extenderemos en detalle, Cortázar escribe su primera novela: *Los premios*[18]. El punto de partida sobre el que estructura su material es la idea del viaje. Un pequeño grupo de argentinos, síntesis social y espiritual del país, instalados en un barco para emprender un viaje que les ha tocado por un azar de la lotería, ve de pronto que están anclados y que una barrera inexplicable les impide llegar a popa. Frente a esa señal del misterio cada cual elegirá el itinerario o la solución conforme a su realidad vivencial. El viaje físico se transforma en viaje introspectivo en el alma de los pasajeros y de la realidad argentina.

Para Graciela de Sola lo más importante en esta obra es el lenguaje, que nos va desvelando la complejidad de los personajes y sus reacciones ante una realidad local de la que se sienten como desarticulados y frente a la cual los múltiples intentos de abordarla se transforman en angustia y soledad.

Historias de cronopios y de famas[19] es un libro originalísimo por las aperturas a nuevos planos de la realidad y el lenguaje. A pesar de un comienzo realista, el tono dominante es el fantástico. Sorprendente es la manera

---

[17] *Final del juego,* México, Los presentes, 1956.
[18] *Los premios,* Buenos Aires, Sudamericana, 1960.
[19] *Historias de cronopios y de famas,* Buenos Aires, Minotauro, 1962.

abrumadora en que se da el neologismo o la utilización de palabras corrientes con una intencionalidad significativa que las transforma en nuevas, por ejemplo: fama, cronopio, esperanza, tregua, catala, espera. Y lo que nos desconcierta es que Cortázar habla de estas realidades o irrealidades como si ya estuvieran incorporadas a lo normal cotidiano, con lo que quedan dentro de una categoría indefinida entre lo natural y lo fantástico. Sin olvidar que todo está impregnado de un humor alegre que resalta las incongruencias del comportamiento humano por medio de una acentuación en la visión científico-positivista o de un extremado materialismo con respecto a la realidad.

Lo absurdo ingresa como una multiplicación de la realidad cuya posibilidad de existencia no puede ni siquiera ser objeto de discusión por la seguridad y la confianza con que se la trata. El juego de la imaginación en libertad superpone serenamente a la realidad pragmática unos seres suprarreales pero impregnados de sustancia real, en cuyas dimensiones los cronopios y sus secuaces actúan a sus anchas transmutándolas. Este desquiciamiento de la realidad crea una ruptura con los valores consagrados como inmutables.

Estos cronopios, famas y esperanzas son la corporización de esquemas mentales elaborados a partir de la observación del hombre en relación con el medio. Estos seres absurdos se niegan a someterse a una lógica basada en la razón, se niegan a ser una pieza más del mecanismo tenaz de los días, se rebelan frente a todo lo que implique rutina y repetición, y se instalan en la zona de lo maravilloso, de lo extraordinario y lo fantástico.

En el año 1963 se edita *Rayuela*[20], la obra más compleja y elaborada de Cortázar y en la que más se ponen de manifiesto las preocupaciones literarias del escritor frente a la palabra, la estructura novelística y la realidad. El lenguaje se complica dentro de una anécdota cuyos

[20] *Rayuela*, Buenos Aires, Sudamericana. 1963.

vaivenes se pueden esquematizar. La palabra ya no es sólo un instrumento de conocimiento y aprehensión de la realidad, es también una trampa (como lo sentía Johnny, el protagonista de *El perseguidor).*

Aquí se agiganta el tema de la búsqueda ontológica y lingüística. La anti-novela que es *Rayuela* refleja el polimorfismo del mundo. La búsqueda de lo irrepetible, la transgresión de un orden asfixiante, el movimiento autocrítico sobre la propia creación, son los elementos que van creando el ritmo de *Rayuela*[21].

Agonista lúcido de su propia existencialidad y de la del mundo, Cortázar se empeña en la búsqueda del centro, en un intento por anular el fragmentarismo racionalista que reduce la realidad a categorías del logos. Cortázar aspira a la suplantación del sistema racional positivista, cuyo exponente más refinado es el capitalismo; ataca la hipocresía de la sociedad occidental y señala claramente las máscaras que oprimen al hombre en este proceso de gradual deshumanización y endiosamiento de la Costumbre. En su siguiente libro, la colección de cuentos *Todos los fuegos el fuego*[22], hay un análisis minucioso y despiadado de los conflictos angustiantes e insalvables a que nos puede llevar la complejidad de la vida moderna. Nuevamente el tema del tiempo y la realidad, la búsqueda de la unidad a través de nuestra inserción en la "figura"[23] de la que formamos parte y de cuya existencia podemos tener conciencia o no.

---

[21] Dice Cortázar: *"Rayuela* es de alguna manera la filosofía de mis cuentos, una indagación sobre lo que determinó a lo largo de muchos años su materia o impulso" (en *La vuelta...,* pág. 41).

[22] *Todos los fuegos el fuego,* Buenos Aires, Sudamericana, 1966.

[23] La noción de "figura" es fundamental dentro de la concepción del mundo de Cortázar. El aparente fragmentarismo del mundo es sospechoso; Cortázar encuentra que hay un sistema de relaciones en el que las superposiciones y las interferencias de un conjunto en otro configuran una totalidad que se intuye como algo supraestructural del que formamos parte. Dice Cortázar: "Los dobles son como sus 'figuras', o más bien, a la inversa, 'las figuras' serían en cierto modo la culminación del tema del doble, en la medida en que se demostraría o

La vuelta al día en ochenta mundos[24], publicado en 1967, es un interesantísimo y heterogéneo conjunto de citas, glosas a textos de escritores con los que siente una identificación, como por ejemplo el extenso parágrafo dedicado a José Lezama Lima; glosas a sus propios textos, crónicas, relatos, poemas y una variedad asombrosa de ingredientes que hacen de este libro una especie de collage literario sobre el tema del asombro original como modo de acercarse al llamamiento de lo maravilloso.

A partir de unas notas que el escritor Morelli, personaje de *Rayuela*, dejara sin concluir en el capítulo 62 de *Rayuela*, Cortázar escribe *62. Modelo para armar*[25]. Nueva apelación al lector para que participe en la recreación de la obra, pero no como una reestructuración caprichosa a partir de los elementos dados, o una reorganización de esos mismos elementos, sino que se trata de "armar" la

se trataria de demostrar una concatenación, una relación entre diferentes elementos que, vista desde un criterio lógico, es inconcebible." Y también intenta describir esa noción tan vívida que es un intento de superar la individualidad: "Tuve por primera vez una intuición que me sigue persiguiendo, de la que se habla en *Rayuela*, y que yo quisiera poder desarrollar ahora a fondo en un libro. Es la noción de lo que yo llamo las figuras. Es como el sentimiento —que muchos tenemos, sin duda, pero que yo sufro de una manera muy intensa— de que, aparte de nuestros destinos individuales, somos parte de figuras que desconocemos. Pienso que todos nosotros componemos figuras... Siento continuamente la posibilidad de ligazones, de circuitos, que se cierran y que nos interrelacionan al margen de toda explicación racional y de toda relación humana..." "Quisiera llegar a escribir un relato capaz de mostrar cómo esas figuras constituyen una ruptura y un desmentido de la realidad individual, muchas veces sin que los personajes tengan la menor conciencia de ello. Uno de los tantos problemas, ya sospechado en *Rayuela*, es saber hasta qué punto un personaje puede servir para que algo se cumpla por fuera de él sin que tenga la menor noción de esa actividad, de que es uno de los eslabones de esa especie de superación, de superestructura" (en Luis Harss, *Los nuestros*, Buenos Aires, Sudamericana, 1966, citado por Angela Dellepiane en: Helmy Giacoman, *Homenaje a Julio Cortázar,*Nueva York, Anaya-Las Américas, 1972, págs. 158 y 159).

[24] *La vuelta al día en ochenta mundos,* México, Siglo XXI, 1967.
[25] *62. Modelo para armar,* Buenos Aires, Sudamericana, 1968.

figura que está más allá del libro, pero latente, implícita en la estructura fragmentaria del mundo representado.

Consecuente con su posición de problematizar al hombre para que reaccione frente a su situación, Cortázar no nos ofrece una conclusión, sino una apertura[26].

También armado como un "collage" literario, *Ultimo round*[27], presenta sus preocupaciones acerca del lenguaje.

En *El libro de Manuel*[28] Cortázar desarrolla el tema de la tortura en América Latina y particularmente en Argentina. A esta novela de intencionalidad política le sucede una colección de cuentos: *Octaedro*[29]. El cuento, según el mismo Cortázar declara, es su terreno de trabajo. Y es también un libro de cuentos *Alguien que anda por ahí*[30], hasta ahora su publicación última, donde surgen bajo otras perspectivas los temas que siempre lo mantienen alerta a los cambios y a los enigmas que propone la realidad[31].

CAUSALIDAD DE LO REAL Y LO FANTÁSTICO

Esta pretensión de querer explicar, en lo que supondría lo breve del espacio, el ejercicio que contrae Cortázar a la

---

[26] *Ultimo round*, México, Siglo XXI, 1969.

[27] Cortázar dice a propósito de la novela: "Provocar, asumir un texto desaliñado, minuciosamente antinovelístico (aunque no antinovelesco) Sin vedarse los grandes efectos del género cuando la situación lo requiera, pero recordando el consejo gidiano, *ne jamais profiter de l'élan acquis*. Como todas las criaturas de elección del Occidente, la novela se contenta con un orden cerrado. Resueltamente en contra, busca aquí también la apertura y para eso cortar de raíz toda construcción sistemática de caracteres y situaciones. Método: la ironía, la autocrítica incesante, la incongruencia, la imaginación al servicio de nadie" (*Rayuela*, Buenos Aires, Sudamericana, 1963, pág. 452).

[28] *El libro de Manuel*, Buenos Aires, Sudamericana, 1973.

[29] *Octaedro*, Buenos Aires, 1974.

[30] *Alguien que anda por ahí*, Madrid, Alfaguara, 1977.

[31] En una reciente entrevista (*Cuadernos para el diálogo*, núm. 226, Madrid, 1977) Cortázar se refiere a su última obra: "Es un libro de cuentos como son siempre los míos, donde hay un porcentaje de relatos

hora de describir-crear tanto una historia como sus
personajes, devendría en suma una articulación tan
poderosa como las mismas pautas que el autor esgrime,
desde el momento más exacto en que cada una de sus
historias quedan convertidas en cuento[32].

Para empezar digamos que más allá de lo que puede
parecernos un mundo mágico, Cortázar parte de las
situaciones cotidianas, de los esquemas básicos que
configuran tanto a una familia real como a la causalidad
fantástica. El es, en todo caso, un hombre que recrea y
nos advierte la posibilidad de lo que se ha dado en llamar
el fluir de la conciencia.

La cabalística en la narrativa cortazariana pertenece a
esa dual constante del ser —mezcla de conocimiento e
imaginación—, prueba definitiva del escritor que apura-
do por las necesidades expresivas constituye, a expensas
del lenguaje, aquellos estadios marginales a la propia
literatura.

Bástenos entender los caminos vivenciales de Cortázar
para introducirnos en su esfera geométrica, cuyos antecedentes más mediatos residen en la fantasía de un
Alfred Jarry, por ejemplo, es decir, en lo más encum-
brado de lo anti-todo a ultranza. Más allá de estas claves
comprenderemos también la ironía heredada de escritores como Borges o Macedonio Fernández, pero funda-

---

fantásticos, un porcentaje de cuentos de indagación psicológica donde
no sucede nada fantástico (porcentaje que va en aumento) y dos o tres
cuentos que son una vez más la tentativa de mostrar, de hecho, esa
coincidencia de literatura y política que intenté ya en *El libro de
Manuel.*"

[32] Acerca de la creación de sus propios cuentos Cortázar ha dicho
que: "... la anécdota de cada relato es también un testimonio de
extrañamiento, cuando no una provocación tendente a suscitarla en el
lector." ..."Poco o nada reflexiono al escribir un relato; como ocurre con
los poemas, tengo la impresión de que se hubieran escrito a sí mismos y
no creo jactarme si digo que muchos de ellos participan de esa
suspensión de la contingencia y de la incredulidad en las que Coleridge
veía las notas privativas de la más alta operación poética" *(La vuelta...,*
págs. 39 y 41).

mentalmente la claridad del horror de Edgar A. Poe o la tragicidad cómica de Roberto Arlt.

Sin embargo, necesitábamos del camino ontológico de Cortázar para buscar el clima o el ambiente por donde desfilan sus personajes de carne y hueso, es decir, el destino histórico de un compromiso que deviene del entorno y que es aquel en el que Cortázar fue como una pieza que faltaba para que la cuentística se transformase en realidad, que no es la suma de lo visto, sino de lo que se intuye, y a partir de esta subjetividad operante valorar los signos y las codificaciones de lo que sus historias representan.

En general se ha visto en el escritor argentino como una suerte de intelectualidad desde donde es ejercida con mano fría la metáfora, el símbolo, la ironía. A pocos se les ha ocurrido entrever la imagen solitaria de un creador fantástico pero a expensas siempre de unas vivencias sustanciales, como las que provienen de un mundo decadente, disfrazado, paradisiaco en cierto modo. Pero para que todo esto suceda se necesitaba de un hombre creativo, con capacidad de amar, dentro de lo rocambolesco de este mundo, la dimensión que se relacionara con ese rompecabezas de lo grotesco y tierno que aparece a la hora del relato.

La escritura de Cortázar desintegra las falsas unidades históricamente sacralizadas. Su temática y sus modos de indagación son los de un implacable y severo crítico de la sociedad burguesa, en lo que ésta tiene de deshumanizadora, en su lógica materialista, su hipocresía, su inautenticidad.

Su persistente exploración del absurdo nos provoca a sumergirnos en el cuestionamiento de la actividad y conducta humanas hasta las más obvias. Su propuesta revolucionaria abarca al hombre como totalidad, no como político o literato. Su esperanza es para el hombre nuevo.

La razon es simple, porque si alguna vez se pudo ser un gran escritor sin sentirse partícipe del destino histórico inmediato del hombre, en este momento no se puede escribir sin esa participación que es responsabilidad y obligación, y sólo las obras que la trasunten, aunque sea de pura imaginación, aunque inventen la infinita gama lúdica de que es capaz el poeta y el novelista, aunque jamás apunten directamente a esa participación, sólo ellas contendrán de alguna indecible manera ese temblor, esa presencia, esa atmósfera que las hace reconocibles y entrañables, que despierta en el lector un sentimiento de contacto y cercanía[33].

EL SURREALISMO Y LA BÚSQUEDA DE LO MARAVILLOSO

En los años inmediatos a la primera guerra mundial, la ruptura con una concepción racionalista y pragmática del mundo y el repudio de todos los esquemas aprioristicos que condicionaban al hombre y a la realidad se imponen como la actitud vital del movimiento que sería el más importante en lo que va del siglo XX: el movimiento surrealista. La valoración de los productos del inconsciente sería la piedra de toque de una nueva concepción del mundo que concluyó en la formulación de un programa revolucionario, tanto artístico como humano, y cuya esencia apunta al rescate del hombre total frente a una sociedad cada vez más dominada por la máquina y la razón.

Cortázar, aunque no es un escritor surrealista −en tanto es síntesis y superación original de herencias culturales heterogéneas junto a o dentro de un estilo "cortazariano" inconfundible−, sin embargo coincide, en general, con esta actitud frente al hombre y su realidad[34].

---

[33] Palabras de Julio Cortázar en carta a Roberto Fernández Retamar, en *op. cit.,* págs. 110 y 111.

[34] Algunos nombres que Cortázar admira: Lezama Lima, Borges, Melville, Carpentier, Rulfo, Asturias, Arreola, Fuentes, Virginia Woolf, James Joyce, Rilke, Saint-John Perse, Camus, Jarry, Filloy, M. Fernández, Arlt, Marechal, R. Roussel...

El impulso liberador de todas las potencias humanas que da paso a una violenta irrupción de elementos que proceden de la intuición, del sueño, de los instintos, así como la enfatización del valor del azar y del juego en la vida, están presentes en la base de la concepción del mundo y de la literatura cortazariana. Aunque en el gran escritor argentino este movimiento de búsqueda se da en una órbita de enfrentamiento inquisidor con lo cotidiano y con la filosofía del mundo occidental desde donde aventurará la reconciliación del hombre consigo mismo y con el universo.

Graciela de Sola observa[35] que esta conquista del surrealismo de las zonas irracionales como modo de conocimiento no es sino una concienciación y una codificación de los elementos que han intervenido en la creación poética de todos los tiempos. Es decir, que el modo de conocimiento poético es el camino más valedero para llegar, a través de una síntesis de los contrarios, a la unidad profunda de la realidad. Ya en su momento André Breton, jefe indiscutido del movimiento surrealista, decía: "Todo induce a creer que existe cierto punto del espíritu en el que la·vida y la muerte, lo real y lo imaginario, lo pasado y lo futuro, lo comunicable y lo incomunicable, lo alto y lo bajo, cesan de ser percibidos contradictoriamente. En vano debe buscarse a la actividad surrealista otro móvil que la esperanza de poder determinar ese punto"[36]. Estas ideas podrían ser completadas con palabras de Cortázar, cuando indaga en la recuperación de la unidad original a través de la percepción poética de la realidad:

> Como los eléatas, como San Agustín, Novalis presintió que el mundo de adentro es la ruta inevitable para llegar de verdad al mundo exterior y descubrir que los dos serán uno solo cuando la

[35] Graciela de Sola, *Proyecciones del surrealismo en la literatura argentina.* Buenos Aires, Ediciones Culturales Argentinas, 1967.
[36] André Breton, *Manifiestos del surrealismo,* Madrid, Guadarrama, 1969.

alquimia de ese viaje dé un hombre nuevo, el gran reconciliado[37].

Por esto es que casi todos los personajes de Cortázar son perseguidores de ese encuentro en el que la experiencia de la unidad sería la conquista más certera de su felicidad, aunque sea "al precio del descenso a los infiernos de la noche y del alma".

Para llevar a cabo la voluntad ontológica que desmienta la dualidad inconciliable del pensamiento racionalista es necesario provocar una quiebra de las concepciones conservadoras en las que la naturaleza humana aparece fijada por leyes inalterables. El surrealismo instaura definitivamente la búsqueda deliberada de lo maravilloso por medio de la imaginación. Esta exaltación de la imaginación, "única fautora de la realidad"[38], es la afirmación de una nueva realidad no racional y de los poderes del hombre por reivindicar su libertad. También Cortázar privilegia el poder de lo fantástico y la imaginación actuando sobre lo cotidiano como un impulso liberador que conduzca a una nueva definición del ser. Pero solamente ejercitando este poder hasta la naturalidad podrá el hombre "forzar" las apariencias de la realidad y penetrar en la órbita de un nuevo orden donde las cosas ya no son lo que sus coordenadas presentan ni el hombre es lo que parece ser, sino una búsqueda de la totalización en la multiplicidad de los fenómenos. Pero más aún que una semejante, y no idéntica, actitud vital o la confianza extrema en el poder del instinto, la fantasía y el subconsciente, creemos que existe en el surrealismo y en la estética cortazariana una predilección por una imagen que acuse el absurdo del mundo, enmarañado dentro de unos límites que compriman la existencia humana e impiden su reconciliación con el punto supremo.

---

[37] J. Cortázar, *La vuelta...*, *op. cit.*, pág. 165.
[38] André Breton, *Manifiestos del surrealismo,* Madrid, Guadarrama, 1969, pág. 11.

Breton define así la calidad de la imagen que busca actuar sobre la realidad a manera de permanente amenaza a fin de recuperar la realidad absoluta:

> No voy a ocultar que para mí la imagen más fuerte es aquella que contiene el más alto grado de arbitrariedad, aquella que más tiempo tardamos en traducir a lenguaje práctico, sea debido a que lleva en sí una enorme dosis de contradicción, sea a causa de que uno de sus términos esté curiosamente oculto, sea porque tras haber presentado la apariencia de ser sensacional se desarrolla, después, débilmente (que la imagen cierre bruscamente el ángulo de su compás), sea porque de ella se derive una justificación formal irrisoria, sea porque pertenezca a la clase de las imágenes alucinantes, sea porque preste de un modo muy natural la máscara de lo abstracto a lo que es concreto, sea por todo lo contrario, sea porque implique la negación de alguna propiedad física elemental, sea porque dé risa[39].

Cortázar, por su parte, cree que la continua descolocación frente a la realidad es el movimiento justo para acceder a nuevas aperturas del mundo laboriosamente cerrado por los "entomólogos" de la vida. El absurdo, la incongruencia, están en la realidad. Y el extrañamiento es la opción que Cortázar elige para acusar la fragilidad y engaño de lo aparencial. Cortázar no acepta participar en la Gran Costumbre que ve una finitud y perfección estructural en la cotidianeidad que la razón fue codificando. Cortázar asume la amenaza de una lateralidad frente a los fenómenos y a mirar desde allí los signos dictados por "un sueño, un acto fallido, una asociación verbal o causal fuera de lo común, una coincidencia turbadora, cualquiera de las instantáneas fracturas del continuo"[40].

[39] André Breton, *op. cit.*, pág. 59.
[40] J. Cortázar, *La vuelta...*, *op. cit.*, p. 34.

33

2

Entonces, la imagen que surge de esta visión desnaturalizada de la realidad es aquella que nos devuelve el universo esencial, la conciliación con la naturaleza toda.

LOS ANÁLISIS MÚLTIPLES DE LA REALIDAD EN LAS "ARMAS SECRETAS", DE CORTÁZAR

Las armas secretas fue publicado por primera vez en 1959. Casi todos los cuentos reunidos en este volumen se instalan dentro de un marco de coordenadas realistas pero con incursión de situaciones que podríamos denominar absurdas, en tanto concentran características que tienen semejanza con aquello que es imposible aprehender y controlar por medio de la inteligencia lógica.

Esta sutil ambivalencia entre la claridad descriptiva y la proyección de estados interiores de los personajes sobre los sucesos exteriores propone la posibilidad de una nueva dimensión de la realidad por el camino de la imaginación en busca de la verdad. Por el *cómo* Cortázar intenta dar forma a su cosmovisión, Luis Gregorich afirma que esta literatura es imposible de encasillar, ya que "la obra de Cortázar, fronteriza por excelencia, se evade continuamente del esquema en que queremos encerrarla, lo elude apelando a una curiosa dialéctica en que los contrarios —tendencia fantástica y realismo, poesía y prosa, esencia y apariencia, gratuidad y compromiso— se reemplazan incesantemente los unos a los otros, esfumándose y reapareciendo sin pausa para que el propio lector elija aquel que mejor lo represente"[41].

Dentro de este planteamiento o desentrañamiento de lo real-verdadero por vía de lo absurdo o lo fantástico cabe recordar una vez más la argumentación básica que Cortázar acentúa en repetidas oportunidades a propósito del dilema entre lo real y lo fantástico, esto es, que lo fantástico no es una calidad del hecho objetivo, sino una

---

[41] Luis Gregorich en "Julio Cortázar y la posibilidad de la literatura", *La vuelta a Cortázar en nueve ensayos, op. cit.*, pág. 124.

toma de conciencia de que existe otra ordenación de la realidad, contrastante con la que diariamente padecemos y que de un zarpazo puede introducirnos en su caleidoscopio haciéndonos videntes de otras tramas que no están construidas al azar, sino que responden a sus propios parámetros, y que es el estadio de las analogías universales. El punto de partida reside en la superación del miedo cotidiano y en el abandono de la concepción positivista y científica de la realidad. Entonces el hombre podrá acceder en un mayor grado de luminosidad a ese otro mundo que nos muestra Cortázar, que no es otra cosa que este mismo, pero vivido en librtad con todos los poderes de la inteligencia y la imaginación. Acercarnos a esta colección de cuentos teniendo ya una suma importante de obras en las que nos descubre significativas perspectivas en el conocimiento del hombre, nos permite establecer algunas de sus variantes más generosamente expresadas a lo largo de su compleja y sorprendente producción literaria. Sólo atenderemos a algunas de ellas, aunque esté de más decir, en el caso de un escritor como Cortázar que posee una ductilidad lingüística, una riqueza imaginativa y una calidad de penetración en los problemas más profundos del mundo contemporáneo, que la lectura y las posibilidades de enlazar estratos significativos en su obra son infinitas e inagotables.

Cartas de mamá

Ya de entrada podemos establecer una semejante carga de elementos absurdos en *Cartas de mamá* y *Las armas secretas,* cuentos que dan principio y fin a la colección. También un similar procesamiento del tiempo: el pasado irrumpe en el presente. Dentro de una narración conducida realísticamente hay de pronto la percepción de un bloqueamiento de lo cotidiano dado por lo absurdo. Ambos se desarrollan en París, pero el primero tiene todavía mucho que ver con Buenos Aires, desde donde Luis, un oscuro diseñador que busca la evasión, se marcha con el ánimo de reordenar su vida.

Luis y Laura constituyen una pareja, como tantas otras, inmovilizada por la repetición de los vacíos ritos cotidianos. Son productos de la clase media porteña, con sus convencionalismos, sus gustos estereotipados, a los que, sin embargo, se aferran para contrarrestar la acción de la memoria. Una memoria que les devuelve en cada acto el recuerdo de lo pasado.

En esa vida escrupulosamente ordenada y metódica que Luis se preocupó por organizar en París durante dos años para olvidar sobre todo el nombre de Nico, su hermano muerto justamente cuando pasaba su luna de miel con Laura, se transforma gradualmente en un infierno. Un oscuro sentimiento de culpa se va apoderando de ellos. Laura, que fuera novia de Nico, con su pertinaz silencio y retraimiento, su decidida voluntad de no decir el nombre de Nico, también siente el remordimiento de un acto canallesco.

Las cartas de "mamá", desde el lejano caserón de Flores, mantendrán presente, o mejor, agazapado, el objeto de la huida y de ese indefinido sentimiento de culpa.

> Cada carta de mamá (aun antes de esto que acababa de ocurrir, este absurdo error ridículo) cambiaba de golpe la vida de Luis, lo devolvía al pasado como un duro rebote de pelota (pág. 69).

Este párrafo ejemplifica el conflicto del personaje que se irá acentuando en su incapacidad de afrontarlo como un hecho real. A partir de esa carta, Luis intentará acomodar la realidad a sus expectativas, volverá al pasado para buscar alguna clave que dé significado a esos huecos que se vuelven cada vez más insoportables, ensayará el fraude sobre el dato absurdo, pero cierto, de la carta de su madre. Pero la culpa de algo que se va insinuando como una traición y la complicidad mutua de callar el nombre de Nico impone una confusión en la reelaboración de los elementos y en su interpretación. Si bien la narración se lleva a cabo desde la tercera persona, ésta asume el punto de vista de Luis. De modo que los contenidos de conciencia de Laura nos son ajenos.

La presencia de Nico, el otro que se quiere negar, está en sus mentes, en los recuerdos, en los diálogos elusivos, y con la noticia de su próxima llegada a Europa anunciada por la mano temblorosa de la madre abandonada en Buenos Aires (¿una venganza o una inocente equivocación?) va pasando de la fantasía a la realidad.

Aunque la llegada del difunto hermano no se concreta en la obra, Luis y Laura han preferido incorporarlo como existencialmente real. El texto entonces es de estructura abierta, sin resolución, tal vez porque "digamos como el gran Macedonio: Huyo de asistir al final de mis escritos, por lo que antes de ello los termino", o porque Cortázar quiere complicarnos a los lectores en el entendimiento y la aceptación de una realidad de orden fantástico.

Desde el comienzo un elemento con connotaciones inquietantes se va amplificando. La ambigüedad de sentimientos que se da en Luis al recibir las cartas se ve más marcada en esa carta que nombra por primera vez a Nico. La tragedia íntima de Luis, ese exiliado sentimental en París, es ese estar a caballo entre dos mundos, jugando con el destino a ocultar los rostros de la realidad, escamoteando la presencia de un más allá, de los nombres y sus fantasmas que de todos modos algún día vendrían a infligirle un duro "golpe en la nuca".

La rememoración del lado de allá, de ese Buenos Aires del que renegara, se inicia con algunos detalles de la vida social, que no ponen en peligro el desterramiento voluntario pero desesperanzado de Luis. La vida familiar, el recuerdo de los amigos, los sonetos publicados en *La Nación* que nunca dicen nada, las conocidas crisis políticas. Y luego el impacto de los recuerdos que sí penetran en las capas de la realidad, recuerdos de cómo conoció a Laura a través de Nico, que era su novio, cómo la fue conquistando. Sobre todo lo angustian las conjeturas acerca de lo que significó Nico para Laura, para iluminar ahora la soledad irremediable de sus vidas.

Es tan inútil vivir negando la presencia fantasmal de Nico, el Otro, que la vida de Luis y Laura se desarrolla en función de esa ausencia, que está presente en todos sus actos, en todas sus intenciones. Al negársele la muerte, su condición de difunto, Nico permanece en el fiel de la balanza, acechando en el sueño y en la vigilia, imponiendo definitivamente su poder en medio del caos y la rutina.

> La mentira de Laura ya no importaba, una más entre tantos besos ajenos, tantos silencios, donde todo era Nico, donde no había nada en ella o en él que no fuera Nico (pág. 90).

Luis es frío, metódico, tercamente realista. Es la máscara que oculta su desilusión, la búsqueda frustrada, el miedo en el vacío.

La incomunicación entre Luis y Laura llega al punto de desintegración y ruptura en que todo aparece falso: "empezaron a fingir que dormían".

A pesar del clima de fracaso, de congelación emocional, el cuento concluye con una esperanza, pues tal vez al aceptar la presencia de Nico en sus vidas se haya abierto la puerta por donde podría renacer el diálogo.

El otro es una fuerza que habita en ellos mismos, en su pasado y en su propio presente. De aquí que el manejo del tiempo cobre una importancia y un significado fundamental. Cada carta recibida va capitulizando el cuento en su desarrollo, cada carta es un retazo de sí mismo y de una realidad que se quiso fragmentar y con la que intentó pactar un orgulloso olvido. La conciencia del pasado se agolpa terriblemente en los umbrales de un presente que no puede ser vivido a expensas de una antigua traición. Esa conciencia del pasado es como un castigo ante la equivocada pretensión de negar la muerte mediante el silencio.

Los buenos servicios

EL cuento *Los buenos servicios* ejemplifica el concepto de Cortázar acerca del lector-cómplice o lector-macho, que en *Rayuela* será trabajado con mayor complejidad. Las hipótesis que puede elaborar el lector a partir de los datos que nos proporciona madame Francinet, la narradora y protagonista, dejan, sin embargo, zonas cuya significación sigue siendo ambigua.

El título del cuento señala, desde una perspectiva humanista, la buena fe con que madame Francinet realiza sus trabajos. Pero también connota, dentro del juego irónico que caracteriza a Cortázar, el contraste entre dos intencionalidades difíciles de ensamblar: la de la buena servidora y la de los que se sirven de cualquier persona para lograr salvar sus intereses. De un lado, madame Francinet, sencilla y pobre, que se gana la vida trabajando por horas, que vive en una casa de una sola habitación con olor a cebolla y pis de gato. Y del otro, el mundo de la burguesía, egoísta, indiferente, hipócrita, individualista.

Madame Francinet recuerda los tiempos de antes, y sobre todo dos episodios que vivió como sorprendentes. En medio de esas ráfagas de la memoria, junto a irrelevantes detalles de una vida que fue perdiendo agilidad y cierto prestigio (como por ejemplo lo b enas que eran en otro tiempo las cerillas o lo bien que abía tender una cama), madame Francinet evoca con sentimiento la cálida imagen de monsieur Bébé. La evocación es emocional, de ahí que nuestra aprehensión de la realidad sea parcial y que se base en conjeturas que nunca se resolverán en un conocimiento definitivo.

El conflicto entonces, si efectivamente lo hubo, permanece incierto, suavemente estilizado por las sugerencias de imágenes no-racionales, y nunca quedará desvelado, ya que el punto de vista, la de la anciana señora que accede a cumplir esos "buenos servicios", impregna con sus limitaciones la información y la interpretación de los sucesos de la realidad.

El problema que intuimos, a través de una equívoca adjetivación, es un problema de homosexualidad, totalmente ajeno a la órbita de preocupaciones y experiencias de madame Francinet y del que tampoco dicen nada los demás personajes delante de ella.

El primer servicio, en la lujosa casa de madame Rosay, ya desconcierta a madame Francinet: eso de tener que cuidar unos perros le resulta extraño, aunque "el tiempo pasaría pronto y no sería tan desagradable, pero a cada momento sentía como si algo no estuviera bien". El lujo de la casa le maravilla, pero percibe la frialdad humana, su propia soledad que se confirma más en esa habitación especialmente aislada donde tendrá que permanecer con seis perros que no le resultan nada interesantes.

El cansancio, el hambre y el sueño se ven paliados cuando, una vez terminada la reunión y su trabajo, se le acerca protectoramente monsieur Bébé, que "era tan simpático y no me producía ningún temor". En el recuerdo madame Francinet nos traduce implícitamente el motivo de esta reconstrucción del pasado: "... y sin embargo monsieur Bébé era el único que me estaba acompañando, el único que me había dado una bebida y me había acariciado la cabeza... Por eso me sentía tan contenta con monsieur Bébé, y lo miraba más y más..." Luego, cuando tiene lugar el segundo trabajo que recuerda madame Francinet, es decir, cuando asiste al entierro de monsieur Linard (Bébé), esa *mise en scène* en que ella representa el papel de madre del difunto, entonces se completa significativamente la coherencia interna del propósito del narrador al iniciar el relato de unos incidentes personales: "Sin darme cuenta, lo juro, me había puesto a llorar de veras, tomada al borde de la cama de gran lujo y de roble macizo, acordándome de cómo monsieur Bébé me había acariciado la cabeza la noche de la fiesta y me había llenado el vaso de whisky, hablando conmigo y ocupándose de mí mientras los otros se divertían".

Pero si el cuento fuera sólo, en la intencionalidad del autor, una vuelta sobre el pasado de un personaje en el que se destacan dos experiencias nada comunes, tendríamos un relato amable que de pronto se vuelve grotesco y caricaturesco y en el cual podríamos señalar la claridad y la ternura del comportamiento de una pobre anciana. Sin embargo, creemos que Cortázar barajó otros elementos que trataremos de dilucidar. La historia en su superficie aparece como el rescate nostálgico que la vejez suele intentar sobre los acontecimientos más intensos ocurridos en la vida. Pero el trasfondo se balancea entre una doble ambigüedad: de los hechos y del modo de tratarlos. La suposición de la existencia de unas relaciones homosexuales ni siquiera afecta a madame Francinet. Además, el estado físico, el hecho de participar de los hechos marginalmente y el limitado alcance perceptivo de la realidad de madame Francinet, nos crea la duda acerca de lo que realmente ocurrió: "Desde que me empezaron a temblar las manos todo me cuesta mucho más" ... "No oí bien lo que se decían, pero monsieur Loulou parecía contento a pesar de los bofetones y decía algo así como..."

Madame Francinet sólo detecta, en los dos episodios, los gestos, palabras sueltas, cuyo contexto desconoce y al que no puede llegar ni intelectual ni afectivamente; y el sobrecargado derroche de lujo. Y lo fundamental, en el primer episodio, la bondad de monsieur Bébé contrastando con la incomunicación, la soledad, su vejez. El resto es parte de una aventura en la que pensó participar totalmente, pero de la que fue una ignorada observadora.

El segundo trabajo es aún más extraordinario que el primero, lo acepta por la cantidad de dinero que se le ofrece y porque queda impresionada por el dominio del lenguaje de monsieur Rosay. No demasiado convencida de la farsa que debe llevar a cabo, cuando reconoce, ya en el velorio que el famoso modisto monsieur Linard no es otro que el bueno de monsieur Bébé, se olvida de la impostura y las lágrimas le surgen espontáneamente. Los verdaderos sentimientos y su llanto contrastan con el rígido protocolo y la frialdad que envuelve a casi todos los amigos en el velorio: "Me había puesto a llorar de veras."

A madame Francinet, sin embargo, le llama la atención algún gesto fuera de lugar, algún movimiento brusco que no alcanza a interpretar. Hay algo raro, algo que para ella no encaja del todo dentro de un velorio, pero no percibe ninguna relación entre esa muerte en "circunstancias especiales" y esa delicadeza y palidez quizá demasiado cuidada de monsieur Bébé, la anterior adjetivación femenina de Bébé al referirse a su amigo Loulou, su profesión de modisto, los gestos duros de monsieur Rosay hacia monsieur Loulou y sobre todo hacia el misterioso hombre de la bufanda, cuya apariencia contrasta, por su desaliño y su pobreza, con el ambiente de gruesas alfombras y de café servido en mesa de ruedas

El cuento, desarrollado realísticamente, se cierra sin ninguna explicación. Lo ocurrido: la noche de la fiesta en que madame Francinet conoce a monsieur Bébé y luego el velorio del modisto. Quedan en suspenso una serie de interrogantes que el lector-cómplice interpretará apoyándose en sutiles indicaciones, en detalles ínfimos. Pero el marco de conjeturas posibles no es cerrado. Y esa gama de aperturas se hace más variada en tanto el narrador es completamente ajeno al problema, está al margen. O mejor, está pendiente de su propia problemática: su soledad total, sus vanos intentos de comunicación (con las demás empleadas en la casa de madame Rosay, con algunos personajes que se le acercan durante la farsa del velorio).

Concluimos entonces en que a través de esos acontecimientos vividos como extraordinarios esta cualidad reside precisamente en el abismo que media entre los hechos y la esperanza de borrar lo ilusorio de su necesidad de integración entre los hombres: "y todos se habían olvidado de mí como pasa siempre".

Las babas del diablo

Desde nuestro punto de vista, *Las babas del diablo* es uno de los cuentos más problemáticos de Cortázar, el que más insiste y afirma el impulso y la necesidad de búsqueda en el hombre a partir de una ruptura y cuestionamiento de la certidumbre de las pautas convencionales, en el esfuerzo por acceder a una realidad diferente, pero más válida en tanto nos permite apropiarnos de la esencia de la realidad, apropiación epistemológica y ontológica que, en definitiva, debería ser el objeto de toda existencia humana. En *Rayuela* Cortázar habrá de afinar hasta el máximo esa tensión entre lo interno y lo real externo y la necesidad de colocar al lector en una posición activa en relación con la obra y con el mundo.

En *Las babas del diablo* se nos enfrenta a una zona misteriosa de la creación literaria. Y es el lector quien nuevamente tendrá que resolver o renunciar a decidir quién es el verdadero relator de esa experiencia.

¿Michel, fotógrafo aficionado a la literatura, traductor y que nos cuenta retazos de su vida?, o ¿tal vez la lente de la cámara, cuya inmovilidad de cosa lo acerca a la muerte: el tiempo, que es también una de las maneras en que se da la vida?

En esta mágica dualidad hay un intercambio constante e imperceptible de puntos de vista. Cada uno de éstos no comporta una deformación fantasmagórica de la realidad, sino estadios que se complementan y superponen en un movimiento de acercamiento y de correción de la realidad.

Para Nicolás Bratosevich el narrador en *Las babas del diablo* sería el tiempo, de modo que los personajes que aparecen e incluso la misma cámara fotográfica devendrían en "circunstancias" de esa Energía Cósmica que absorbe y borra los límites entre sus manifestantes[42]. Es nuevamente una técnica que Cortázar elige para escabullirse de lo ordinario y usual. ¿Por qué pensar solamente en la posibilidad de uno o varios puntos de vista, por qué no aliarlos a todos?

En *Las babas del diablo* hay por lo menos dos realidades: una, que corresponde a un paisaje parisiense, apacible, en medio de la naturaleza, donde no falta claridad, quietud. Y otra, terrible, ambigua, a medias entre lo que realmente ocurrió y la fantasía. Y entre ambas el lenguaje.

Entender cómo la percepción de la realidad se deforma o se encuadra (o no) sucesivamente en una primera y en una tercera persona, determinar cuáles son los límites entre lo real y lo imaginario, entre Michel y su cámara, es profundizar en lo que el mismo Cortázar nos propone: la eterna mutabilidad de la realidad.

Michel es un perseguidor de ese "gesto revelador, la expresión que todo lo resume, la vida que el movimiento acompasa pero que una imagen rígida destruye al seccionar el tiempo, si no elegimos la imperceptible fracción esencial". La preocupación de Cortázar es buscar las claves que sostienen una realidad común, extraer los significados posibles ocultos en un haz de relaciones en cuyo desvelamiento aparece comprometido el hombre para acceder a la unidad total que todo lo integre.

El cuento se basa en un hecho casual. Aunque para Cortázar todo hecho está ligado e inmerso en un conjunto que le da sentido. Es una obra en que la complejidad estructural está planteada desde el primer párrafo. La actitud crítica de Cortázar remueve aquí las estructuras del cuento y cuestiona todo lo que hay de vulnerable en el lenguaje, incluso su función esencial de comunicación, fundamentalmente del lenguaje lógico-racional.

---

[42] Nicolás Bratosevich, *Julio Cortázar, Antología*, Buenos Aires, Librería del Colegio, 1975, págs. 43 y 44.

Problematización del lenguaje, situaciones que se prestan a múltiples interpretaciones y conclusiones, dualidad vida-muerte, movilidad-inmovilidad, necesidad de catarsis a través de la narración, valoración de la expresión poética como ascesis a una realidad superior, son algunos de los rasgos esenciales de esta narración.

Podemos distinguir tres partes dentro de la estructura del relato. La primera incluye ese cuestionamiento sobre la persona que ha de asumir la narración, el cómo y el porqué. Queda así establecida una ambigüedad del punto de vista, tanto puede ser el de Michel, quien tal vez está muerto y vivo a la vez, o el de la cámara Cóntax, y también la necesidad de liberarse de una sensación interior que ahoga.

La ordenación espacio-temporal que se ensaya difiere de las localizaciones realistas: el tiempo se espacializa: "... bajemos por la escalera de esta casa hasta el domingo siete de noviembre, justo un mes atrás. Uno baja cinco pisos y ya está en el domingo..."

Esta parte concluye con una afirmación que aclara otra de las problemáticas literarias: para quién se escribe; para aquel que se sienta identificado con el autor y sus planteamientos sirvan como aperturas por donde continuar la búsqueda.

La segunda parte se inicia con una presentación de Michel, típicamente realista, en la que incluso se utilizan frases estereotipadas de la crónica: "el domingo siete de noviembre del año en curso...". Esta precisión contrasta inmediatamente con el rumbo incierto y el aire despreocupado con que Michel emprende un paseo hasta la isla Saint-Louis, donde se encuentra con una pareja formada por un adolescente y una mujer rubia. Desde ese momento su atención se centra en la observación de la pareja y en el desentrañamiento de un misterioso miedo que intuye en los movimientos del muchacho. Elabora, ante el estímulo visual, hipótesis acerca de los posibles significados que podría tener ese encuentro, y también cuáles podrían ser los desenlaces. Sus conjeturas lo conducen por el terreno de la seducción de una criatura inocente, inmovilizada por el miedo.

Esta conclusión desconcertante lo lleva a la necesidad de salvar al chico, por eso les saca una foto. Esta parte se cierra con el alejamiento del muchacho, una rápida discusión, la aparición de un cuarto personaje, siniestro y amenazante, y el alejamiento de Michel negándoles la foto.

La tercera parte nos sumerge de lleno en el reino de la imaginación o la realidad en toda su múltiple ambigüedad: frente a la fotografía, Michel y la cámara se fusionan. La posibilidad de la muerte se había insinuado desde el comienzo. Pero nada puede ser comprobado. Ahora la inmovilización de la vida en la fotografía y la muerte aparecen extrañamente apareados. Michel salvará por segunda vez al chico aunque para ello sea necesario su sacrificio.

Michel impregna la realidad con su subjetividad, trata de entender lo que hay más allá de la mera apariencia. Desde su perspectiva de observador al mirar los ojos de la mujer ("los ojos estaban ahí", repite para asegurarse sobre los datos de la realidad) siente piedad por el muchacho y queda comprometido en su salvación. Se identifica con su temor e intenta penetrar en su vida, reconstruye su biografía que podría ser la de cualquiera, pero ahora se le presenta envuelta en una inquietante atmósfera de misterio. Y la salvación se produce dos veces y desde diferentes interpretaciones de la realidad.

La alternancia de los puntos de vista nos sugiere la posibilidad de desenlaces infinitos. Lo conjetural domina el relato, que fluctúa entre el detalle concreto y la irrupción de lo imaginario que puede tener tanta validez como los hechos. La ambigüedad de las situaciones están marcadas además por el manejo del tiempo, que fluctúa, en general, entre un pasado no muy lejano, un presente que señala la atemporalidad y un potencial que recupera el pasado, aparte de las frecuentes superposiciones y saltos.

En *Las babas del diablo* hay pues la sugerencia de un amplio y contradictorio espectro de interpretaciones. En la conducta de Michel percibimos un sentimiento de curiosidad, solidaridad y piedad. Dentro del mundo firme y unívoco se confirman unos estratos ambiguos, complejos, cuyo encuentro exige el desgarramiento y el sacrificio de todas las potencias humanas.

El perseguidor

El perseguidor, cuento o "nouvelle", es una etapa fundamental dentro de la producción cortazariana, un punto clave en la indagación cada vez más dramática y comprometida del lugar del hombre en el universo, del dualismo conflictivo de nuestra condición humana. El hombre disputado por la realidad cotidiana y la razón y la intuición de una realidad superior metafísica, aferrándose agónicamente a la percepción fascinante de un estado en el que todas las oposiciones quedan anuladas y se recupera esa unidad mítica del absoluto placer.

Inspirado en la vida del genial jazzman Charlie Parker, Julio Cortázar recrea esa música golpeada por la desesperanzada búsqueda de otro ser cuyas circunstancias espacio-temporales pertenecen a un ámbito inalcanzable desde un yo anclado en la contingencia de su cotidianeidad. Johnny Carter, alcohólico y delirante, tanto como el otro perseguidor que fue Dylan Thomas, se entrega a recuperar la geografía de un paisaje atemporal acechando el momento de dar el salto y atravesar la puerta que lo separa de ese más allá que intuye como una forma superior de existencia.

Johnny se rebela contra las apariencias del mundo cotidiano; en su soledad y sufrimiento individual su vida es una larga vulneración de los lugares comunes consagrados por las normas de una sociedad que se le antoja servil y resignada a asumir las máscaras.

Muy pocas veces conseguirá una aproximación a ese estado de armonía total y eterna: tal vez cuando grabara *Amorous* llegó al punto máximo de sus posibilidades. Su primitivismo, su carencia de recursos lógico-racionales para analizar sus obsesivas y desgarradoras inquietudes le impiden avanzar sobre un terreno aprehendido y conocido. Siempre tiene que partir de improvisaciones porque "Sus conquistas son como un sueño, las olvida al despertar cuando los aplausos lo traen de vuelta, a él que anda tan lejos viviendo su cuarto de hora de minuto y medio".

Su genio poético funde las visionales presencias, los seccionamientos cronométricos, e instituye una especie de conciencia cohesiva, esponja de todas las tensiones internas de la palabra y del hombre en su relación con la naturaleza, y que rechaza las limitaciones que, como ser temporal, está también destinado a padecer.

La realidad empírica está desfasada por una realidad de carácter metafísico. Los músicos que lo acompañan, su biógrafo y amigo Bruno, su circunstancial compañera Dédée, pertenecen a ese mundo cuyo sistema de valores no comparte e incluso ataca. La seguridad, el confort, la apariencia, la moralidad le tienen sin cuidado. Su voluntaria desadaptación de las costumbres racionalmente instituidas por la civilización lo lleva a un estado de violento enfrentamiento con la sociedad y las personas.

Los elementos que dan estructura a *El perseguidor* podrían quedar señalados en los siguientes: la biografía del músico, su fracasado intento de abolir el tiempo que lleva a la muerte y la convicción de que "nadie sabe nada de nadie" porque el lenguaje como instrumento de conocimiento es insuficiente, la concepción pragmática de la vida a través de Bruno (que es el narrador-personaje lateral) y una teoría estética sobre el jazz y el arte del saxofonista negro.

La problemática de Johnny surge, de este modo, en toda su singularidad al quedar enfrentada a las demás perspectivas. Enajenado en su búsqueda, ansía olvidarse del tiempo, de los hábitos, de la vida y la muerte, y permanecer infinitamente en el otro. Bruno, narrador y biógrafo, recuerda una frase de Johnny durante un ensayo maravilloso, "Esto lo estoy tocando mañana": saboteador del ayer-hoy-mañana, visionario extrañado del mundo que lo rodea, péndulo y tortura que se adentra en las sombras de la mente en persecución de algo que siempre se desvanece. Su modo de entender la realidad se afirma desde las entrañas, y su lenguaje, racionalmente precario, emotivo, brota, sin embargo, con la agudeza del instinto que en vano intenta intelectualizar sus vivencias.

Cortázar conjuga en ese cuento una manera de narrar realista con unos contenidos que se proyectan a la órbita de lo metafísico. El destino del saxofonista negro es la cifra de la búsqueda permanente. Dolor e impotencia, placer y tragicidad, traspasan su realidad de "chimpancé que quiere aprender a leer" y que se arroja violentamente en busca de ese otro que hay en Johnny "como el fantasma de otro Johnny que pudo ser, y ese otro Johnny está lleno de grandeza; al fantasma se le nota como la falta de esa dimensión que, sin embargo, negativamente evoca y contiene".

En medio de ese mundo caótico de signos indescifrables, por la mente de Johnny aparecen con premonitoria y nítida insistencia las imágenes oníricas de unas urnas, "montones de urnas invisibles, enterradas en un campo inmenso", y entre ellas una llena de polvo gris. La noticia de la muerte de su hija menor en Chicago coloca a Johnny de golpe frente a la desgarradora evidencia de la inutilidad de perseguir un absoluto en esta tierra. La aceptación de su destino está expresada en las que fueron sus últimas palabras: "Oh, hazme una máscara."

A través de la música Johnny había logrado participar en determinados momentos de esa unidad y armonía que anhela. También en el metro y en el "ascensor del tiempo" se le presenta claramente la intuición de un tiempo físico y otro en el que todo fluye armónicamente, un tiempo mítico. Enriquecido con esta posibilidad que disuelve los opuestos, siente que podría llegar a compartir el misterio, pero para ello piensa que es necesario violar todo contrato con la sociedad que fue amputando y limitando las posibilidades de los poderes no-racionales del hombre a cambio de un precario sentimiento de seguridad. Su hambre de inmortalidad y su rebeldía se va realizando en cada nota de su saxo. Su osadía es castigada con la injusta muerte de su hija Bee, hecho que le revela que jamás podrá trascender, porque acceder a la verdad es entrar en el terreno de la muerte.

En definitiva, Johnny está condenado· a padecer un mundo del que se desarraiga y rechaza para instalarse en la aventura de la persecución del absoluto vedado a los hombres.

Las armas secretas

Todorov ha afirmado de la literatura fantástica que "es un terreno estrecho pero privilegiado a partir del cual pueden deducirse hipótesis referentes a la literatura en general". Y es que el extrañamiento del sentido cotidiano, que nos impone la realidad conocida y que está en los principios de la literatura fantástica, es también la sustancia epistemológica de las más grandes creaciones artísticas y literarias. Para Cortázar este sentimiento de extrañamiento es el método eficaz por el que llega, con implacable dureza, a desquiciar los pilares de una sociedad erigida sobre la fe absoluta en los poderes y en la irrefutabilidad de la razón. Se trata de destruir un código declarado inútil por otro en el que la sinrazón conduce a la armonía de los opuestos.

> Curioso que la gente crea que tender una cama es exactamente lo mismo que tender una cama, que dar

la mano es siempre lo mismo que dar la mano, que abrir una lata de sardinas es abrir al infinito la misma lata de sardinas.

Con este extrañamiento sobre los hábitos comienza el último de los cuentos y que da nombre a la colección: *Las armas secretas*. Pierre, protagonista del cuento, vive lo excepcional, se detiene obsesivamente en los detalles de la realidad, buscando esa dimensión trascendente, el hallazgo de nuevos sentidos que iluminen los objetos y conductas familiares.

En la presente relación amorosa de Pierre y Michèle, en cada encuentro en que ansían el acercamiento perfecto, de pronto, y sin que Pierre pueda explicar el origen, siente como la superposición de algo extraño, la fuerza secreta o mágica de un "otro" irrumpiendo en su vida como una determinante fatal que lo obliga a obedecer un destino indescifrable.

Ese "otro" que se ha apoderado de él vive en su interioridad como un doble. Su presencia es algo que lo aleja y acerca al mismo tiempo de Michèle. Una escopeta de doble caño, una frase en alemán de una canción de Schumann, unas hojas secas, son algunas de las señales que emite el misterio. Pierre no cree que estas interferencias sean gratuitas, busca los nexos causales incluso dentro de una estructuración de los hechos diferente a la suya. Las hipótesis que se pueden esgrimir son inconfirmables dentro del texto de Cortázar. Sabemos que Michèle vive obsesionada por una experiencia del pasado, cuando fuera violada en la casa de unos tíos en Enghien por un soldado alemán, ha´a ya siete años. El violador, lo sabemos por los amigos de Michèle, resultó muerto por ellos mismos, a consecuencia de que Michèle lo delatara. Este episodio, totalmente desconocido para Pierre, es sin embargo revivido por él, como si fuera una reencarnación. Pierre es simultáneamente los dos: el novio que quiere seducir y el alemán que violó a Michèle. Pero también para Michèle extrañamente Pierre tiene algo de aquel alemán. En Pierre la personalidad del soldado violador está cada vez más internalizada, a tal punto que prevé lo que va a suceder y que no sucede: "... en vez de juntar las manos y suplicar y resistirse dice su nombre, y lo está esperando, lo mira y tiembla como de felicidad o de vergüenza, como la perra delatora que es, como si la estuviera viendo a pesar del colchón de hojas secas que otra vez le cubren la cara y que se arranca con las dos manos..."

En Pierre vive un doble anterior y llega a tener conciencia de esta presencia ajena con lo que logra vencer la destrucción de la muerte y trascender a esa continuidad que anhela Cortázar a través de su inserción en una figura que lo contiene.

En este movimiento de superposición de varios yos (en este caso de dos) el *ego* pierde sus límites e ingresa en una constelación que le posibilita la realización múltiple del ser, pero al final fatalmente repite el camino hacia la muerte, con lo que esta búsqueda de una dimensión suprarreal queda trunca.

ALGUNOS JUICIOS CRÍTICOS
SOBRE LA OBRA DE CORTÁZAR

Alain Bosquet: "El poder de Julio Cortázar es notable; maneja ideas con máxima soltura, como un prestidigitador de clase. Uno se siente seducido y a veces endurecido de terror. Sería falso invocar, como referencia, a la literatura alucinatoria, a la alemana, de extracción kafkiana. Parecería necesario referirse a los maestros ingleses y americanos del género, con Edgar A. Poe a la cabeza. Sin duda Julio Cortázar no sólo es más moderno, sino que incluso puede afirmarse que constituye la vanguardia de cierta concepción literaria, emparentada con incontables inquietudes científicas y psicológicas" (en "Courrier Littéraire" de *Le monde,* París, 1963).

Manuel Durand: "La obra en prosa del argentino Julio Cortázar atrae al crítico, a la vez que por su importancia intrínseca y por la resonancia que ha alcanzado en estos últimos años, por las dificultades —las oscuridades, ambigüedades, aparentes incoherencias— de sus textos. No cabe dudar de que nos hallamos frente a un autor influyente, en boga tanto en los países de lengua española como fuera de ellos" (en *Revista Iberoamericana,* núm. 59, Pittsburgh, 1965).

Antonio Pagés Larraya: "Hay en *Los premios,* primera novela del cuentista Julio Cortázar, un esfuerzo narrativo sin desfallecimientos que funde el misterio vital de los personajes con el sondeo poético de lo argentino."

"La prosa de Cortázar es flexible, cálida, nerviosa, plegada a cada situación, capaz de instantes de nítida belleza, a la que sólo debe imputarse una estricta falta de dominio en la tendencia a la observación ingeniosa, inteligente, que a veces detiene el curso puro de lo novelesco" (en *Ficción*, núms. 33-34, Buenos Aires, 1961).

Graciela de Sola: "Esta mirada a lo real, sin permitir evasión alguna, es por el contrario una intensificación y profundización de lo real, una indagación ontológica emprendida por múltiples vías —la del lenguaje principalmente— y no conforme con la captación fenomenológica de la realidad interior o exterior. Ello nos permite hablar de 'surrealidad' al referirnos a la aventura expresiva de Julio Cortázar, aventura siempre inconclusa cuyo último hito es su obra *Rayuela.*"

"Por nuestra parte, creemos que el argentino Julio Cortázar se ha incorporado definitivamente con *Rayuela* a la gran literatura universal —que, cada vez más, excede las fronteras de lo estético para transformarse en testimonio, en indagación, en brújula para el hombre—..." (en *La vuelta a Cortázar en nueve ensayos,* Buenos Aires 1968).

Juan Carlos Ghiano: "El más intenso de los cuentistas de las últimas promociones..." (en *La novela argentina contemporánea,* Buenos Aires).

Mario Vargas Llosa: "Espíritu extraordinariamente alerta para todo lo que denuncie en el hombre una dimensión maravillosa. Cortázar es también un observador muy certero de esa realidad inmediata que se compone de gestos y palabras banales, de actos triviales sin consistencia. En sus libros, esas dos caras de la vida se funden como una moneda. Pero él no cree que la vida sea «divisible» (en el *Expreso,* Lima, 1965).

Nicolás Bratosevich: "Se ha dicho, y con razón, que la literatura de Cortázar es una afirmación del hombre como posibilidad, como búsqueda de una forma que nunca está acabada de hacer: qué más conciencia de libertad que ésa" (en *Julio Cortázar, Antología,* Bs. As., 1975).

Ana María Barrenechea: "Cortázar ha escrito la gran

novela que esperábamos de él, la que anunciaba 'El perseguidor' (la intensa 'nouvelle' de *Las armas secretas).* *Rayuela* es un libro complejo y rico, situado en la mejor tradición que abre la novelística desde sus comienzos..." (en *Sur,* Buenos Aires, 1964).

Fernando Alegría: "Pero hay aún otra *Rayuela* que me interesa, acaso, más que ninguna: me refiero al libro que, planteando la condición humana de Horacio y su gente, responde con claridad mortal y honestidad suicida a las preguntas básicas de la actual generación en rebeldía contra el *establecimiento* burgués y sus podridas fórmulas y normas sociales. Hay algo de Guevara, de Leroy Jones o de Eldridge Cleaver en el lenguaje de Cortázar cuando le habla a una generación que se niega a aceptar una vida hecha y contrahecha y rumiada, una coerción criminal, una renuncia anticipada y sin disfraz para encajar en los casilleros y las trampas del Matadero. Cortázar habla de acción en la desesperación, de protesta fuera de orden, nunca bajo compromisos, de autenticidad en todo trance" (en Helmy Giacoman, *Homenaje a Julio Cortázar).*

Ángel Leiva: "*Alguien que anda por ahí* es el resultado de una literatura que propone la obsesión del asombro desde una perspectiva humanizada, una escritura que desecha el mecanismo de los narradores prodigiosos. Algo de la imagen siempre descriptiva aparece con la facilidad del ritmo coloquial y su ambientación nos aproxima al círculo o al laberinto de las escenas familiares donde los espejos de Cortázar se transforman en exploración poética. La clara conciencia del narrador argentino se aprecia en ese reto que supone establecerse entre la realidad intuitiva, honda y verdadera, que destaca en cada personaje. El jazz, el mundo siempre apasionante del boxeo, el amor en su búsqueda irrefrenable del *otro,* el interno mundo de la psicología infantil, las sorpresas y laberintos misteriosos que la realidad presenta a diario, de nuevo vuelven a reunirse dentro de esa visión poética y fantástica de uno de los mejores narradores en nuestro idioma. En resumen, un nuevo libro de Cortázar y una serie de cuentos en los que el escritor no apela a lo monstruoso de lo humano, ni a la consecuencia de lo mágico, sino que más bien atiende, dentro de una complejidad estructural, a la situación real y cotidiana" (en *Informaciones,* Madrid, 1977).

ALGUNOS JUICIOS DE CORTÁZAR ACERCA DE SU PROPIA ESTÉTICA

"Es muy fácil advertir que cada vez escribo menos bien y ésa es precisamente mi manera de buscar un estilo. Algunos críticos han hablado de represión lamentable, porque naturalmente el proceso tradicional es ir del escribir mal al escribir bien. Pero a mí me parece que entre nosotros el estilo es también un problema ético, una cuestión de decencia. Es tan fácil escribir *bien*. ¿No deberíamos los argentinos (y esto no vale solamente para la literatura) retroceder primero, bajar primero, tocar lo más amargo, lo más repugnante, lo más horrible, lo más obsceno, todo lo que una historia de espaldas al país nos escamoteó tanto tiempo a cambio de la ilusión de nuestra grandeza y nuestra cultura, y así, después de haber tocado fondo, ganarnos el derecho a remontar hacia nosotros mismos, a ser de verdad lo que tenemos que ser?" (en *Rev. de la Univ. de México,* 1963).

* * *

"En mi caso, la sospecha de otro orden más secreto y menos comunicable, y el fecundo descubrimiento de Alfred Jarry, para quien el verdadero estudio de la realidad no residía en las leyes, sino en las excepciones a esas leyes, han sido algunos de los principios orientadores de mi *búsqueda personal* de una literatura al margen de todo realismo demasiado ingenuo" (en *La Nación,* Buenos Aires, 1963).

* * *

"Yo creo que un escritor qué merezca este nombre debe hacer todo lo que esté a su alcance para favorecer una 'mutación' del lector, luchar contra la pasividad del asimilador de novelas y cuentos, contra esa tendencia a preferir productos premasticados. La renovación formal de la novela —para emplear sus términos— debe apuntar a la creación de un lector tan activo y batallador como el novelista mismo, de un lector que le haga frente cuando sea necesario, que colabore en la tarea de estar cada vez más tremendamente vivo y descontento y maravillado y de cara al sol" (en *El escarabajo de oro*, Buenos Aires, 1965).

* * *

"El vasto experimento surrealista... me parece la más alta empresa del hombre contemporáneo como previsión y tentativa de un humanismo integrado. A su vez, la actitud surrealista (que tiende a la liquidación de géneros y especies) tiñe toda creación de carácter verbal y plástico, incorporándola a su movimiento de afirmación irracional" (en *Realidad*, 1949).

* * *

"En mi caso, la gran mayoría de mis cuentos fueron escritos —cómo decirlo— al margen de mi voluntad, por encima o por debajo de mi conciencia razonante. como si yo no fuera más que un médium por el cual pasaba y se manifestaba una fuerza ajena" (en *Algunos aspectos del cuento*, 1962).

Bibliografía

OBRAS DE JULIO CORTÁZAR

Presencia, Buenos Aires, El Bibliófilo, 1940 (con el seudónimo Julio Denis).
Los reyes, Buenos Aires, Ángel Gulab y Aldabahor, 1949.
Bestiario, Buenos Aires, Sudamericana, 1951.
Final del juego, México, Los presentes, 1956.
Las armas secretas, Buenos Aires, Sudamericana, 1958.
Los premios, Buenos Aires, Sudamericana, 1960.
Historias de cronopios y de famas, Buenos Aires, Minotauro, 1962.
Rayuela, Buenos Aires, Sudamericana, 1963.
Todos los fuegos el fuego, Buenos Aires, Sudamericana, 1966.
La vuelta al día en ochenta mundos, México, Siglo XXI, 1967.
62. Modelo para armar, Buenos Aires, Sudamericana, 1968.
Buenos Aires, Buenos Aires, Buenos Aires, Sudamericana, 1968.
Último round, México, Siglo XXI, 1969.
Viaje alrededor de una mesa, Buenos Aires, Cuadernos de Rayuela, 1970.
Pameos y meopas, Barcelona, Llibres de Sinera, 1971.
Prosa del observatorio, Barcelona, Lumen, 1972.
El libro de Manuel, Buenos Aires, Sudamericana, 1973.
Octaedro, Buenos Aires, Sudamericana, 1974.
Alguien que anda por ahí, Madrid, Alfaguara, 1977.

BIBLIOGRAFÍA SOBRE JULIO CORTÁZAR

Los trabajos y volúmenes dedicados a este escritor son tan numerosos que sólo damos reseña de los que están dedicados exclusivamente a él y de algunos de los artículos que han sido publicados en revistas. No incluimos tampoco las traducciones de sus obras.

ALEGRÍA, Fernando, *"Rayuela* o el orden del caos", *Revista Iberoamericana,* 35 (1969), págs. 459-472.

ALLEN, Richard, "En busca de la novelística de Néstor Sánchez y Julio Cortázar", *Cuadernos Hispanoamericanos,* 237 (1969), págs. 711-725.

— "Los temas del tiempo y la muerte en *Todos los fuegos el fuego,* de Julio Cortázar", *Duquesne Hispanic Review,* 6 3 (1967), págs. 35-50.

— "Temas y técnicas del taller de Julio Cortázar", *Revista de la Universidad Central de Venezuela* (1968), págs. 289-296. Publicado también en Giacoman H., *Homenaje,* páginas 297-305.

ALONSO, J. M., "Cortázar, Borges and the Loss of Experience", *Review 72,* 7 (1972), págs. 14-17.

AMESTOY, Lida A., *Cortázar. La novela mandala,* Buenos Aires, 1972.

AMÍCOLA, José, *Sobre Cortázar,* Buenos Aires, Ed. Escuela, 1969.

ANDERSON IMBERT, Enrique, *Historia de la literatura hispanoamericana,* II, México, Fondo de Cultura Económica, 1956, págs. 318-320.

— "Julio Cortázar: *Final del juego", Revista Iberoamericana,* 23, 45 1958), págs. 173-175.

ANDREU, Jean L., "Cortázar cuentista", *Mundo Nuevo,* 23 (1968), págs. 87-90.

ARA, Guillermo, Cortázar cronopio, en "Tirri", *La vuelta,* páginas 105-118.

BARNATÁN, Marcos R., "Julio Cortázar, fantasma y escritor", *Papeles de Son Armadans,* 12, 44, 130 (1967), págs. 357-359.

BARRENECHEA, Ana María, "La estructura de *Rayuela,* de Julio Cortázar", *Litterae Hispanae et Lusitanae,* Universidad de Hamburgo, 1968, págs. 69-84.

— *"Rayuela,* una búsqueda a partir de cero", *Sur,* 288 (1964), páginas 69-73.

BENEDETTI, Mario, "Julio Cortázar, un narrador para lectores cómplices", *Letras del continente mestizo,* Montevideo, Arca, 1962, págs. 85-106. Publicado también en *Tiempos Modernos,* 2 (1965), págs. 16-19.

— "Sobre Julio Cortázar", *Cuadernos de Casa de las Américas,* 3 (1967), págs. 7-22.

BENÍTEZ, Rubén, "Cortázar, que supo abrir la puerta para ir a jugar", *Revista Iberoamericana,* 39 (1973), págs. 84-85.

Boletín de Literaturas Hispánicas, Universidad Nacional del Litoral, Departamento de Letras, núm. 6, Rosario, Argentina, (1966).

CODDOU, Marcelo, "Sobre *Todos los fuegos el fuego*", *Atenea,* 163, 413 (1966), págs. 244-248.

COLEMAN, Alexander, *Cinco maestros: cuentos modernos de Hispanoamérica,* Nueva York, Harcourt, Brace and World, 1969. Instructor's Manual, págs. 12-20.

CURUTCHET, Juan C., *Julio Cortázar o la crítica de la razón pragmática,* Madrid, 1972.

— "Apuntes para una lectura de Cortázar", *Cuadernos Hispanoamericanos,* 223, Madrid, 1968, págs. 233-238.

DELLEPIANE, Angela, "La novela argentina desde 1950 a 1965", *Revista Iberoamericana,* 34 (1968), págs. 237-282.

— "Algunas conclusiones acerca del lenguaje de Cortázar", *Sinnombre,* II, 2 (1971), págs. 24-35.

DURÁN, Manuel, "Julio Cortázar y su pequeño mundo de cronopios y famas", *Revista Iberoamericana,* 31, 59 (1965), páginas 33-46.

ESCAMILLA MOLINA, Roberto, *Julio Cortázar: visión de conjunto,* México, Novaro, 1970.

FERNÁNDEZ RETAMAR, Roberto, "Carta y coloquio", en *Cinco miradas sobre Cortázar,* Buenos Aires, Tiempo Contemporáneo, 1968.

FUENTES, Carlos, "*Rayuela:* la novela como caja de Pandora", *Mundo Nuevo,* 9 (1967), págs. 67-69.

GARCÍA CANCLINI, Néstor, "La inautenticidad y el absurdo en la narrativa de Cortázar", *Revista de Filosofía,* Universidad Nacional de La Plata, 16 (1966), págs. 65-77.

— "Cortázar: el acceso a la casa del hombre", *La capital,* Rosario, 1967, pág. 2.

— *Cortázar: una antropología poética,* Buenos Aires, Nova, 1968.

GERTEL, Zunilda, "Funcionalidad del lenguaje en *La salud de los enfermos*", en Lagmanovich, *Estudios.*

GIACOMAN, Helmy, *Homenaje a Julio Cortázar; variaciones interpretativas en torno a su obra,* Nueva York, Las Américas, 1972. Compilación y prólogo. Incluye trabajos de: Lezama Lima, Villanueva, Alegría, Giordano, Copeland, Dellepiane, Pucciarelli, Filer, López Chuhurra, Blanco Amor, Pagés Larraya, Mac Adam, Allen, Schiminovich, Carrillo, Morello-Frosch, Hartman, Luchting, Paley de

Francescato, Lagmanovich, Durán, Hozven, Sosnowski, Bocaz, Davis.

HARSS, Luis, "Cortázar en su taller", *Índice*, 22, 221-223 (1967), págs. 9-24.

— "Cortázar o la cachetada metafísica", *Mundo Nuevo*, 7 (1967), págs. 57-74. Incluido en *Los Nuestros*, Buenos Aires, Sudamericana, 1967.

LAGMANOVICH, David, "Rasgos distintivos de algunos cuentos de Julio Cortázar", *Hispamérica*, I, 1 (1972), págs. 6-17.

— *Estudios sobre los cuentos de Julio Cortázar*, Barcelona, Hispam, 1974. Trabajos de: Alazraki, Borello, Borinsky, Camurati, Curutchet, Gertel, Morello-Frosch, Paley de Francescato, Petrich, Serra, Sosnowski, Veiravé.

LEAL, Luis, "Situación de Julio Cortázar", *Revista Iberoamericana*, 39 (1973), págs. 84-85.

LEZAMA LIMA, José, "Cortázar y el comienzo de la otra novela", *Casa de las Américas*, 9 (1968), págs. 57-62.

LOVELUCK, Juan, "Una revisión de la novela hispanoamericana", *Zona Franca*, III, 37, págs. 22-27.

MAC ADAM, Alfred, *El individuo y el otro: crítica a los cuentos de Julio Cortázar*, Buenos Aires, La Librería, 1971.

MICHA, René, "Le Je et l'Autre chez Julio Cortázar", *La Nouvelle Revue Française*, 12, 140 (1964), págs. 314-322.

MIGUEL, María Ester de, "Julio Cortázar: *Las armas secretas*", *Señales*, II, 114 (1959), págs. 17-18.

MURENA, H. A., "*Rayuela*, por Julio Cortázar", *Cuadernos*, (París), 79 (1963), págs. 85-86.

ORPHÉE, Elvira, "Julio Cortázar: *Las armas secretas*", *Sur*, 265 (1960), págs 51-54.

PIZARNIK, Alejandra, "Humor y poesía en un libro de Julio Cortázar", *Revista Nacional de Cultura*, 25, 160 (1963), páginas 77-82.

PRIETO, Adolfo, *Boletín de literaturas hispánicas*, núm. 6, 1966. Trabajos de: Boldori, Onega, De Gregorio, Donni de Mirande, Bottone.

RAMA, Ángel, "Julio Cortázar: una novela distinta en el Plata", *Marcha*, 1961.

— "Cortázar: el libro de las divergencias", *Plural*, 22 (1973), páginas 36-37.

REIN, Mercedes, *Julio Cortázar: el escritor y sus máscaras*, Montevideo, Diaco, 1969.

Revista Iberoamericana, núms. 84-85, julio-diciembre, 1973,

Pittsburgh. Trabajos de: Leal, Yurkievich, Aínsa, Mac Adam, Roy, Benítez, González, Borinsky, Taylor, Isasi Angulo, Muñoz Martínez, Matas, Alazraki, Rodríguez Monegal, Cortínez, Lagmanovich, Sosnowski, Paley de Francescato, Kerr.

RODRÍGUEZ MONEGAL, Emir, "The New Novelties", *Encounter*, 25, 100 (1965), pág. 102.

– *El arte de narrar*, Caracas, Monte Avila, 1968.

SALAZAR BONDY, Sebastián, "Julio Cortázar: *Bestiario*", *Sur*, 201 (1951), págs. 109-110.

SARDUY, Severo, "Del Ying al Yang", *Mundo Nuevo*, 13 (1967), págs. 10-12.

SKARMETA, Antonio, "Trampas al perseguidor", *Mapocho*, 28, páginas. 33-34.

SOLA, Graciela de, "Las galerías secretas de Julio Cortázar", *Señales*, 154 (1966), págs. 3-6.

– *Julio Cortázar y el hombre nuevo*, Buenos Aires, Sudamericana, 1968.

SOSNOWSKI, Saúl, "La intuición de la muerte en *Las armas secretas*", *Hispania*, 52 (1968), págs. 846-851.

– *Julio Cortázar: una búsqueda mítica*, Buenos Aires, Noé, 1973.

– "El compromiso revolucionario de Cortázar: un nuevo round", *Nueva narrativa hispanoamericana*, II, 1 (1972), páginas 211-213.

– "Los ensayos de Julio Cortázar: pasos hacia su poética", *Revista Iberoamericana*, 39 (1973), págs. 84-85.

SPERATTI PIÑERO, Emma Susana, "La literatura fantástica en las últimas generaciones; Julio Cortázar", *La literatura fantástica argentina*, México, Imprenta Universitaria, 1957, páginas 73-94.

VARGAS LLOSA, Mario, "*Rayuela*, de Julio Cortázar: un libro mayor", *Expreso*, 13 de julio de 1964.

VINOCUR DE TIRRI, Sara; TIRRI, Néstor, *La vuelta a Cortázar en nueve ensayos*, Buenos Aires, Carlos Pérez Editor, 1969. Trabajos de: Jitrik, Durán, Bosquet, Pizarnik, Pagés Larraya, De Sola, Ara, Gregorich.

VIÑAS, David, "Después de Cortázar: historia e interiorización", *Actual Narrativa Hispanoamericana*, Casa de las Américas, 1970.

YURKIEVICH, Saúl, "Julio Cortázar: al unísono y al dísono", *Revista Iberoamericana*, 39 (1973), págs. 84-85.

65

3

Las armas secretas

CARTAS DE MAMÁ

Muy bien hubiera podido llamarse libertad condicional. Cada vez que la portera le entregaba un sobre, a Luis le bastaba reconocer la minúscula cara familiar de José de San Martín para comprender que otra vez más habría de franquear el puente[1]. San Martín, Rivadavia, pero esos nombres eran también imágenes de calles y de cosas, Rivadavia al seis mil quinientos[2], el caserón de Flores, mamá, el café de San Martín y Corrientes donde lo esperaban a veces los amigos, donde el mazagrán[3] tenía un leve gusto a aceite de ricino. Con el sobre en la mano, después del *Merci bien, madame Durand,* salir a la calle no era ya lo mismo que el día anterior, que todos los días anteriores. Cada carta de mamá (aun antes de esto que acababa de ocurrir, este absurdo error ridículo) cambiaba de golpe la vida de Luis, lo devolvía al pasado como un duro rebote de pelota. Aun antes de esto que acababa de

---

[1] Cortázar metaforiza en el puente el espacio y el tiempo que va desde el lado de acá (París) y el lado de allá (Buenos Aires y los otros). Las cartas, ese puente, lo devuelven a ese paisaje repetidamente negado por él, y le permiten alentar la esperanza de recuperar a Laura y salvarse de la culpa y la traición. Su propósito de anular los vínculos que lo relacionen con el pasado no llega, sin embargo, a proyectarlo a ese estado de libertad que ansía. Siempre está en el camino el puente. Un puente no deseado (porque actualiza el punto de su conflicto) pero del que necesita, en parte por su incapacidad para resolver la ambivalencia de su vida. Su búsqueda del amor absoluto es un movimiento de acercamiento y separación al mismo tiempo. Y el puente encierra esta misma tensión.

[2] *Rivadavia al 6.500,* en la calle R. a la altura del número...

[3] *Mazagrán,* refresco de café, ron y hielo (o agua fría).

leer —y que ahora releía en el autobús entre enfurecido y perplejo, sin acabar de convencerse—, las cartas de mamá eran siempre una alteración del tiempo, un pequeño escándalo inofensivo dentro del orden de cosas que Luis había querido y trazado y conseguido, calzándolo en su vida como había calzado a Laura en su vida y a París en su vida. Cada nueva carta insinuaba por un rato (porque después él las borraba en el acto mismo de contestarlas cariñosamente) que su libertad duramente conquistada, esa nueva vida recortada con feroces golpes de tijera en la madeja de lana que los demás habían llamado su vida, cesaba de justificarse, perdía pie, se borraba como el fondo de las calles mientras el autobús corría por la rue de Richelieu. No quedaba más que una parva[4] libertad condicional, la irrisión de vivir a la manera de una palabra entre paréntesis, divorciada de la frase principal de la que sin embargo es casi siempre sostén y explicación. Y desazón, y una necesidad de contestar en seguida, como quien vuelve a cerrar una puerta.

Esa mañana había sido una de las tantas mañanas en que llegaba carta de mamá. Con Laura hablaban poco del pasado, casi nunca del caserón de Flores. No es que a Luis no le gustara acordarse de Buenos Aires. Más bien se trataba de evadir nombres[5] (las personas, evadidas hacía ya tanto tiempo, pero los nombres, los verdaderos fantasmas que son los nombres, esa duración pertinaz). Un día se había animado a decirle a Laura: "Si se pudiera romper y tirar el pasado como el borrador de una carta o de un libro. Pero ahí queda siempre, manchando

---

[4] *Parva*, al sentido castellano de pequeña (lat. *parva*), se une aquí el gallego de tonta. En el argentino popular abundan los galleguismos y los italianismos. En el argentino cultivado y snob, en cambio, es corriente el uso de galicismos y anglicismos.

[5] Nombrar es crear la realidad. Luis no puede olvidar sobre todo el nombre de Nico, mientras espera vanamente el momento en que Laura decida salir de sí misma y aceptar como real la muerte de Nico. Paradójicamente al final del cuento lo que se acepta es la existencia de Nico.

la copia en limpio, y yo creo que eso es el verdadero futuro." En realidad, por qué no habían de hablar de Buenos Aires donde vivía la familia, donde los amigos de cuando en cuando adornaban una postal con frases cariñosas. Y el rotograbado de *La Nación* con los sonetos de tantas señoras entusiastas, esa sensación de ya leído, de para qué. Y de cuando en cuando alguna crisis de gabinete, algún coronel enojado, algún boxeador magnífico. ¿Por qué no habían de hablar de Buenos Aires con Laura? Pero tampoco ella volvía al tiempo de antes, sólo al azar de algún diálogo, y sobre todo cuando llegaban cartas de mamá, dejaba caer un nombre o una imagen como monedas fuera de circulación, objetos de un mundo caduco en la lejana orilla del río.

—*Eh oui, fait lourd*[6] —dijo el obrero sentado frente a él.

"Si supiera lo que es el calor —pensó Luis—. Si pudiera andar una tarde de febrero por la Avenida de Mayo, por alguna callecita de Liniers."

Sacó otra vez la carta del sobre, sin ilusiones: el párrafo estaba ahí, bien claro. Era perfectamente absurdo pero estaba ahí. Su primera reacción, después de la sorpresa, el golpe en plena nuca, era como siempre de defensa. Laura no debía leer la carta de mamá. Por más ridículo que fuese el error, la confusión de nombres (mamá habría querido escribir "Víctor" y había puesto "Nico"), de todos modos Laura se afligiría, sería estúpido. De cuando en cuando se pierden cartas; ojalá ésta se hubiera ido al fondo del mar. Ahora tendría que tirarla al *water* de la oficina, y por supuesto unos días después Laura se extrañaría: "Qué raro, no ha llegado carta de tu madre." Nunca decía *tu mamá*, tal vez porque había perdido a la suya siendo niña. Entonces él contestaría: "De veras, es raro. Le voy a mandar unas líneas hoy mismo", y las mandaría, asombrándose del silencio de mamá. La vida seguiría igual, la oficina, el cine por las noches, Laura

---

6 En francés, 'Pues sí, hace calor, está pesado.'

siempre tranquila, bondadosa, atenta a sus deseos. Al bajar del autobús en la rue de Rennes se preguntó bruscamente (no era una pregunta, pero cómo decirlo de otro modo) por qué no quería mostrarle a Laura la carta de mamá. No por ella, por lo que ella pudiera sentir. No le importaba gran cosa lo que ella pudiera sentir, mientras lo disimulara. (¿No le importaba gran cosa lo que ella pudiera sentir, mientras lo disimulara?) No, no le importaba gran cosa. (¿No le importaba?)[7]. Pero la primera verdad, suponiendo que hubiera otra detrás, la verdad más inmediata por decirlo así, era que le importaba la cara que pondría Laura, la actitud de Laura. Y le importaba por él, naturalmente, por el efecto que le haría la forma en que a Laura iba a importarle la carta de mamá. Sus ojos caerían en un momento dado sobre el nombre de Nico, y él sabía que el mentón de Laura empezaría a temblar ligeramente, y después Laura diría: "Pero qué raro... ¿qué le habrá pasado a tu madre?" Y él habría sabido todo el tiempo que Laura se contenía para no gritar, para no esconder entre las manos un rostro desfigurado ya por el llanto, por el dibujo del nombre de Nico temblándole en la boca.

En la agencia de publicidad donde trabajaba como diseñador releyó la carta, una de las tantas cartas de mamá, sin nada de extraordinario fuera del párrafo donde se había equivocado de nombre. Pensó si no podría borrar la palabra, reemplazar Nico por Víctor, sencillamente reemplazar el error por la verdad, y volver con la carta a casa para que Laura la leyera. Las cartas de mamá interesaban siempre a Laura, aunque de una manera indefinible no le estuvieran destinadas. Mamá le

<hr>

[7] Así como más adelante en *Las babas del diablo,* Cortázar practica una suerte de reflexión inquisidora acerca del lenguaje, sus trampas, su pobreza para expresar lo trascendental. Así es que surge la duda constante sobre lo que se afirma. En esa pesquisa psicológica de Luis respecto a sus propios actos y palabras hay un señalamiento de lo inefable de la realidad, y de la insoportable vacuidad del lenguaje convencional para expresar estados de profundización en el ser.

escribía a él; agregaba al final, a veces a mitad de la carta, saludos muy cariñosos para Laura. No importaba, las leía con el mismo interés, vacilando ante alguna palabra ya retorcida por el reuma y la miopía. "Tomo Saridón, y el doctor me ha dado un poco de salicilato..."[8] Las cartas se posaban dos o tres días sobre la mesa de dibujo; Luis hubiera querido tirarlas apenas las contestaba, pero Laura las releía, a las mujeres les gusta releer las cartas, mirarlas de un lado y de otro, parecen extraer un segundo sentido cada vez que vuelven a sacarlas y a mirarlas. Las cartas de mamá eran breves, con noticias domésticas, una que otra referencia al orden nacional (pero esas cosas ya se sabían por los telegramas de *Le Monde*, llegaban siempre tarde por su mano). Hasta podía pensarse que las cartas eran siempre la misma, escueta y mediocre, sin nada interesante. Lo mejor de mamá era que nunca se había abandonado a la tristeza que debía causarle la ausencia de su hijo y de su nuera, ni siquiera al dolor —tan a gritos, tan a lágrimas al principio— por la muerte de Nico. Nunca, en los dos años que llevaban ya en París, mamá había mencionado a Nico en sus cartas. Era como Laura, que tampoco lo nombraba. Ninguna de las dos lo nombraba, y hacía más de dos años que Nico había muerto. La repentina mención de su nombre a mitad de la carta era casi un escándalo. Ya el solo hecho de que el nombre de Nico apareciera de golpe en una frase, con la *N* larga y temblorosa, la *o* con una cola torcida; pero era peor, porque el nombre se situaba en una frase incomprensible y absurda, en algo que no podía ser otra cosa que un anuncio de senilidad. De golpe mamá perdía la noción del tiempo, se imaginaba que... El párrafo venía después de un breve acuse de recibo de una carta de Laura. Un punto apenas marcado con la débil tinta azul comprada en el almacén del barrio, y a quemarropa: "Esta mañana Nico preguntó por ustedes." El

---

[8] *Salicilato* (de bismuto), medicamento que se empleaba para el reuma articular agudo.

resto seguía como siempre: la salud, la prima Matilde se había caído y tenía una clavícula sacada, los perros estaban bien. Pero Nico había preguntado por ellos.

En realidad hubiera sido fácil cambiar Nico por Víctor, que era el que sin duda había preguntado por ellos. El primo Víctor, tan atento siempre. Víctor tenía dos letras más que Nico, pero con una goma y habilidad se podían cambiar los nombres. Esta mañana Víctor preguntó por ustedes. Tan natural que Víctor pasara a visitar a mamá y le preguntara por los ausentes.

Cuando volvió a almorzar, traía intacta la carta en el bolsillo. Seguía dispuesto a no decirle nada a Laura, que lo esperaba con su sonrisa amistosa, el rostro que parecía haberse desdibujado un poco desde los tiempos de Buenos Aires, como si el aire gris de París le quitara el color y el relieve. Llevaban más de dos años en París, habían salido de Buenos Aires apenas dos meses después de la muerte de Nico, pero en realidad Luis se había considerado como ausente desde el día mismo de su casamiento con Laura. Una tarde, después de hablar con Nico que estaba ya enfermo, se había jurado escapar de la Argentina, del caserón de Flores, de mamá y los perros y su hermano (que ya estaba enfermo). En aquellos meses todo había girado en torno a él como las figuras de una danza: Nico, Laura, mamá, los perros, el jardín. Su juramento había sido el gesto brutal del que hace trizas una botella en la pista, interrumpe el baile con un chicotear[9] de vidrios rotos. Todo había sido brutal en esos días: su casamiento, la partida sin remilgos ni consideraciones para con mamá, el olvido de todos los deberes sociales, de los amigos entre sorprendidos y desencantados. No le había importado nada, ni siquiera el asomo de protesta de Laura. Mamá se quedaba sola en el caserón, con los perros y los frascos de remedios, con la ropa de

---

[9] *Chicotear,* pegar con un chicote (látigo en Latinoamérica). Aquí se refiere al sonido, al chasquear del látigo comparable al de los cristales rotos.

Nico colgada todavía en un ropero. Que se quedara, que todos se fueran al demonio. Mamá había parecido comprender, ya no lloraba a Nico y andaba como antes por la casa, con la fría y resuelta recuperación de los viejos frente a la muerte. Pero Luis no quería acordarse de lo que había sido la tarde de la despedida, las valijas, el taxi en la puerta, la casa ahí con toda la infancia, el jardín donde Nico y él habían jugado a la guerra, los dos perros indiferentes y estúpidos. Ahora era casi capaz de olvidarse de todo esto. Iba a la agencia, dibujaba afiches, volvía a comer, bebía la taza de café que Laura le alcanzaba sonriendo. Iban mucho al cine, mucho a los bosques, conocían cada vez mejor París. Habían tenido suerte, la vida era sorprendentemente fácil, el trabajo pasable, el departamento bonito, las películas excelentes. Entonces llegaba carta de mamá.

No las detestaba; si le hubieran faltado habría sentido caer sobre él la libertad como un peso insoportable. Las cartas de mamá le traían un tácito perdón (pero de nada había que perdonarlo), tendían el puente por donde era posible seguir pasando. Cada una lo tranquilizaba o lo inquietaba sobre la salud de mamá, le recordaba la economía familiar, la permanencia de un orden. Y a la vez odiaba ese orden y lo odiaba por Laura, porque Laura estaba en París, pero cada carta de mamá la definía como ajena, como cómplice de ese orden que él había repudiado una noche en el jardín, después de oír una vez más la tos apagada, casi humilde de Nico.

No, no le mostraría la carta. Era innoble sustituir un nombre por otro, era intolerable que Laura leyera la frase de mamá. Su grotesco error, su tonta torpeza de un instante —la veía luchando con una pluma vieja, con el papel que se ladeaba, con su vista insuficiente—, crecería en Laura como una semilla fácil. Mejor tirar la carta (la tiró esa tarde misma) y por la noche ir al cine con Laura, olvidarse.lo antes posible de que Víctor había preguntado por ellos. Aunque fuera Víctor, el primo tan bien educado, olvidarse de que Víctor había preguntado por ellos.

Diabólico, agazapado, relamiéndose, Tom esperaba que Jerry cayera en la trampa. Jerry no cayó, y llovieron sobre Tom catástrofes incontables. Después Luis compró helados, los comieron mientras miraban distraídamente los anuncios en colores. Cuando empezó la película, Laura se hundió un poco más en su butaca y retiró la mano del brazo de Luis. Él la sentía otra vez lejos, quién sabe si lo que miraban juntos era ya la misma cosa para los dos, aunque más tarde comentaran la película en la calle o en la cama. Se preguntó (no era una pregunta, pero cómo decirlo de otro modo) si Nico y Laura habían estado así de distantes en los cines, cuando Nico la festejaba[10] y salían juntos. Probablemente habían conocido todos los cines de Flores, toda la rambla estúpida de la calle Lavalle, el león, el atleta que golpea el gongo[11], los subtítulos en castellano por Carmen de Pinillos, los personajes de esta película son ficticios, y toda relación... Entonces, cuando Jerry había escapado de Tom y empezaba la hora de Bárbara Stanwyck o de Tyrone Power, la mano de Nico se acostaría despacio sobre el muslo de Laura (el pobre Nico, tan tímido, tan novio), y los dos se sentirían culpables de quién sabe qué. Bien le constaba a Luis que no habían sido culpables de nada definitivo; aunque no hubiera tenido la más deliciosa de las pruebas, el veloz desapego de Laura por Nico hubiera bastado para ver en ese noviazgo un mero simulacro urdido por el barrio, la vecindad, los círculos culturales y recreativos que son la sal de Flores. Había bastado el capricho de ir una noche a la misma sala de baile que frecuentaba Nico, el azar de una presentación fraternal. Tal vez por eso, por la facilidad del comienzo, todo el resto había sido inesperadamente duro y amargo. Pero no quería acordarse ahora, la comedia había terminado con la blanda derrota de Nico, su melancólico refugio en una muerte de tísico. Lo raro era que Laura no lo nombrara

---

[10] *Festejar,* 'cortejar'.
[11] *Gongo,* gong.

nunca, y que por eso tampoco él lo nombrara, que Nico no fuera ni siquiera el difunto, ni siquiera el cuñado muerto, el hijo de mamá. Al principio le había traído un alivio después del turbio intercambio de reproches, del llanto y los gritos de mamá, de la estúpida intervención del tío Emilio y del primo Víctor (Víctor preguntó esta mañana por ustedes), el casamiento apresurado y sin más ceremonia que un taxi llamado por teléfono y tres minutos delante de un funcionario con caspa en las solapas. Refugiados en un hotel de Adrogué, lejos de mamá y de toda la parentela desencadenada, Luis había agradecido a Laura que jamás hiciera referencia al pobre fantoche que tan vagamente había pasado de novio a cuñado. Pero ahora, con un mar de por medio, con la muerte y dos años de por medio, Laura seguía sin nombrarlo, y él se plegaba a su silencio por cobardía, sabiendo que en el fondo ese silencio lo agraviaba por lo que tenía de reproche, de arrepentimiento, de algo que empezaba a parecerse a la traición. Más de una vez había mencionado expresamente a Nico, pero comprendía que eso no contaba, que la respuesta de Laura tendía solamente a desviar la conversación. Un lento territorio prohibido se había ido formando poco a poco en su lenguaje, aislándolos de Nico, envolviendo su nombre y su recuerdo en un algodón manchado y pegajoso. Y del otro lado mamá hacía lo mismo, confabulada inexplicablemente en el silencio. Cada carta hablaba de los perros, de Matilde, de Víctor, del salicilato, del pago de la pensión. Luis había esperado que alguna vez mamá aludiera a su hijo para aliarse con ella frente a Laura, obligar cariñosamente a Laura a que aceptara la existencia póstuma de Nico. No porque fuera necesario, a quién le importaba nada de Nico vivo o muerto, pero la tolerancia de su recuerdo en el panteón del pasado hubiera sido la oscura, irrefutable prueba de que Laura lo había olvidado verdaderamente y para siempre. Llamado a la plena luz de su nombre el íncubo se hubiera desvanecido, tan débil e inane como cuando pisaba la tierra. Pero Laura seguía callando el nombre de Nico, y cada vez que lo callaba, en el momento preciso en que hubiera sido natural que lo dijera y exactamente lo callaba, Luis sentía otra vez la presencia de Nico en el jardín de Flores, escuchaba su tos discreta preparando el más perfecto regalo de bodas imaginable, su muerte en plena luna de miel de la que había sido su novia, del que había sido su hermano.

Una semana más tarde Laura se sorprendió de que no hubiera llegado carta de mamá. Barajaron las hipótesis usuales, y Luis escribió esa misma tarde. La respuesta no lo inquietaba demasiado, pero hubiera querido (lo sentía al bajar la escalera por las mañanas) que la portera le diese a él la carta en vez de subirla al tercer piso. Una quincena más tarde reconoció el sobre familiar, el rostro del almirante Brown y una vista de las cataratas del Iguazú. Guardó el sobre antes de salir a la calle y contestar al saludo de Laura asomada a la ventana. Le pareció ridículo tener que doblar la esquina antes de abrir la carta. El Boby se había escapado a la calle y unos días después había empezado a rascarse, contagio de algún perro sarnoso. Mamá iba a consultar a un veterinario amigo del tío Emilio, porque no era cosa de que el Boby le pegara la peste al Negro. El tío Emilio era de parecer que los bañara con acaroína[12], pero ella ya no estaba para esos trotes y sería mejor que el veterinario recetara algún polvo insecticida o algo para mezclar con la comida. La señora de al lado tenía un gato sarnoso, vaya a saber si los gatos no eran capaces de contagiar a los perros, aunque fuera a través del alambrado. Pero qué les iba a interesar a ellos esas charlas de vieja, aunque Luis siempre había sido muy cariñoso con los perros y de chico hasta dormía con uno a los pies de la cama, al revés de Nico que no le gustaban mucho. La señora de al lado aconsejaba espolvorearlos con dedeté

---

[12] *acaroína*, de ácaro (arácnido parásito como la garrapata o el arador de la sarna). Sustancia medicamentosa antisárnica.

por si no era sarna, los perros pescan toda clase de pestes cuando andan por la calle; en la esquina de Bacacay paraba un circo con animales raros, a lo mejor había microbios en el aire, esas cosas. Mamá no ganaba para sustos, entre el chico de la modista que se había quemado el brazo con leche hirviendo y el Boby sarnoso.

Después había como una estrellita azul (la pluma cucharita[13] que se enganchaba en el papel, la exclamación de fastidio de mamá) y entonces unas reflexiones melancólicas sobre lo sola que se quedaría si también Nico se iba a Europa como parecía, pero ése era el destino de los viejos, los hijos son golondrinas que se van un día, hay que tener resignación mientras el cuerpo vaya tirando. La señora de al lado...

Alguien empujó a Luis, le soltó una rápida declaración de derechos y obligaciones con acento marsellés. Vagamente comprendió que estaba estorbando el paso de la gente que entraba por el angosto corredor del *métro*. El resto del día fue igualmente vago, telefoneó a Laura para decirle que no iría a almorzar, pasó dos horas en un banco de plaza releyendo la carta de mamá, preguntándose qué debería hacer frente a la insania. Hablar con Laura, antes de nada. Por qué (no era una pregunta, pero cómo decirlo de otro modo) seguir ocultándole a Laura lo que pasaba. Ya no podía fingir que esta carta se había perdido como la otra, ya no podía creer a medias que mamá se había equivocado y escrito Nico por Víctor, y que era tan penoso que se estuviera poniendo chocha. Resueltamente esas cartas eran Laura, eran lo que iba a ocurrir con Laura. Ni siquiera eso: lo que ya había ocurrido desde el día de su casamiento, la luna de miel en Adrogué, las noches en que se habían querido desesperadamente en el barco que los traía a Francia. Todo era Laura, todo iba a ser Laura ahora que Nico quería venir a Europa en el delirio de mamá. Cómplices como nunca, mamá le estaba hablando a Laura de Nico, le estaba

---

[13] *Pluma cucharita*, 'plumilla'.

anunciando que Nico iba a venir a Europa, y lo decía así, Europa a secas, sabiendo tan bien que Laura comprendería que Nico iba a desembarcar en Francia, en París, en una casa donde se fingía exquisitamente haberlo olvidado, pobrecito.

Hizo dos cosas: escribió al tío Emilio señalándole los síntomas que lo inquietaban y pidiéndole que visitara inmediatamente a mamá para cerciorarse y tomar las medidas del caso. Bebió un coñac tras otro y anduvo a pie hacia su casa para pensar en el camino lo que debía decirle a Laura, porque al fin y al cabo tenía que hablar con Laura y ponerla al corriente. De calle en calle fue sintiendo cómo le costaba situarse en el presente, en lo que tendría que suceder media hora más tarde. La carta de mamá lo metía, lo ahogaba en la realidad de esos dos años de vida en París, la mentira de una paz traficada, de una felicidad de puertas para afuera, sostenida por diversiones y espectáculos, de un pacto involuntario de silencio en que los dos se desunían poco a poco como en todos los pactos negativos. Sí, mamá, sí, pobre Boby sarnoso, mamá. Pobre Boby, pobre Luis, cuánta sarna, mamá. Un baile del club de Flores, mamá, fui porque él insistía, me imagino que quería darse corte[14] con su conquista. Pobre Nico, mamá, con esa tos seca en que nadie creía todavía, con ese traje cruzado a rayas, esa peinada a la brillantina, esas corbatas de rayón tan cajetillas[15]. Uno charla un rato, simpatiza, cómo no va a bailar esa pieza con la novia del hermano, oh, novia es mucho decir, Luis, supongo que puedo llamarlo Luis, verdad. Pero sí, me extraña que Nico no la haya llevado a casa todavía, usted le va a caer tan bien a mamá. Este Nico es más torpe, a que ni siquiera habló con su papá. Tímido, sí, siempre fue igual. Como yo. ¿De qué se ríe, no me cree? Pero si yo no soy lo que parezco... ¿Verdad que hace calor? De veras, usted tiene que venir a casa.

---

[14] *Darse corte*, 'presumir', 'ser presuntuoso'.
[15] *Cajetilla*, 'hortera'.

mamá va a estar encantada. Vivimos los tres solos, con los perros. Che Nico, pero es una vergüenza, te tenías esto escondido, malandra[16]. Entre nosotros somos así, Laura, nos decimos cada cosa. Con tu permiso, yo bailaría este tango con la señorita.

Tan poca cosa, tan fácil, tan verdaderamente brillantina y corbata rayón. Ella había roto con Nico por error, por ceguera, porque el hermano rana había sido capaz de ganar de arrebato y darle vuelta la cabeza. Nico no juega al tenis, qué va a jugar, usted no lo saca del ajedrez y la filatelia, hágame el favor. Callado, tan poca cosa el probrecito, Nico se había ido quedando atrás, perdido en un rincón del patio, consolándose con el jarabe pectoral y el mate amargo. Cuando cayó en cama y le ordenaron reposo coincidió justamente con un baile en Gimnasia y Esgrima de Villa del Parque. Uno no se va a perder esas cosas, máxime cuando va a tocar Edgardo Donato y la cosa promete. A mamá le parecía tan bien que él sacara a pasear a Laura, le había caído como una hija apenas la llevaron una tarde a la casa. Vos fijáte, mamá, el pibe[17] está débil y capaz que[18] le hace impresión si uno le cuenta. Los enfermos como él se imaginan cada cosa, de fijo que va a creer que estoy afilando[19] con Laura. Mejor que no sepa que vamos a Gimnasia. Pero yo no le dije eso a mamá, nadie de casa se enteró nunca que andábamos juntos. Hasta que se mejorara el enfermito, claro. Y así el tiempo, los bailes, dos o tres bailes, las radiografías de Nico, después el auto del petiso[20] Ramos, la noche de la

---

[16] *Malandra, malandrín,* del griego *malandryon,* especie de lepra. Hoy, en el cono sur de América Latina, mentiroso, estafador, sinvergüenza. Se usa también en tono jocoso, como aquí.

[17] *Pibe,* americanismo, niño, chico, joven. Del cat. *pevet* ('pebetero', 'incensario'), usado irónicamente para 'maloliente', de donde pasó a niño de pañales y, más tarde, a niño y chico.

[18] *Capaz que* se emplea como adverbio con el sentido de 'posiblemente', 'quizás'.

[19] *Afilar,* en argot porteño 'coquetear'. Afilar una mina, hablar con una mujer para ligarla.

[20] *Petiso,* pequeño, bajo.

farra[21] en casa de la Beba, las copas, el paseo en auto hasta el puente del arroyo, una luna, esa luna como una ventana de hotel allá arriba, y Laura en el auto negándose, un poco bebida, las manos hábiles, los besos, los gritos ahogados, la manta de vicuña, la vuelta en silencio, la sonrisa de perdón.

La sonrisa era casi la misma cuando Laura le abrió la puerta. Había carne al horno, ensalada, un flan. A las diez vinieron unos vecinos que eran sus compañeros de canasta. Muy tarde, mientras se preparaban para acostarse, Luis sacó la carta y la puso sobre la mesa de luz.

—No te hablé antes porque no quería afligirte. Me parece que mamá...

Acostado, dándole la espalda, esperó. Laura guardó la carta en el sobre, apagó el velador. La sintió contra él, no exactamente contra pero la oía respirar cerca de su oreja.

—¿Vos te das cuenta? —dijo Luis, cuidando su voz.

—Sí. ¿No creés que se habrá equivocado de nombre?

Tenía que ser. Peón cuatro rey, peón cuatro rey. Perfecto.

—A lo mejor quiso poner Víctor —dijo, clavándose lentamente las uñas en la palma de la mano.

—Ah, claro. Podría ser —dijo Laura. Caballo rey tres alfil.

Empezaron a fingir que dormían.

A Laura le había parecido bien que el tío Emilio fuera el único en enterarse, y los días pasaron sin que volvieran a hablar de eso. Cada vez que volvía a casa, Luis esperaba una frase o un gesto insólitos en Laura, un claro en esa guardia perfecta de calma y de silencio. Iban al cine como siempre, hacían el amor como siempre. Para Luis ya no había en Laura otro misterio que el de su resignada adhesión a esa vida en la que nada había llegado a ser lo que pudieron esperar dos años atrás. Ahora la conocía

---

[21] *Farra*, juerga, diversión. Probablemente del vasco *parra*, 'risa', 'parranda'.

bien, a la hora de las confrontaciones definitivas tenía que admitir que Laura era como había sido Nico, de las que se quedan atrás y sólo obran por inercia, aunque empleara a veces una voluntad casi terrible en no hacer nada, en no vivir de veras para nada. Se hubiera entendido mucho mejor con Nico que con él, y los dos lo venían sabiendo desde el día de su casamiento, desde las primeras tomas de posición que siguen a la blanda aquiescencia de la luna de miel y el deseo. Ahora Laura volvía a tener la pesadilla. Soñaba mucho, pero la pesadilla era distinta, Luis la reconocía entre muchos otros movimientos de su cuerpo, palabras confusas o breves gritos de animal que se ahoga. Había empezado a bordo, cuando todavía hablaban de Nico porque Nico acababa de morir y ellos se habían embarcado unas pocas semanas después. Una noche, después de acordarse de Nico y cuando ya se insinuaba el tácito silencio que se instalaría luego entre ellos, Laura había tenido la pesadilla. Se repetía de tiempo en tiempo y era siempre lo mismo, Laura lo despertaba con un gemido ronco, una sacudida convulsiva de las piernas, y de golpe un grito que era una negativa total, un rechazo con las dos manos y todo el cuerpo y toda la voz de algo horrible que le caía desde el sueño como un enorme pedazo de materia pegajosa. Él la sacudía, la calmaba, le traía agua que bebía sollozando, acosada aún a medias por el otro lado de su vida. Decía no recordar nada, era algo horrible pero no se podía explicar, y acababa por dormirse llevándose su secreto, porque Luis sabía que ella sabía, que acababa de enfrentarse con aquel que entraba en su sueño, vaya a saber bajo qué horrenda máscara, y cuyas rodillas abrazaría Laura en un vértigo de espanto, quizá de amor inútil. Era siempre lo mismo, le alcanzaba un vaso de agua, esperando en silencio a que ella volviera a apoyar la cabeza en la almohada. Quizá un día el espanto fuera más fuerte que el orgullo, si eso era orgullo. Quizá entonces él podría luchar desde su lado. Quizá no todo estaba perdido, quizá la nueva vida llegara a ser realmente otra cosa que ese simulacro de sonrisas y de cine francés.

Frente a la mesa de dibujo, rodeado de gentes ajenas, Luis recobraba el sentido de la simetría y el método que le gustaba aplicar a la vida. Puesto que Laura no tocaba el tema, esperando con aparente indiferencia la contestación del tío Emilio, a él le correspondía entenderse con mamá. Contestó su carta limitándose a las menudas noticias de las últimas semanas, y dejó para la postdata una frase rectificatoria: "De modo que Víctor habla de venir a Europa. A todo el mundo le da por viajar, debe ser la propaganda de las agencias de turismo. Decíle que escriba, le podemos mandar todos los datos que necesite. Decíle también que desde ahora cuenta con nuestra casa."

El tío Emilio contestó casi a vuelta de correo, secamente como correspondía a un pariente tan cercano y tan resentido por lo que en el velorio de Nico había calificado de incalificable. Sin haberse disgustado de frente con Luis, había demostrado sus sentimientos con la sutileza habitual en casos parecidos, absteniéndose de ir a despedirlo al barco, olvidando dos años seguidos la fecha de su cumpleaños. Ahora se limitaba a cumplir con su deber de hermano político de mamá, y enviaba escuetamente los resultados. Mamá estaba muy bien pero casi no hablaba, cosa comprensible teniendo en cuenta los muchos disgustos de los últimos tiempos. Se notaba que estaba muy sola en la casa de Flores, lo cual era lógico puesto que ninguna madre que ha vivido toda la vida con sus dos hijos puede sentirse a gusto en una enorme casa llena de recuerdos. En cuanto a las frases en cuestión, el tío Emilio había procedido con el tacto que se requería en vista de lo delicado del asunto, pero lamentaba decirles que no había sacado gran cosa en limpio, porque mamá no estaba en vena de conversación y hasta lo había recibido en la sala, cosa que nunca hacía con su hermano político. A una insinuación de orden terapéutico, había contestado que aparte del reumatismo se sentía perfectamente bien, aunque en esos días la fatigaba tener que planchar tantas camisas. El tío Emilio se había interesado por saber de qué camisas se trataba, pero ella se había limitado a una inclinación de cabeza y un ofrecimiento de jerez y galletitas Bagley.

Mamá no les dio demasiado tiempo para discutir la carta del tío Emilio y su ineficacia manifiesta. Cuatro días después llegó un sobre certificado, aunque mamá sabía de sobra que no hay necesidad de certificar las cartas aéreas a París. Laura telefoneó a Luis y le pidió que volviera lo antes posible. Media hora más tarde la encontró respirando pesadamente, perdida en la contemplación de unas flores amarillas sobre la mesa. La carta estaba en la repisa de la chimenea, y Luis volvió a dejarla ahí después de la lectura. Fue a sentarse junto a Laura, esperó. Ella se encogió de hombros.

—Se ha vuelto loca —dijo.

Luis encendió un cigarrillo. El humo le hizo llorar los ojos. Comprendió que la partida continuaba, que a él le tocaba mover. Pero esa partida la estaban jugando tres jugadores, quizá cuatro. Ahora tenía la seguridad de que también mamá estaba al borde del tablero. Poco a poco resbaló en el sillón, y dejó que su cara se pusiera la inútil máscara de las manos juntas. Oía llorar a Laura, abajo corrían a gritos los chicos de la portera.

La noche trae consejo, etcétera. Les trajo un sueño pesado y sordo, después que los cuerpos se encontraron en una monótona batalla que en el fondo no habían deseado. Una vez más se cerraba el tácito acuerdo: por la mañana hablarían del tiempo, del crimen de Saint-Cloud, de James Dean. La carta seguía sobre la repisa y mientras bebían té no pudieron dejar de verla, pero Luis sabía que al volver del trabajo ya no la encontraría. Laura borraba las huellas con su fría, eficaz diligencia. Un día, otro día, otro día más. Una noche se rieron mucho con los cuentos[22] de los vecinos, con una audición

---

[22] *Cuento,* en Argentina por chiste, historia jocosa. Chiste, en cambio, es broma.

de Fernandel. Se habló de ir a ver una pieza de teatro, de pasar un fin de semana en Fontainebleau.

Sobre la mesa de dibujo se acumulaban los datos innecesarios, todo coincidía con la carta de mamá. El barco llegaba efectivamente al Havre el viernes 17 por la mañana, y el tren especial entraba en Saint-Lazare a las 11,45. El jueves vieron la pieza de teatro y se divirtieron mucho. Dos noches antes Laura había tenido otra pesadilla, pero él no se molestó en traerle agua y la dejó que se tranquilizara sola, dándole la espalda. Después Laura durmió en paz, de día andaba ocupada cortando y cosiendo un vestido de verano. Hablaron de comprar una máquina de coser eléctrica cuando terminaran de pagar la heladera[23]. Luis encontró la carta de mamá en el cajón de la mesa de luz y la llevó a la oficina. Telefoneó a la compañía naviera, aunque estaba seguro de que mamá daba las fechas exactas. Era su única seguridad, porque todo el resto no se podía siquiera pensar. Y ese imbécil del tío Emilio. Lo mejor sería escribir a Matilde; por más que estuviesen distanciados Matilde comprendería la urgencia de intervenir, de proteger a mamá. ¿Pero realmente (no era una pregunta, pero cómo decirlo de otro modo) había que proteger a mamá, precisamente a mamá? Por un momento pensó en pedir larga distancia y hablar con ella. Se acordó del jerez y las galletitas Bagley, se encogió de hombros. Tampoco había tiempo de escribir a Matilde, aunque en realidad había tiempo pero quizá fuese preferible esperar al viernes diecisiete antes de... El coñac ya no lo ayudaba ni siquiera a no pensar, o por lo menos a pensar sin tener miedo. Cada vez recordaba con más claridad la cara de mamá en las últimas semanas de Buenos Aires, después del entierro de Nico. Lo que él había entendido como dolor, se le mostraba ahora como otra cosa, algo en donde había una rencorosa desconfianza, una expresión de animal que siente que van a abandonarlo en un terreno baldío lejos de la casa,

---

[23] *Heladera*, nevera, refrigerador.

para deshacerse de él. Ahora empezaba a ver de veras la cara de mamá. Recién ahora la veía de veras en aquellos días en que toda la familia se había turnado para visitarla, darle el pésame por Nico, acompañarla de tarde, y también Laura y él venían de Adrogué para acompañarla, para estar con mamá. Se quedaban apenas un rato porque después aparecía el tío Emilio, o Víctor, o Matilde, y todos eran una misma fría repulsa, la familia indignada por lo sucedido, por Adrogué, porque eran felices mientras Nico, pobrecito, mientras Nico. Jamás sospecharían hasta qué punto habían colaborado para embarcarlos en el primer buque a mano; como si se hubieran asociado para pagarles los pasajes, llevarlos cariñosamente a bordo con regalos y pañuelos.

Claro que su deber de hijo lo obligaba a escribir en seguida a Matilde. Todavía era capaz de pensar cosas así antes del cuarto coñac. Al quinto las pensaba de nuevo y se reía (cruzaba París a pie para estar más solo y despejarse la cabeza), se reía de su deber de hijo, como si los hijos tuvieran deberes, como si los deberes fueran los de cuarto grado[24], los sagrados deberes para la sagrada señorita del inmundo cuarto grado. Porque su deber de hijo no era escribir a Matilde. ¿Para qué fingir (no era una pregunta, pero cómo decirlo de otro modo) que mamá estaba loca? Lo único que se podía hacer era no hacer nada, dejar que pasaran los días, salvo el viernes. Cuando se despidió como siempre de Laura diciéndole que no vendría a almorzar porque tenía que ocuparse de unos afiches urgentes, estaba tan seguro del resto que hubiera podido agregar: "Si querés vamos juntos." Se refugió en el café de la estación, menos por disimulo que para tener la pobre ventaja de ver sin ser visto. A las once y treinta y cinco descubrió a Laura por su falda azul, la siguió a distancia, la vio mirar el tablero, consultar a un empleado, comprar un boleto de plataforma[25], entrar en

---

24 *Cuarto grado,* pariente en cuarto grado, pariente lejano.
25 *Boleto de plataforma,* billete de andén.

el andén donde ya se juntaba la gente con el aire de los que esperan. Detrás de una zorra[26] cargada de cajones de fruta miraba a Laura que parecía dudar entre quedarse cerca de la salida del andén o internarse por él. La miraba sin sorpresa, como a un insecto cuyo comportamiento podía ser interesante. El tren llegó casi en seguida y Laura se mezcló con la gente que se acercaba a las ventanillas de los coches buscando cada uno lo suyo, entre gritos y manos que sobresalían como si dentro del tren se estuvieran ahogando. Bordeó la zorra y entró al andén entre más cajones de fruta y manchas de grasa. Desde donde estaba vería salir a los pasajeros, vería pasar otra vez a Laura, su rostro lleno de alivio porque el rostro de Laura, ¿no estaría lleno de alivio? (No era una pregunta, pero cómo decirlo de otro modo.) Y después, dándose el lujo de ser el último una vez que pasaran los últimos viajeros y los últimos changadores, entonces saldría a su vez, bajaría a la plaza llena de sol para ir a beber coñac al café de la esquina. Y esa misma tarde escribiría a mamá sin la menor referencia al ridículo episodio (pero no era ridículo) y después tendría valor y hablaría con Laura (pero no tendría valor y no hablaría con Laura). De todas maneras coñac, eso sin la menor duda, y que todo se fuera al demonio. Verlos pasar así en racimos, abrazándose con gritos y lágrimas, las parentelas desatadas, un erotismo barato como un carroussel de feria barriendo el andén, entre valijas y paquetes y por fin, por fin, cuánto tiempo sin vernos, qué quemada estás, Ivette, pero sí, hubo un sol estupendo, hija. Puesto a buscar semejanzas, por gusto de aliarse a la imbecilidad, dos de los hombres que pasaban cerca debían ser argentinos por el corte de pelo, los sacos[27], el aire de suficiencia disimulando el azoramiento de entrar en París. Uno sobre todo se parecía a Nico, puesto a buscar

---

[26] *Zorra,* carro bajo y fuerte empleado para transportar cargas en muelles, estaciones, etc.

[27] *Saco,* 'chaqueta', hoy americanismo. Del latín *saccus,* 'saco' y, también, 'vestido tosco'.

semejanzas. El otro no, y en realidad éste tampoco apenas se le miraba el cuello mucho más grueso y la cintura más ancha. Pero puesto a buscar semejanzas por puro gusto, ese otro que ya había pasado y avanzaba hacia el portillo de salida, con una sola valija en la mano izquierda, Nico era zurdo como él, tenía esa espalda un poco cargada, ese corte de hombros. Y Laura debía haber pensado lo mismo porque venía detrás mirándolo, y en la cara una expresión que él conocía bien, la cara de Laura cuando despertaba de la pesadilla y se incorporaba en la cama mirando fijamente el aire, mirando, ahora lo sabía, a aquel que se alejaba dándole la espalda, consumada la innominable venganza que la hacía gritar y debatirse en sueños.

Puestos a buscar semejanzas, naturalmente el hombre era un desconocido, lo vieron de frente cuando puso la valija en el suelo para buscar el billete y entregarlo al del portillo. Laura salió la primera de la estación, la dejó que tomara distancia y se perdiera en la plataforma del autobús. Entró en el café de la esquina y se tiró en una banqueta. Más tarde no se acordó si había pedido algo de beber, si eso que le quemaba la boca era el regusto del coñac barato. Trabajó toda la tarde en los afiches, sin tomarse descanso. A ratos pensaba que tendría que escribirle a mamá, pero lo fue dejando pasar hasta la hora de salida. Cruzó París a pie, al llegar a casa encontró a la portera en el zaguán y charló un rato con ella. Hubiera querido quedarse hablando con la portera o los vecinos, pero todos iban entrando en los departamentos y se acercaba la hora de cenar. Subió despacio (en realidad siempre subía despacio para no fatigarse los pulmones y no toser) y al llegar al tercero se apoyó en la puerta antes de tocar el timbre, para descansar un momento en la actitud del que escucha lo que pasa en el interior de una casa. Después llamó con los dos toques cortos de siempre.

—Ah, sos vos —dijo Laura, ofreciéndole una mejilla fría—. Ya empezaba a preguntarme si habrías tenido que quedarte más tarde. La carne debe estar recocida.

No estaba recocida, pero en cambio no tenía gusto a nada. Si en ese momento hubiera sido capaz de preguntarle a Laura por qué había ido a la estación, tal vez el café hubiese recobrado el sabor, o el cigarrillo. Pero Laura no se había movido de casa en todo el día, lo dijo como si necesitara mentir o esperara que él hiciera un comentario burlón sobre la fecha, las manías lamentables de mamá. Revolviendo el café, de codos sobre el mantel, dejó pasar una vez más el momento. La mentira de Laura ya no importaba, una más entre tantos besos ajenos, tantos silencios donde todo era Nico, donde no había nada en ella o en él que no fuera Nico. ¿Por qué (no era una pregunta, pero cómo decirlo de otro modo) no poner un tercer cubierto en la mesa?[28] ¿Por qué no irse, por qué no cerrar el puño y estrellarlo en esa cara triste y sufrida que el humo del cigarrillo deformaba, hacía ir y venir como entre dos aguas, parecía llenar poco a poco de odio como si fuera la cara misma de mamá? Quizá estaba en la otra habitación, o quizá esperaba apoyado en la puerta como había esperado él, o se había instalado ya donde siempre había sido el amo, en el territorio blanco y tibio de las sábanas al que tantas veces había acudido en los sueños de Laura. Allí esperaría, tendido de espaldas, fumando también él su cigarrillo, tosiendo un poco, riéndose con una cara de payaso como la cara de los últimos días, cuando no le quedaba ni una gota de sangre sana en las venas[29].

---

[28] El sentimiento de lo absurdo que domina desde un comienzo al personaje será superado en tanto pasa a un estadio predilecto de Cortázar: asumir vivir las falsas incongruencias, la inútil irrealidad. Dice Cortázar: "Sólo viviendo absurdamente se podrá romper alguna vez este absurdo íntimo."

[29] La búsqueda del absoluto se vislumbra como posible en cuanto se la ejerza en libertad, sin miedo a reconocer lo absurdo real. No sólo son las cartas las que destruyen esa farsa de vida que Luis se creara en París, es también su propia actitud frente a la vida, queriendo ordenar un presente fragmentado de sus raíces, de sus sentimientos. . Cronometración que resulta imposible de soportar y que crea una desolación

Pasó al otro cuarto, fue a la mesa de trabajo, encendió la lámpara. No necesitaba releer la carta de mamá para contestarla como debía. Empezó a escribir, querida mamá. Escribió: querida mamá. Tiró el papel, escribió: mamá. Sentía la casa como un puño que se fuera apretando. Todo era más estrecho, más sofocante. El departamento había sido suficiente para dos, estaba pensado exactamente para dos. Cuando levantó los ojos (acababa de escribir: mamá), Laura estaba en la puerta, mirándolo. Luis dejó la pluma.

—¿A vos no te parece que está mucho más flaco? —dijo.

Laura hizo un gesto. Un brillo paralelo le bajaba por las mejillas.

—Un poco —dijo—. Uno va cambiando...

<hr />

interior y un sentimiento de impotencia frente a la realidad. Los diálogos marcan la distancia espiritual, el claustro expresivo resultante de esa su ordenada desintegración del mundo

91

LOS BUENOS SERVICIOS

*A Marta Mosquera, que me habló
en París de madame Francinet.*

Desde hace un tiempo me cuesta encender el fuego.
Los fósforos no son como los de antes, ahora hay que
ponerlos cabeza abajo y esperar a que la llama tome
fuerza; la leña viene húmeda, y por más que le reco-
miendo a Frédéric que me traiga troncos secos, siempre
huelen a mojado y prenden mal. Desde que me empezaron a temblar las manos todo me cuesta mucho más.
Antes yo tendía[1] una cama en dos segundos, y las sábanas
quedaban como recién planchadas. Ahora tengo que dar
vueltas y más vueltas alrededor de la cama, y madame
Beauchamp se enoja y dice que si me paga por hora es
para que no pierda tiempo alisando un pliegue aquí y
otro allá. Todo porque me tiemblan las manos, y porque
las sábanas de ahora no son como las de antes, tan firmes
y gruesas. El doctor Lebrun ha dicho que no tengo nada,
solamente hay que cuidarse mucho, no tomar frío y
acostarse temprano. "¿Y ese vaso de vino cada tanto, eh,
madame Francinet? Sería mejor que lo suprimiéramos, y
también el pernod a mediodía." El doctor Lebrun es un
médico joven, con ideas muy buenas para los jóvenes. En
mi tiempo nadie hubiera creído que el vino era malo. Y
después que yo nunca bebo lo que se llama beber, como
la Germaine, la del tercero, o ese bruto de Félix, el
carpintero. No sé por qué ahora me acuerdo del pobre

---

[1] *Tender la cama,* las sábanas, 'hacer la cama', 'estirar las sábanas'.

monsieur Bébé, la noche en que me hizo beber una copa de whisky. ¡Monsieur Bébé! ¡Monsieur Bébé! En la cocina del departamento de madame Rosay, la noche de la fiesta. Yo salía mucho, entonces, todavía andaba de casa en casa, trabajando por horas. En lo de monsieur Renfeld, en lo de las hermanas que enseñaban piano y violín, en tantas casas, todas muy bien. Ahora apenas puedo ir tres veces por semana a lo de madame Beauchamp, y me parece que no durará mucho. Me tiemblan tanto las manos, y madame Beauchamp se enoja conmigo. Ahora ya no me recomendaría a madame Rosay, y madame Rosay no vendría a buscarme, ahora monsieur Bébé no se encontraría conmigo en la cocina. No, sobre todo monsieur Bébé.

Cuando madame Rosay vino a casa ya era tarde, y no se quedó más que un momento. En realidad mi casa es una sola pieza, pero como dentro tengo la cocina y lo que sobró de los muebles cuando murió Georges y hubo que vender todo, me parece que tengo derecho a llamarla mi casa. De todos modos hay tres sillas, y madame Rosay se quitó los guantes, se sentó y dijo que la pieza[2] era pequeña pero simpática. Yo no me sentía impresionada por madame Rosay, aunque me hubiera gustado estar mejor vestida. Me tomó de sorpresa, y tenía puesta la falda verde que me habían regalado en lo de las hermanas. Madame Rosay no miraba nada, quiero decir que miraba y desviaba la vista en seguida, como para despegarse de lo que había mirado. Tenía la nariz un poco fruncida; a lo mejor le molestaba el olor a cebollas (me gustan mucho las cebollas) o el pis del pobre Minouche. Pero yo estaba contenta de que madame Rosay hubiera venido, y se lo dije.

—Ah, sí, madame Francinet. También yo me alegro de haberla encontrado, porque estoy tan ocupada... —Fruncía la nariz como si las ocupaciones olieran mal—.

[2] *Pieza,* 'habitación'. (En Argentina se usa también *ambiente:* un departamento de tres ambientes.)

Quiero pedirle que... Es decir, madame Beauchamp pensó que quizá usted dispondría de la noche del domingo.

—Pues naturalmente —dije yo—. ¿Qué puedo hacer el domingo, después de ir a misa? Entro un rato en lo de Gustave, y...

—Sí, claro —dijo madame Rosay—. Si usted está libre el domingo, quisiera que me ayudara en casa. Daremos una fiesta.

—¿Una fiesta? Mis felicitaciones, madame Rosay.

Pero a madame Rosay no pareció gustarle esto, y se levantó de golpe.

—Usted ayudaría en la cocina, habrá tanto que hacer. Si puede ir a las siete, mi mayordomo le explicará lo necesario.

—Naturalmente, madame Rosay.

—Esta es mi dirección —dijo madame Rosay, y me dio una tarjeta color crema—. ¿Estará bien con quinientos francos?

—Quinientos francos.

—Digamos seiscientos. A medianoche quedará libre, y tendrá tiempo de alcanzar el último *métro*[3]. Madame Beauchamp me ha dicho que usted es de confianza.

—¡Oh, madame Rosay!

Cuando se fue estuve por reírme al pensar que casi le había ofrecido una taza de té (hubiera tenido que buscar alguna que no estuviera desportillada). A veces no me doy cuenta con quién estoy hablando. Sólo cuando voy a casa de una señora me contengo y hablo como una criada. Debe ser porque en mi casa no soy criada de nadie, o porque me parece que todavía vivo en nuestro pabelloncito de tres piezas, cuando Georges y yo trabajábamos en la fábrica y no pasábamos necesidad. A lo mejor es porque a fuerza de retar[4] al pobre Minouche,

---

[3] En francés 'metro'. En Argentina se dice *subte,* abreviatura de *subterráneo.*
[4] *Retar,* 'reprender', 'regañar'. Americanismo, también catalán.

que hace pis debajo de la cocina, me parece que yo también soy una señora como madame Rosay.

Cuando iba a entrar en la casa, por poco se me sale el tacón de un zapato. Dije en seguida: "Buena suerte quiero verte y quererte, diablo aléjate." Y toqué el timbre.

Salió un señor de patillas grises como en el teatro, y me dijo que pasara. Era un departamento grandísimo que olía a cera de pisos. El señor de patillas era el mayordomo y olía a benjuí[5].

—En fin —dijo, y se apuró a hacerme seguir por un corredor que llevaba a las habitaciones de servicio—. Para otra vez llamará a la puerta de la izquierda.

—Madame Rosay no me había dicho nada.

—La señora no está para pensar en esas cosas. Alice, ésta es madame Francinet. Le dará usted uno de sus delantales.

Alice me llevó a su cuarto, más allá de la cocina (y qué cocina) y me dio un delantal demasiado grande. Parece que madame Rosay le había encargado que me explicara todo, pero al principio lo de los perros me pareció un error y me quedé mirando a Alice, la verruga que tenía Alice debajo de la nariz. Al pasar por la cocina todo lo que había podido ver era tan lujoso y reluciente que la sola idea de estar ahí esa noche, limpiando cosas de cristal y preparando las bandejas con las golosinas que se comen en esas casas, me pareció mejor que ir a cualquier teatro o al campo. A lo mejor fue por eso que al principio no entendí bien lo de los perros, y me quedé mirando a Alice.

—Eh, sí —dijo Alice, que era bretona y bien que se le notaba—. La señora ha dicho.

—¿Pero cómo? Y ese señor de las patillas, ¿no se puede ocupar él de los perros?

—El señor Rodolos es el mayordomo —dijo Alice, con santo respeto.

---

[5] *Benjuí,* perfume hecho con incienso de Java. Del árabe *luben yawi.*

—Bueno, si no es él, cualquiera. No entiendo por qué yo.

Alice se puso insolente de golpe.

—¿Y por qué no, madame...?

—Francinet, para servirla.

—...¿madame Francinet? No es un trabajo difícil. Fido es el peor, la señorita Lucienne lo ha malcriado mucho... Me explicaba, de nuevo amable como una gelatina.

—Azúcar a cada momento, y tenerlo en la falda. Monsieur Bébé también lo echa a perder en cuanto viene, lo mima tanto, sabe usted... Pero Médor es muy bueno, y Fifine no se moverá de un rincón.

—Entonces —dije yo, que no volvía de mi asombro—, hay muchísimos perros.

—Eh, sí, muchísimos.

—¡En un departamento! —dije, indignada y sin poder disimular—. No sé lo que pensará usted, señora...

—Señorita.

—Perdone usted. Pero en mis tiempos, señorita, los perros vivían en las perreras, y bien puedo decirlo pues mi difunto esposo y yo teníamos una casa al lado de la villa de monsieur... —Pero Alice no me dejó explicarle. No es que dijera nada, pero se veía que estaba impaciente y eso yo lo noto en seguida en la gente. Me callé, y empezó a decirme que madame Rosay adoraba a los perros, y que el señor respetaba todos sus gustos. Y también estaba su hija, que había heredado el mismo gusto.

—La señorita anda loca con Fido, y seguramente comprará una perra de la misma raza, para que tengan cachorros. No hay nada más que seis: Médor, Fifine, Fido, la Petite, Chow y Hannibal. El peor es Fido, la señorita Lucienne lo ha malcriado mucho. ¿No lo oye? Seguramente está ladrando en el recibimiento.

—¿Y dónde tendré que quedarme a cuidarlos? —pregunté con aire despreocupado, no fuera que Alice creyera que me sentía ofendida.

—Monsieur Rodolos la llevará al cuarto de los perros.

97

4

—¿Así que tienen un cuarto, los perros? —dije, siempre con mucha naturalidad. Alice no tenía la culpa, en el fondo, pero debo decir la verdad y es que le hubiera dado de bofetadas ahí mismo.

—Claro que tienen su cuarto —dijo Alice—. La señora quiere que los perros duerman cada uno en su colchón, y les ha hecho arreglar un cuarto para ellos solos. Ya llevaremos una silla para que usted pueda sentarse y vigilarlos.

Me ajusté lo mejor posible el delantal y volvimos a la cocina. Justamente en ese momento se abrió otra puerta y entró madame Rosay. Tenía una *robe de chambre* azul[6], con pieles blancas, y la cara llena de crema. Parecía un pastel, con perdón sea dicho. Pero estuvo muy amable y se veía que mi llegada le quitaba un peso de encima.

—Ah, madame Francinet. Ya Alice le habrá explicado de qué se trata. Quizá más tarde pueda ayudar en alguna otra cosa liviana, secar copas o algo así, pero lo principal es tener quietos a mis tesoros. Son deliciosos, pero no saben estar juntos, y sobre todo solos; en seguida se pelean, y no puedo *tolerar* la idea de que Fido muerda a Chow, pobrecito, o que Médor... —bajó la voz y se acercó un poco—. Además, tendrá que vigilar mucho a la Petite, es una pomerania de ojos preciosos. Me parece que... el momento se acerca... y no quisiera que Médor, o que Fido... ¿comprende usted? Mañana la haré llevar a nuestra finca, pero hasta entonces quiero que esté vigilada. Y no sabría dónde tenerla si no es con los otros en su cuarto. ¡Pobre tesoro, tan mimosa! No podría quitármela de al lado en toda la noche. Ya verá usted que no le darán trabajo. Al contrario, se va a divertir viendo lo inteligentes que son. Yo iré una que otra vez a ver cómo anda todo.

Me di cuenta de que no era una frase amable sino una advertencia, pero madame Rosay seguía sonriendo debajo de la crema que olía a flores.

---

[6] En francés 'bata'.

—Lucienne, mi hija, irá también, naturalmente. No puede estar sin su Fido. Hasta duerme con él, figúrese usted... —Pero esto último lo estaba diciendo a alguien que le pasaba por la cabeza, porque al mismo tiempo se volvió para salir y no la vi más. Alice, apoyada en la mesa, me miraba con aire idiota. No es que yo desprecie a la gente, pero me miraba con aire idiota.

—¿A qué hora es la fiesta? —dije yo, dándome cuenta de que sin querer seguía hablando con el tono de madame Rosay, esa manera de hacer las preguntas un poco al costado de la persona, como preguntándole a un perchero o a una puerta.

—Ya va a empezar —dijo Alice, y monsieur Rodolos, que entraba en ese momento quitándose una mota de polvo de su traje negro, asintió con aire importante.

—Sí, no tardarán —dijo, haciendo una seña a Alice para que se ocupara de unas preciosas bandejas de plata—. Ya están ahí monsieur Fréjus y monsieur Bébé, y quieren cocktails.

—Esos vienen siempre temprano —dijo Alice—. Así beben, también... Ya le he explicado todo a madame Francinet, y madame Rosay le habló de lo que tiene que hacer.

—Ah, perfectamente. Entonces lo mejor será que la lleve a la habitación donde tendrá que quedarse. Yo iré luego a traer a los perros; el señor y monsieur Bébé están jugando con ellos en la sala.

—La señorita Lucienne tenía a Fido en su dormitorio —dijo Alice.

—Sí, ella misma se lo traerá a madame Francinet. Por ahora, si quiere usted venir conmigo...

Así fue como me vi sentada en una vieja silla de viena, exactamente en el medio de un grandísimo cuarto lleno de colchones por el suelo, y donde había una casilla con techo de paja, igual a las chozas de los negros, que según me explicó el señor Rodolos era un capricho de la señorita Lucienne para su Fido. Los seis colchones estaban tirados por todas partes, y había escudillas con

99

agua y comida. La única lámpara eléctrica colgaba justamente encima de mi cabeza, y daba una luz muy pobre. Se lo dije al señor Rodolos, y que tenía miedo de quedarme dormida cuando no estuvieran más que los perros.

—Oh, no se quedará dormida, madame Francinet —me contestó—. Los perros son muy cariñosos pero están malcriados, y habrá que ocuparse de ellos todo el tiempo. Espere aquí un momento.

Cuando cerró la puerta y me dejó sola, sentada en medio de ese cuarto tan raro, con el olor a perro (un olor limpio, eso sí) y todos los colchones por el suelo, me sentí un poco rara porque era casi como estar soñando, sobre todo con esa luz amarilla encima de la cabeza, y el silencio. Claro que el tiempo pasaría pronto y no sería tan desagradable, pero a cada momento sentía como si algo no estuviera bien. No precisamente que me hubieran llamado para eso sin prevenirme, pero tal vez lo raro de tener que hacer ese trabajo, o a lo mejor yo realmente pensaba que eso no estaba bien. El suelo brillaba de bien lustrado, y los perros se veía que hacían sus necesidades en otra parte porque no había nada de olor, salvo el de ellos mismos, que no es tan feo cuando pasa un rato. Pero lo peor era estar sola y esperando, y casi me alegré cuando la señorita Lucienne entró trayendo en brazos a Fido, un pekinés horrible (no puedo aguantar a los pekineses), y el señor Rodolos vino gritando y llamando a los otros cinco perros hasta que estuvieron todos en la pieza. La señorita Lucienne estaba preciosa, toda de blanco, y tenía un pelo platinado que le llegaba a los hombros. Besó y acarició mucho rato a Fido, sin ocuparse de los otros que bebían y jugaban, y después me lo trajo y me miró por primera vez.

—¿Usted es la que los va a cuidar? —dijo. Tenía una voz un poco chillona, pero no se puede negar que era muy hermosa.

—Soy madame Francinet, para servirla —dije, saludando.

— Fido es muy delicado. Tómelo. Sí, en los brazos. No la va a ensuciar, lo baño yo misma todas las mañanas. Como le digo, es muy delicado. No le permita que se mezcle con *ésos*. Cada tanto ofrézcale agua.

El perro se quedó quieto en mi falda, pero lo mismo me daba un poco de asco. Un danés grandísimo lleno de manchas negras se acercó y se puso a olerlo, como hacen los perros, y la señorita Lucienne soltó un chillido y le dio de puntapiés. El señor Rodolos no se movía de la puerta, y se veía que estaba acostumbrado.

— Ya ve, ya ve —gritaba la señorita Lucienne—. Es lo que no quiero que suceda, y usted no debe permitirlo. Ya le explicó mamá, ¿verdad? No se moverá de aquí hasta que termine el *party*[7]. Y si Fido se siente mal y se pone a llorar, golpee la puerta para que *ése* me avise.

Se fue sin mirarme, después de tomar otra vez en brazos al pekinés y besarlo hasta que el perro lloriqueó. Monsieur Rodolos se quedó todavía un momento.

— Los perros no son malos, madame Francinet —me dijo—. De todos modos, si tiene algún inconveniente, golpee la puerta y vendré. Tómelo con calma —agregó como si se le hubiera ocurrido a último momento, y se fue cerrando con todo cuidado la puerta. Me pregunto si no le puso el cerrojo por fuera, pero resistí a la tentación de ir a ver, porque creo que me hubiera sentido mucho peor.

En realidad cuidar a los perros no fue difícil. No se peleaban, y lo que madame Rosay había dicho de la Petite no era cierto, por lo menos no había empezado todavía. Naturalmente apenas la puerta estuvo cerrada yo solté al asqueroso pekinés y lo dejé que se revolcara tranquilamente con los otros. Era el peor, les buscaba camorra todo el tiempo, pero ellos no le hacían nada y hasta se veía que lo invitaban a jugar. De cuando en cuando bebían, o comían la rica carne de las escudillas.

---

[7] En inglés 'reunión', 'fiesta'.

Con perdón sea dicho, casi me daba hambre ver esa carne tan rica en las escudillas.

A veces, desde muy lejos, se oía reír a alguien y no sé si era porque estaba enterada de que iban a hacer música (Alice lo había dicho en la cocina), pero me pareció oír un piano, aunque a lo mejor era en otro departamento. El tiempo se hacía muy largo, sobre todo por culpa de la única luz que colgaba del techo, tan amarilla. Cuatro de los perros se durmieron pronto, y Fido y Fifine (no sé si era Fifine, pero me pareció que debía ser ella) jugaron un rato a mordisquearse las orejas, y terminaron bebiendo mucha agua y acostándose uno contra otro en un colchón. A veces me parecía oír pasos afuera, y corría a tomar en brazos a Fido, no fuera que entrara la señorita Lucienne. Pero no vino nadie y pasó mucho tiempo, hasta que empecé a dormitar en la silla, y casi hubiera querido apagar la luz y dormirme de veras en uno de los colchones vacíos.

No diré que no estuve contenta cuando Alice vino a buscarme. Alice tenía la cara muy colorada, y se veía que aún le duraba la excitación de la fiesta y todo lo que habrían comentado en la cocina con las otras mucamas[8] y monsieur Rodolos.

—Madame Francinet, usted es una maravilla —dijo—. Seguramente la señora va a estar encantada y la llamará cada vez que haya una fiesta. La última que vino no consiguió que se quedaran tranquilos, y hasta la señorita Lucienne tuvo que dejar de bailar y venir a atenderlos. ¡Vea cómo duermen!

—¿Ya se fueron los invitados? —pregunté, un poco avergonzada de sus elogios.

—Los invitados sí, pero hay otros que son como de la casa y siempre se quedan un rato. Todos han bebido mucho, puedo asegurárselo. Hasta el señor, que en casa nunca bebe, vino muy contento a la cocina y nos hizo

---

[8] *Mucamo, a.* En Latinoamérica, 'sirviente', 'doncella'. Origen desconocido, entra al castellano del brasileño.

bromas a la Ginette y a mí sobre lo bien que había estado servida la cena, y nos regaló cien francos a cada una. Me parece que también a usted le darán alguna propina. Todavía están bailando la señorita Lucienne con su novio, y monsieur Bébé y sus amigos juegan a disfrazarse.

—¿Entonces tendré que quedarme?

—No, la señora ha dicho que cuando se fueran el diputado y los otros, había que soltar a los perros. Les encanta jugar con ellos en el salón. Yo voy a llevar a Fido, y usted no tiene más que venir conmigo a la cocina.

La seguí, cansadísima y muerta de sueño, pero llena de curiosidad por ver algo de la fiesta, aunque fuera las copas y los platos en la cocina. Y los vi, porque había montones apilados en todas partes, y botellas de champaña y de whisky, algunas todavía con un fondo de bebida. En la cocina usaban tubos de luz azul, y me quedé deslumbrada al ver tantos armarios blancos, tantos estantes donde brillaban los cubiertos y las cacerolas. La Ginette era una pelirroja pequeñita, que también estaba muy excitada y recibió a Alice con risitas y gestos. Parecía bastante desvergonzada, como tantas en estos tiempos.

—¿Siguen igual? —preguntó Alice, mirando hacia la puerta.

—Sí —dijo la Ginette, retorciéndose—. ¿La señora es la que estuvo cuidando a los perros?

Yo tenía sed y sueño, pero no me ofrecían nada, ni siquiera donde sentarme. Estaban demasiado entusiasmadas por la fiesta, por todo lo que habían visto mientras servían la mesa o recibían los abrigos a la entrada. Sonó un timbre y Alice, que seguía con el pekinés en brazos, salió corriendo. Vino monsieur Rodolos y pasó sin mirarme, volviendo en seguida con los cinco perros que saltaban y le hacían fiestas. Vi que tenía la mano llena de terrones de azúcar, y que los iba repartiendo para que los perros lo siguieran al salón. Yo me apoyé en la gran mesa del centro, tratando de no mirar mucho a la Ginette, que apenas volvió Alice siguió charlando de monsieur Bébé y los disfraces, de monsieur Fréjus, de la pianista que parecía tuberculosa, y de cómo la señorita Lucienne había tenido un altercado con su padre. Alice tomó una de las botellas a medio vaciar, y se la llevó a la boca con una grosería que me dejó tan desconcertada que no sabía adónde mirar; pero lo peor fue que luego se la pasó a la pelirroja, que terminó de vaciarla. Las dos se reían como si también hubieran bebido mucho durante la fiesta. Tal vez por eso no pensaban que yo tenía hambre, y sobre todo sed. Con seguridad si hubieran estado en sus cabales se hubieran dado cuenta. La gente no es mala, y muchas desatenciones se cometen porque no se está en lo que se hace; igual ocurre en el autobús, en los almacenes y en las oficinas.

El timbre sonó otra vez, y las dos muchachas salieron corriendo. Se oían grandes carcajadas, y de cuando en cuando el piano. Yo no comprendía por qué me hacían esperar; no tenían más que pagarme y dejar que me fuera. Me senté en una silla y puse los codos sobre la mesa. Se me caían los ojos de sueño, y por eso no me di cuenta de que alguien acababa de entrar en la cocina. Primero oí un ruido de vasos que chocaban, y un silbido muy suave. Pensé que era la Ginette y me volví para preguntarle qué iban a hacer conmigo.

—Oh, perdón, señor —dije, levantándome—. No sabía que usted estaba aquí.

—No estoy, no estoy —dijo el señor, que era muy joven—. ¡Loulou, ven a ver!

Se tambaleaba un poco, apoyándose en uno de los estantes. Había llenado un vaso con una bebida blanca, y lo miraba al trasluz como si desconfiara. La llamada Loulou no aparecía, de modo que el joven señor se me acercó y me dijo que me sentara. Era rubio, muy pálido, y estaba vestido de blanco. Cuando me di cuenta de que estaba vestido de blanco en pleno invierno me pregunté si soñaba. Esto no es un modo de decir, cuando veo algo raro siempre me pregunto con todas las letras si estoy soñando. Podría ser, porque a veces sueño cosas raras. Pero el señor estaba ahí, sonriendo con un aire de fatiga y casi de aburrimiento. Me daba lástima ver lo pálido que era.

—Usted debe ser la que cuida los perros —dijo, y se puso a beber.

—Soy madame Francinet, para servirlo —dije. Era tan simpático, y no me producía ningún temor. Más bien el deseo de serle útil, de tener alguna atención con él. Ahora estaba mirando otra vez la puerta entornada.

—¡Loulou! ¿Vas a venir? Aquí hay vodka. ¿Por qué ha estado llorando, madame Francinet?

—Oh, no señor. Debo haber bostezado, un momento antes de que usted entrara. Estoy un poco cansada, y la luz en el cuarto de... en el otro cuarto, no era muy buena. Cuando una bosteza...

—...le lloran los ojos —dijo él. Tenía unos dientes perfectos, y las manos más blancas que he visto en un hombre. Enderezándose de golpe, fue al encuentro de un joven que entraba tambaleándose.

—Esta señora —le explicó— es la que nos ha librado de esas bestias asquerosas. Loulou, di buenas noches.

Me levanté otra vez e hice un saludo. Pero el señor llamado Loulou ni siquiera me miraba. Había encontrado una botella de champaña en la heladera, y trataba de hacer saltar el corcho. El joven de blanco se acercó a ayudarlo, y los dos se pusieron a reír y a forcejear con la botella. Cuando uno se ríe pierde la fuerza, y ninguno de los dos podía descorchar la botella. Entonces quisieron hacerlo juntos, y tiraban de cada lado, hasta que terminaron apoyándose uno en el otro, cada vez más contentos pero sin poder abrir la botella. Monsieur Loulou decía: "Bébé, Bébé, por favor, vámonos ahora...", y monsieur Bébé se reía cada vez más y lo rechazaba jugando, hasta que al final descorchó la botella y dejó que un gran chorro de espuma cayera por la cara de monsieur Loulou, que soltó una palabrota y se frotó los ojos, yendo de un lado para otro[9].

---

[9] En este cuento la narradora-protagonista está fuera del submundo

—Pobre querido, está demasiado borracho —decía monsieur Bébé, poniéndole las manos en la espalda y empujándolo para que saliera—. Vaya a hacerle compañía a la pobre Nina que está muy triste... —Y se reía, pero ya sin ganas.

Después volvió, y lo encontré más simpático que nunca. Tenía un tic nervioso que le hacía levantar una ceja. Lo repitió dos o tres veces, mirándome.

—Pobre madame Francinet —dijo, tocándome la cabeza muy suavemente—. La han dejado sola, y seguramente no le han dado nada de beber.

—Ya vendrán a decirme que puedo volver a casa, señor —contesté. No me molestaba que se hubiera tomado la libertad de tocarme la cabeza.

—Que puede volver, que puede volver... ¿Qué necesidad tiene nadie de que le den permiso para hacer algo? —dijo monsieur Bébé, sentándose frente a mí. Había levantado otra vez su vaso, pero lo dejó en la mesa, fue a buscar uno limpio y lo llenó de una bebida color té.

—Madame Francinet, vamos a beber juntos —dijo alcanzándome el vaso—. A usted le gusta el whisky, claro.

—Dios mío, señor —dije, asustada—. Fuera del vino, y

<hr />

sórdido que se desenvuelve a su alrededor, por eso a madame Francinet los signos misteriosos no le despiertan ninguna necesidad de búsqueda. Vive a nivel pasivo y el desentrañamiento del enigma nos corresponde a nosotros los lectores. Nicolás Bratosevich (en *Julio Cortázar, Antología*, ed. Librería del Colegio, Buenos Aires, 1975, pág. 51) dice que, a diferencia de los demás cuentos de Cortázar, en éste el protagonista no es un perseguidor: "...A menudo es precisamente el protagonista el que ignora que haya nada que descubrir, como le sucede a madame Francinet... cuya ignorancia y buena fe le hacen vivir peripecias en las que sólo puede hacerse cargo de unas cuantas costumbres estrafalarias propias de gente rica, pero en las que se esconden temibles enredos de un submundo que, como tal, a ella se le escapa: *pero no al lector*. La persecución esta vez debe cumplirla sólo éste, a despecho de la ingenuidad con que vive la situación el personaje... En última instancia la complicidad entre el 'autor implícito' (= el que ordena y da sentido al relato) y el que lee constituye la peripecia profunda de casi todos estos textos."

los sábados un pequeño pernod en lo de Gustave, no sé lo que es beber.

—¿No ha tomado nunca whisky, de verdad? —dijo monsieur Bébé, maravillado—. Un trago, nada más. Verá qué bueno es. Vamos, madame Francinet, anímese. El primer trago es el que cuesta... —Y se puso a declamar una poesía que no recuerdo, donde hablaba de unos navegantes de algún sitio raro. Yo tomé un trago de whisky y lo encontré tan perfumado que tomé otro, y después otro más. Monsieur Bébé saboreaba su vodka, y me miraba encantado.

—Con usted es un placer, madame Francinet —decía—. Por suerte no es joven, con usted se puede ser amigo... No hay más que mirarla para ver que es buena, como una tía de provincia, alguien que uno puede mimar, y que lo puede mimar a uno, pero sin peligro, sin peligro... Vea, por ejemplo Nina tiene una tía en el Poitou que le manda pollos, canastas de legumbres y hasta miel... ¿No es admirable?

—Claro que sí, señor —dije, dejando que me sirviera otro poco, ya que le daba tanto placer—. Siempre es agradable tener a alguien que vele por uno, sobre todo cuando se es tan joven. En la vejez no queda más remedio que pensar en uno mismo, porque los demás... Aquí me tiene a mí, por ejemplo. Cuando murió mi Georges...

—Beba otro poco, madame Francinet. La tía de Nina vive lejos, y no hace más que mandar pollos... No hay peligro de historias de familia...

Yo estaba tan mareada que ni siquiera tenía miedo de lo que iba a ocurrir si entraba monsieur Rodolos y me sorprendía sentada en la cocina, hablando con uno de los invitados. Me encantaba mirar a monsieur Bébé, oír su risa tan aguda, probablemente por efecto de la bebida. Y a él le gustaba que yo lo mirara, aunque primero me pareció un poco desconfiado pero después no hacía más que sonreír y beber, mirándome todo el tiempo. Yo sé que estaba terriblemente borracho porque Alice me había dicho todo lo que habían bebido y además por la forma en que le brillaban los ojos a monsieur Bébé. Si no hubiera estado borracho, ¿qué tenía que hacer en la cocina con una vieja como yo? Pero los otros también estaban borrachos, y sin embargo monsieur Bébé era el único que me estaba acompañando, el único que me había dado una bebida y me había acariciado la cabeza, aunque no estaba bien que lo hubiera hecho. Por eso me sentía tan contenta con monsieur Bébé, y lo miraba más y más, y a él le gustaba que lo mirasen, porque una o dos veces se puso un poco de perfil, y tenía una nariz hermosísima, como una estatua. Todo él era como una estatua, sobre todo con su traje blanco. Hasta lo que bebía era blanco, y estaba tan pálido que me daba un poco de miedo por él. Se veía que se pasaba la vida encerrado, como tantos jóvenes de ahora. Me hubiera gustado decírselo, pero yo no era nadie para darle consejos a un señor como él, y además no me quedó tiempo porque se oyó un golpe en la puerta y monsieur Loulou entró arrastrando al danés, atado con una cortina que había retorcido para formar una especie de soga. Estaba mucho más bebido que monsieur Bébé, y casi se cae cuando el danés dio una vuelta y le enredó las piernas con la cortina. Se oían voces en el pasillo, y apareció un señor de cabellos grises, que debía ser monsieur Rosay, y en seguida madame Rosay muy roja y excitada, y un joven delgado y de pelo tan negro como no he visto nunca. Todos trataban de socorrer a monsieur Loulou, cada vez más enredado con el danés y la cortina, mientras se reían y bromeaban a gritos. Nadie se fijó en mí, hasta que madame Rosay me vio y se puso seria. No pude oír lo que le decía al señor de cabellos grises, que miró mi vaso (estaba vacío, pero con la botella al lado), y monsieur Rosay miró a monsieur Bébé y le hizo un gesto de indignación, mientras monsieur Bébé le guiñaba un ojo, y echándose atrás en su silla se reía a carcajadas. Yo estaba muy confundida, de modo que me pareció que lo mejor era levantarme y saludar a todos con una inclinación, y luego irme a un lado y esperar. Madame Rosay había salido de la cocina, y un instante después entraron Alice y monsieur Rodolos que se acercaron a mí y me indicaron que los acompañara. Saludé a todos los presentes con una inclinación, pero no creo que nadie me viera porque estaban calmando a monsieur Loulou que de pronto se había echado a llorar y decía cosas incomprensibles señalando a monsieur Bébé. Lo último que recuerdo fue la risa de monsieur Bébé, echado hacia atrás en su silla.

Alice esperó a que me quitara el delantal, y monsieur Rodolos me entregó seiscientos francos. En la calle estaba nevando, y el último *métro* había pasado hacía rato. Tuve que caminar más de una hora hasta llegar a mi casa, pero el calor del whisky me protegía, y el recuerdo de tantas cosas, y lo mucho que me había divertido en la cocina al final de la fiesta.

El tiempo vuela, como dice Gustave. Uno cree que es lunes y ya estamos a jueves. El otoño se termina, y de golpe es pleno verano. Cada vez que Robert aparece para preguntarme si no hay que limpiar la chimenea (es muy bueno Robert, y me cobra la mitad que a los otros inquilinos), me doy cuenta de que el invierno está como quien dice en la puerta. Por eso no me acuerdo bien de cuánto tiempo había pasado hasta que vi otra vez a monsieur Rosay. Vino al caer la noche, casi a la misma hora que madame Rosay la primera vez. También él empezó diciendo que venía porque madame Beauchamp me había recomendado, y se sentó en la silla con aire confuso. Nadie se siente cómodo en mi casa, ni siquiera yo cuando hay visitas que no son de confianza. Empiezo a frotarme las manos como si las tuviera sucias, y después pienso que los otros van a creer que las tengo realmente sucias, y ya no sé dónde meterme. Menos mal que monsieur Rosay estaba tan confundido como yo, aunque lo disimulaba más. Con el bastón golpeaba despacio el piso, asustando muchísimo a Minouche, y miraba para todos lados con tal de no encontrarse con mis ojos. Yo no sabía a qué santo encomendarme, porque era la primera vez que un señor se turbaba tanto delante de mí, y no sabía qué hay que hacer en esos casos salvo ofrecerle una taza de té.

—No, no, gracias —dijo él, impaciente—. Vine a pedido de mi esposa... Usted me recuerda, ciertamente.

—Vaya, monsieur Rosay. Aquella fiesta en su casa, tan concurrida...

—Sí. Aquella fiesta. Justamente... Quiero decir, esto no tiene nada que ver con la fiesta, pero aquella vez usted nos fue muy útil, madame...

—Francinet, para servirlo.

—Madame Francinet, es cierto. Mi mujer ha pensado... Verá usted, es algo delicado. Pero ante todo deseo tranquilizarla. Lo que voy a proponerle no es... cómo decir... ilegal.

—¿Ilegal, monsieur Rosay?

—Oh, usted sabe, en estos tiempos... Pero le repito: se trata de algo muy delicado, pero perfectamente correcto en el fondo. Mi esposa está enterada de todo, y ha dado su consentimiento. Esto se lo digo para tranquilizarla.

—Si madame Rosay está de acuerdo, para mí es como pan bendito —dije yo para que se sintiera cómodo, aunque no sabía gran cosa de madame Rosay y más bien me caía antipática.

—En fin, la situación es ésta, madame... Francinet, eso es, madame Francinet. Uno de nuestros amigos... quizá sería mejor decir uno de nuestros conocidos, acaba de fallecer en circunstancias muy especiales[10].

—¡Oh, monsieur Rosay! Mi más sentido pésame.

—Gracias —dijo monsieur Rosay, e hizo una mueca muy rara, casi como si fuera a gritar de rabia o a ponerse a llorar. Una mueca de verdadero loco, que me dio miedo. Por suerte la puerta estaba entornada, y el taller de Fresnay queda al lado.

---

[10] Sobre estas "circunstancias muy especiales" podemos ensayar conjeturales implicaciones, cuya confirmación nunca llegará a la certidumbre.

—Este señor... se trata de un modisto muy conocido... vivía solo, es decir alejado de su familia, ¿comprende usted? No tenía a nadie, fuera de sus amigos, pues los clientes, usted sabe, eso no cuenta en estos casos. Ahora bien, por una serie de razones que sería largo explicarle, sus amigos hemos pensado que a los efectos del sepelio...

¡Qué bien hablaba! Elegía cada palabra, golpeando despacio el suelo con el bastón, y sin mirarme. Era como oír los comentarios por la radio, sólo que monsieur Rosay hablaba más lentamente, aparte de que se veía muy bien que no estaba leyendo. El mérito era entonces mucho mayor. Me sentí tan admirada que perdí la desconfianza, y acerqué un poco más mi silla. Sentía como un calor en el estómago, pensando que un señor tan importante venía a pedirme un servicio, cualquiera que fuese. Y estaba muerta de miedo, y me frotaba las manos sin saber qué hacer.

—Nos ha parecido —decía monsieur Rosay— que una ceremonia a la que sólo concurrieran sus amigos, unos pocos... en fin, no tendría ni la importancia necesaria en el caso de este señor... ni traduciría la consternación (así dijo) que ha producido su pérdida... ¿Comprende usted? Nos ha parecido que si usted hiciera acto de presencia en el velatorio y naturalmente en el entierro... pongamos en calidad de parienta cercana del muerto... ¿ve lo que quiero decirle? Una parienta muy cercana... digamos una tía... y hasta me atrevería a sugerir...

—¿Sí, monsieur Rosay? —dije yo, en el colmo de la maravilla.

—Bueno, todo depende de usted, claro está... Pero si recibiera una recompensa adecuada... pues no se trata, naturalmente, de que se moleste para nada... En ese caso, ¿no es verdad, madame Francinet?... si la retribución le conviniera, como veremos ahora mismo... hemos creído que usted podría estar presente como si fuera... usted me comprende... digamos la madre del difunto... Déjeme explicarle bien... La madre que acaba de llegar de

111

Normandía, enterada del fallecimiento, y que acompañará a su hijo hasta la tumba... No, no, antes de decir nada... Mi esposa ha pensado que quizá usted aceptaría ayudarnos por amistad... y por mi parte mis amigos y yo hemos convenido ofrecerle diez mil... ¿estaría bien así, madame Francinet?, diez mil francos por su ayuda... Tres mil en este mismo momento, y el resto cuando salgamos del cementerio, una vez que...

Yo abrí la boca, solamente porque se me había abierto sola, pero monsieur Rosay no me dejó decir nada. Estaba muy rojo y hablaba rápidamente, como si quisiera terminar lo antes posible.

—Si usted acepta, madame Francinet... como todo nos hace esperar, dado que confiamos en su ayuda y no le pedimos nada... irregular, por decirlo así... en ese caso dentro de media hora estarán aquí mi esposa y su mucama, con las ropas adecuadas... y el auto, claro está, para llevarla a la casa... Por supuesto, será necesario que usted... ¿cómo decirlo?, que usted se haga a la idea de que es... la madre del difunto... Mi esposa le dará los informes necesarios y usted, naturalmente, deberá dar la impresión, una vez en la casa... Usted comprende... El dolor, la desesperación... Se trata sobre todo de los clientes —agregó—. Delante de nosotros, bastará con que guarde silencio.

No sé cómo le había aparecido en la mano un fajo de billetes muy nuevos, y que me caiga muerta ahora mismo si sé cómo de repente los sentí dentro de mi mano, y monsieur Rosay se levantaba y se iba murmurando y olvidándose de cerrar la puerta como todos los que salen de mi casa.

Dios me perdonará esto y tantas otras cosas, lo sé. No estaba bien, pero monsieur Rosay me había asegurado que no era ilegal, y que en esa forma prestaría una ayuda muy valiosa (creo que habían sido sus mismas palabras). No estaba bien que me hiciera pasar por la madre del señor que había muerto, y que era modisto, porque no son cosas que deben hacerse, ni engañar a nadie. Pero había que pensar en los clientes, y si en el entierro faltaba la madre, o por lo menos una tía o hermana, la ceremonia no tendría la importancia necesaria ni daría la sensación de dolor producida por la pérdida. Con esas mismas palabras acababa de decirlo monsieur Rosay, y él sabía más que yo. No estaba bien que yo hiciera eso, pero Dios sabe que apenas gano tres mil francos por mes, deslomándome en casa de madame Beauchamp y en otras partes, y ahora iba a tener diez mil nada más que por llorar un poco, por lamentar la muerte de ese señor que iba a ser mi hijo hasta que lo enterraran.

La casa quedaba cerca de Saint-Cloud, y me llevaron en un auto como nunca había visto salvo por fuera. Madame Rosay y la mucama me habían vestido, y yo sabía que el difunto se llamaba monsieur Linard, de nombre Octave, y que era único hijo de su anciana madre que vivía en Normandía y acababa de llegar en el tren de las cinco. La anciana madre era yo, pero estaba tan excitada y confundida que oí muy poco de todo lo que me decía y recomendaba madame Rosay. Recuerdo que me rogó muchas veces en el auto (me rogaba, no me desdigo, había cambiado muchísimo desde la noche de la fiesta) que no exagerara en mi dolor, y que más bien diera la impresión de estar terriblemente fatigada y al borde de un ataque.

—Desgraciadamente no podré estar junto a usted —dijo cuando ya llegábamos—. Pero haga lo que le he indicado, y además mi esposo se ocupará de todo lo necesario. Por favor, *por favor,* madame Francinet, sobre todo cuando vea periodistas, y señoras... en especial los periodistas...

—¿No estará usted, madame Rosay? —pregunté asombradísima.

—No. Usted no puede comprender, sería algo de explicar. Estará mi esposo, que tiene intereses en el comercio de monsieur Linard... Naturalmente, estará ahí por decoro... una cuestión comercial y humana... Pero yo no entraré, no corresponde que yo... No se preocupe por eso.

En la puerta vi a monsieur Rosay y a varios otros señores. Se acercaron, y madame Rosay me hizo una última recomendación y se echó atrás en el asiento para que no la vieran. Yo dejé que monsieur Rosay abriera la portezuela, y llorando a gritos bajé a la calle mientras monsieur Rosay me abrazaba y me llevaba adentro, seguido por algunos de los otros señores. No podía ver mucho de la casa, pues tenía una pañoleta que me tapaba casi los ojos, y además lloraba tanto que no alcanzaba a ver nada, pero por el olor se notaba el lujo, y también por las alfombras tan mullidas. Monsieur Rosay murmuraba frases de consuelo, y tenía una voz como si también él estuviera llorando. En un grandísimo salón con arañas de caireles[11], había algunos señores que me miraban con mucha compasión y simpatía, y estoy segura de que hubieran venido a consolarme si monsieur Rosay no me hubiera hecho seguir adelante, sosteniéndome por los hombros. En un sofá alcancé a ver a un señor muy joven, que tenía los ojos cerrados y un vaso en la mano. Ni siquiera se movió al oírme entrar, y eso que yo lloraba muy fuerte en ese momento. Abrieron una puerta, y dos señores salieron de adentro con el pañuelo en la mano. Monsieur Rosay me empujó un poco, y yo pasé a una habitación y tambaleándome me dejé llevar hasta donde estaba el muerto, y vi al muerto que era mi hijo, vi el perfil de monsieur Bébé más rubio y más pálido que nunca ahora que estaba muerto.

Me parece que me tomé del[12] borde de la cama, porque monsieur Rosay se sobresaltó, y otros señores me rodearon y me sostuvieron, mientras yo miraba la cara tan hermosa de monsieur Bébé muerto, sus largas pestañas negras y su nariz como de cera, y no podía creer que fuera monsieur Linard, el señor que era modisto y

[11] *Cairales*, 'flecos' (normalmente de seda para adornar vestidos).
[12] *Tomarse de*, 'sujetarse', 'agarrarse'.

114

acababa de morir, no podía convencerme de que ese muerto ahí delante fuera monsieur Bébé. Sin darme cuenta, lo juro, me había puesto a llorar de veras, tomada del borde de la cama de gran lujo y de roble macizo, acordándome de cómo monsieur Bébé me había acariciado la cabeza la noche de la fiesta, y me había llenado el vaso de whisky, hablando conmigo y ocupándose de mí mientras los otros se divertían. Cuando monsieur Rosay murmuró algo como: "Dígale hijo, hijo...", no me costó nada mentir, y creo que llorar por él me hacía tanto bien como si fuera una recompensa por todo el miedo que había tenido hasta ese momento. Nada me parecía extraño, y cuando levanté los ojos y a un lado de la cama vi a monsieur Loulou con los ojos enrojecidos y los labios que le temblaban, me puse a llorar a gritos mirándolo en la cara, y él lloraba también a pesar de su sorpresa, lloraba porque yo estaba llorando, y lleno de sorpresa al comprender que yo lloraba como él, de verdad, porque los dos queríamos a monsieur Bébé, y casi nos desafiábamos a cada lado de la cama, sin que monsieur Bébé pudiera reír y burlarse como cuando estaba vivo, sentado en la mesa de la cocina y riéndose de todos nosotros.

Me llevaron hasta un sofá del gran salón con arañas, y una señora que había allí sacó del bolso un frasco con sales, y un mucamo puso a mi lado una mesita de ruedas con una bandeja donde había café hierviendo y un vaso de agua. Monsieur Rosay estaba mucho más tranquilo ahora que se daba cuenta de que yo era capaz de hacer lo que me habían pedido. Lo vi cuando se alejaba para hablar con otros señores, y pasó un largo rato sin que nadie entrara o saliera de la sala. En el sofá de enfrente seguía sentado el joven que había visto al entrar, y que lloraba con la cara entre las manos. Cada tanto sacaba el pañuelo y se sonaba. Monsieur Loulou apareció en la puerta y lo miró un momento, antes de venir a sentarse a su lado. Yo les tenía tanta lástima a los dos, se veía que habían sido muy amigos de monsieur Bébé, y eran tan jóvenes y sufrían tanto. Monsieur Rosay también los miraba desde un rincón de la sala, donde había estado hablando en voz baja con dos señoras que ya estaban por[13] irse. Y así pasaban los minutos, hasta que monsieur Loulou soltó como un chillido y se apartó del otro joven que lo miraba furioso, y oí que monsieur Loulou decía algo como: "A ti nunca te importó nada, Nina", y yo me acordé de alguien que se llamaba Nina y que tenía una tía en el Poitou que le mandaba pollos y legumbres. Monsieur Loulou se encogió de hombros y volvió a decir que Nina era un mentiroso, y al final se levantó haciendo muecas y gestos de enojos. Entonces monsieur Nina se levantó también, y los dos fueron casi corriendo al cuarto donde estaba monsieur Bébé, y oí que discutían, pero en seguida entró monsieur Rosay a hacerlos callar y no se oyó nada más, hasta que monsieur Loulou vino a sentarse en el sofá, con un pañuelo mojado en la mano. Justamente detrás del sofá había una ventana que daba al patio interior. Creo que de todo lo que había en esa sala lo que mejor recuerdo es la ventana (y también las arañas, tan lujosas) porque al final de la noche la vi cambiar poco a poco de color y ponerse cada vez más gris y por fin rosa, antes de que saliera el sol. Y todo ese tiempo yo estuve pensando en monsieur Bébé, y de pronto no podía contenerme y lloraba, aunque solamente estaban ahí monsieur Rosay y monsieur Loulou, porque monsieur Nina se había ido o estaba en otra parte de la casa. Y así pasó la noche, y a ratos no podía contenerme al pensar en monsieur Bébé tan joven, y me ponía a llorar, aunque también era un poco por la fatiga; entonces monsieur Rosay venía a sentarse a mi lado, con una cara muy rara, y me decía que no era necesario que siguiera fingiendo, y que me preparara para cuando fuese la hora del entierro y llegaran la gente y los periodistas. Pero a veces es difícil saber cuándo se llora o no de veras, y le pedí a monsieur Rosay que me dejara quedarme

---

[13] *Estar por*, en el cono sur de América Latina indica inminencia de la acción, estar a punto de, para.

velando a monsieur Bébé. Parecía muy extrañado de que no quisiera ir a dormir un rato, y me ofreció varias veces llevarme a un dormitorio, pero al final se convenció y me dejó tranquila. Aproveché un rato en que él había salido, probablemente para ir al excusado, y entré otra vez en el cuarto donde estaba monsieur Bébé.

Había pensado encontrarlo solo, pero monsieur Nina estaba ahí, mirándolo, parado[14] a los pies de la cama. Como no nos conocíamos (quiero decir que él sabía que yo era la señora que pasaba por madre de monsieur Bébé, pero no nos habíamos visto antes) los dos nos miramos con desconfianza, aunque él no dijo nada cuando me acerqué y me puse al lado de monsieur Bébé. Estuvimos así un rato, y yo veía que le corrían las lágrimas por las mejillas, y que le habían hecho como un surco cerca de la nariz.

—Usted también estaba la noche de la fiesta —le dije, queriendo distraerlo—. Monsieur Bébé... monsieur Linard dijo que usted estaba muy triste, y le pidió a monsieur Loulou que fuera a acompañarlo.

Monsieur Nina me miró sin comprender. Movía la cabeza, y yo le sonreí para distraerlo.

—La noche de la fiesta en casa de monsieur Rosay —dije—. Monsieur Linard vino a la cocina y me ofreció whisky.

—¿Whisky?

—Sí. Fue el único que me ofreció de beber esa noche... Y monsieur Loulou abrió una botella de champaña, y entonces monsieur Linard le echó un chorro de espuma en la cara, y...

—Oh, cállese, cállese —murmuró monsieur Nina—. No nombre a ése... Bébé estaba loco, realmente loco...

—¿Y era por eso que usted estaba triste? —le pregunté, por decir algo, pero ya no me oía, miraba a monsieur Bébé como preguntándole alguna cosa, y movía la boca

---

[14] *Parado,* 'de pie'; pararse por 'ponerse en pie', común en Latinoamérica y también en asturiano y sefardí.

repitiendo siempre lo mismo, hasta que no pude seguir mirándolo. Monsieur Nina no era tan buen mozo como monsieur Bébé o monsieur Loulou, y me pareció muy pequeño, aunque la gente de negro siempre parece más pequeña, como dice Gustave. Yo hubiera querido consolar a monsieur Nina, tan afligido, pero monsieur Rosay entró en ese momento y me hizo señas de que volviera a la sala.

—Ya está amaneciendo, madame Francinet —me dijo. Tenía la cara color verde, el pobre—. Usted debería descansar un rato. No va a poder resistir la fatiga, y pronto empezará a llegar la gente. El entierro es a las nueve y media.

Realmente yo me caía de cansancio, y era mejor que durmiera una hora. Es increíble cómo una hora de sueño me quita la fatiga. Por eso dejé que monsieur Rosay me llevara del brazo, y cuando atravesamos la sala con las arañas la ventana ya estaba de color rosa vivo, y sentí frío a pesar de la chimenea encendida. En ese momento monsieur Rosay me soltó de golpe, y se quedó mirando la puerta que daba a la salida de la casa. Había entrado un hombre con una bufanda anudada al cuello, y me asusté por un momento pensando que a lo mejor nos habían descubierto (aunque no era nada ilegal) y que el hombre de la bufanda era un hermano o algo así de monsieur Bébé. Pero no podía ser, con ese aire tan rústico que tenía, como si Pierre o Gustave hubieran podido ser hermanos de alguien tan refinado como monsieur Bébé. Detrás del hombre de la bufanda vi de repente a monsieur Loulou con un aire como si tuviera miedo, pero me pareció que a la vez estaba como contento por algo que iba a suceder. Entonces monsieur Rosay me hizo seña de que me quedara donde estaba, y dio dos o tres pasos hacia el hombre de la bufanda, me parece que sin muchas ganas.

—¿Usted viene?... —empezó a decir, con la misma voz que usaba para hablar conmigo, y que no era nada amable en el fondo.

—¿Dónde está Bébé? —preguntó el hombre, con una voz como de haber estado bebiendo o gritando. Monsieur Rosay hizo un gesto vago, queriendo negarle la entrada, pero el hombre se adelantó y lo apartó a un lado con sólo mirarlo. Yo estaba muy extrañada de una actitud tan grosera en un momento tan triste, pero monsieur Loulou, que se había quedado en la puerta (yo creo que era él quien había dejado entrar a ese hombre) se puso a reír a carcajadas, y entonces monsieur Rosay se le acercó y le dio de bofetones como a un chico, realmente como a un chico. No oí bien lo que se decían, pero monsieur Loulou parecía contento a pesar de los bofetones, y decía algo así como: "Ahora verá... ahora verá esa puta...", aunque esté mal que repita sus palabras, y las dijo varias veces hasta que de golpe se echó a llorar y se tapó la cara, mientras monsieur Rosay lo empujaba y lo tironeaba hasta el sofá donde se quedó gritando y llorando, y todos se habían olvidado de mí como pasa siempre.

Monsieur Rosay parecía muy nervioso y no se decidía a entrar en el cuarto mortuorio, pero al cabo de un momento se oyó la voz de monsieur Nina que protestaba por alguna cosa, y monsieur Rosay se decidió y corrió a la puerta justamente cuando monsieur Nina salía protestando, y yo hubiera jurado que el hombre de la bufanda le había dado de empellones para echarlo. Monsieur Rosay retrocedió, mirando a monsieur Nina, y los dos se pusieron a hablar en voz muy baja pero que lo mismo resultaba chillona, y monsieur Nina lloraba de despecho y hacía gestos, tanto que me daba mucha lástima. Al final se calmó un poco y monsieur Rosay lo llevó hasta el sofá donde estaba monsieur Loulou, que se reía de nuevo (era así, tan pronto reían como lloraban), pero monsieur Nina hizo una mueca de desprecio y fue a sentarse en otro sofá cerca de la chimenea. Yo me quedé en un rincón de la sala, esperando que llegaran las señoras y los periodistas como me había mandado madame Rosay, y al final el sol dio en los vidrios de la ventana y un mucamo de librea hizo entrar a dos señores muy elegantes y a una señora, que miró primero a monsieur Nina pensando tal vez que era de la familia, y después me miró a mí, y yo tenía la cara tapada con las manos pero la veía muy bien por entre los dedos. Los señores, y otros que entraron luego, pasaban a ver a monsieur Bébé y luego se reunían en la sala, y algunos venían hasta donde yo estaba, acompañados por monsieur Rosay, y me daban el pésame y me estrechaban la mano con mucho sentimiento. Las señoras también eran muy amables, sobre todo una de ellas, muy joven y hermosa, que se sentó un momento a mi lado y dijo que monsieur Linard había sido un gran artista y que su muerte era una desgracia irreparable. Yo decía a todo que sí, y lloraba de veras aunque estuviera fingiendo todo el tiempo, pero me emocionaba pensar en monsieur Bébé ahí dentro, tan hermoso y tan bueno, y en lo gran artista que había sido. La señora joven me acarició varias veces las manos y me dijo que nadie olvidaría nunca a monsieur Linard, y que ella estaba segura de que monsieur Rosay continuaría con la casa de modas tal como lo había querido siempre monsieur Linard, para que no se perdiera su estilo, y muchas otras cosas que ya no recuerdo pero siempre llenas de elogios para monsieur Bébé. Y entonces monsieur Rosay vino a buscarme, y después de mirar a los que me rodeaban para que comprendieran lo que iba a suceder, me dijo en voz baja que era hora de despedirme de mi hijo, porque pronto iban a cerrar el cajón. Yo sentí un miedo horrible, pensando que en ese momento tendría que hacer la escena más difícil, pero él me sostuvo y me ayudó a incorporarme, y entramos en el cuarto donde solamente estaba el hombre de la bufanda a los pies de la cama, mirando a monsieur Bébé, y monsieur Rosay le hizo una seña suplicante como para que comprendiera que debía dejarme a solas con mi hijo, pero el hombre le contestó con una mueca y se encogió de hombros y no se movió. Monsieur Rosay no sabía qué hacer, y volvió a mirar al hombre como implorándole que saliera, porque otros señores que debían ser los periodistas acababan de entrar detrás de nosotros, y realmente el hombre desentonaba allí con esa bufanda y esa manera de mirar a monsieur Rosay como si estuviera por insultarlo. Yo no pude esperar más, tenía miedo de todos, estaba segura de que iba a pasar algo terrible, y aunque monsieur Rosay no se ocupaba de mí y seguía haciendo señas para convencer al hombre de que se fuera, me acerqué a monsieur Bébé y me puse a llorar a gritos, y entonces monsieur Rosay me sujetó porque realmente yo hubiera querido besar en la frente a monsieur Bébé, que seguía siendo el más bueno de todos conmigo, pero él no me dejaba y me pedía que me calmara, y por fin me obligó a volver a la sala, consolándome mientras me apretaba el brazo hasta hacerme daño, pero esto último nadie podía sentirlo más que yo y no me importaba. Cuando estuve en el sofá, y el mucamo trajo agua y dos señoras me echaron aire con el pañuelo, hubo gran movimiento en la otra habitación, y nuevas personas entraron y se acercaron a mí hasta que ya no pude ver mucho de lo que ocurría. Entre los que acababan de llegar estaba el señor cura, y me alegré tanto de que hubiera venido a acompañar a monsieur Bébé. Pronto sería hora de salir para el cementerio, y estaba bien que el señor cura viniera con nosotros, con la madre y los amigos de monsieur Bébé. Seguramente ellos también estarían contentos de que viniera, sobre todo monsieur Rosay que estaba tan afligido por culpa del hombre de la bufanda, y que se preocupaba de que todo fuese correcto como debe ser, para que la gente supiera lo bien que había estado el entierro y lo mucho que todos querían a monsieur Bébé.

LAS BABAS DEL DIABLO

Nunca se sabrá cómo hay que contar esto, si en primera persona o en segunda, usando la tercera del plural o inventando continuamente formas que no servirán de nada. Si se pudiera decir: yo vieron subir la luna, o: nos me duele el fondo de los ojos, y sobre todo así: tú la mujer rubia eran las nubes que siguen corriendo delante de mis tus sus nuestros vuestros sus rostros. Qué diablos[1].

Puestos a contar, si se pudiera ir a beber un bock por ahí y que la máquina siguiera sola (porque escribo a máquina), sería la perfección. Y no es un modo de decir. La perfección, sí, porque aquí el agujero que hay que contar es también una máquina (de otra especie, una Cóntax 1.1.2) y a lo mejor puede ser que una máquina sepa más de otra máquina que yo[2], tú, ella —la mujer

---

[1] Cortázar ha señalado en sus escritos los elementos que se ajustan a su modo de entender y realizar un cuento. Entre esas características, las fundamentales son: una máxima economía de medios; una actitud autodestructiva de todo lo extirpable; acumulación y tensión; la materia cuentística como forma limitada por el tiempo y el espacio físico; un primer momento de vivencias que se estructuran en una forma "esférica", y cuya objetivación lingüística opera como una expulsión catártica semejante a la que ocurre en la creación poética; el valor significativo trascendente de los elementos estructurales temáticos "capaces de actuar en el espectador o en el lector como una especie de *apertura*, de fermento que proyecta la inteligencia y la sensibilidad hacia algo que va mucho más allá de la anécdota..."

[2] La crítica ha señalado que el punto de vista desde el que está narrado el cuento corresponde al de un narrador de profesión, o al de la

123

rubia — y las nubes. Pero de tonto sólo tengo la suerte, y sé que si me voy, esta Rémington se quedará petrificada sobre la mesa con ese aire de doblemente quietas que tienen las cosas movibles cuando no se mueven. Entonces tengo que escribir. Uno de todos nosotros tiene que escribir, si es que esto va a ser contado. Mejor que sea yo que estoy muerto[3], que estoy menos comprometido que el resto; yo que no veo más que las nubes y puedo pensar sin distraerme, escribir sin distraerme (ahí pasa otra, con un borde gris) y acordarme sin distraerme, yo que estoy muerto (y vivo, no se trata de engañar a nadie, ya se verá cuando llegue el momento, porque de alguna manera tengo que arrancar y he empezado por esta punta, la de atrás, la del comienzo, que al fin y al cabo es la mejor de las puntas cuando se quiere contar algo).

De repente me pregunto por qué tengo que contar esto, pero si uno empezara a preguntarse por qué hace todo lo que hace, si uno se preguntara solamente por qué acepta una invitación a cenar (ahora pasa una paloma, y me parece que un gorrión) o por qué cuando alguien nos ha contado un buen cuento, en seguida empieza como una cosquilla en el estómago y no se está tranquilo hasta entrar en la oficina de al lado y contar a su vez el cuento; recién entonces uno está bien, está contento y puede volverse a su trabajo. Que yo sepa nadie ha explicado esto, de manera que lo mejor es dejarse de pudores y contar, porque al fin y al cabo nadie se avergüenza de respirar o de ponerse los zapatos; son cosas que se hacen, y cuando pasa algo raro, cuando dentro del zapato

---

lente de una cámara fotográfica e incluso a la mirada fija y fría de Michel muerto. En definitiva, el punto de vista se nos aparece en un múltiple vaivén entre la primera y tercera persona, respondiendo a la inquietud del párrafo inicial.

[3] Dice Flora Schiminovich (en *Cortázar y el cuento en uno de sus cuentos,* incluido en H. Giacoman, *Homenaje a J. Cortázar,* pág. 315): "Aun si aceptamos la hipótesis de esta supuesta muerte de Michel, no está claro cuándo es que ella ha acontecido, si en su cuarto del quinto piso de una casa parisiense o en la isla donde sorprendió a la pareja."

encontramos una araña o al respirar se siente como un vidrio roto, entonces hay que contar lo que pasa, contarlo a los muchachos de la oficina o al médico. Ay, doctor, cada vez que respiro... Siempre contarlo, siempre quitarse esa cosquilla molesta del estómago.

Y ya que vamos a contarlo pongamos un poco de orden, bajemos por la escalera de esta casa hasta el domingo siete de noviembre, justo un mes atrás. Uno baja cinco pisos y ya está en el domingo, con un sol insospechado para noviembre en París, con muchísimas ganas de andar por ahí, de ver cosas, de sacar fotos (porque éramos fotógrafos, soy fotógrafo). Ya sé que lo más difícil va a ser encontrar la manera de contarlo, y no tengo miedo de repetirme. Va a ser difícil porque nadie sabe bien quién es el que verdaderamente está contando, si soy yo o eso que ha ocurrido, o lo que estoy viendo (nubes, y a veces una paloma) o si sencillamente cuento una verdad que es solamente mi verdad, y entonces no es la verdad salvo para mi estómago, para estas ganas de salir corriendo y acabar de alguna manera con esto, sea lo que fuere.

Vamos a contarlo despacio, ya se irá viendo qué ocurre a medida que lo escribo. Si me sustituyen, si ya no sé qué decir, si se acaban las nubes y empieza alguna otra cosa (porque no puede ser que esto sea estar viendo continuamente nubes que pasan, y a veces una paloma), si algo de todo eso... Y después del "si", ¿qué voy a poner, cómo voy a clausurar correctamente la oración? Pero si empiezo a hacer preguntas no contaré nada; mejor contar, quizá contar sea como una respuesta, por lo menos para alguno que lo lea.

Roberto Michel, franco-chileno, traductor y fotógrafo aficionado a sus horas, salió del número 11 de la rue Monsieur-le-Prince el domingo siete de noviembre del año en curso (ahora pasan dos más pequeñas, con los bordes plateados). Llevaba tres semanas trabajando en la versión al francés del tratado sobre recusaciones y recursos de José Norberto Allende, profesor en la universidad de Santiago. Es raro que haya viento en París, y mucho menos un viento que en las esquinas se arremolinaba y subía castigando las viejas persianas de madera tras de las cuales sorprendidas señoras comentaban de diversas maneras la inestabilidad del tiempo en estos últimos años. Pero el sol estaba también ahí, cabalgando el viento y amigo de los gatos, por lo cual nada me impediría dar una vuelta por los muelles del Sena y sacar unas fotos de la Conserjería y la Sainte-Chapelle. Eran apenas las diez, y calculé que hacia las once tendría buena luz, la mejor posible en otoño; para perder tiempo derivé hasta la isla Saint-Louis y me puse a andar por el Quai d'Anjou, miré un rato el hotel de Lauzun, me recité unos fragmentos de Apollinaire que siempre me vienen a la cabeza cuando paso delante del hotel de Lauzun (y eso que debería acordarme de otro poeta, pero Michel es un porfiado), y cuando de golpe cesó el viento y el sol se puso por lo menos dos veces más grande (quiero decir más tibio pero en realidad es lo mismo)[4], me senté en el parapeto y me sentí terriblemente feliz en la mañana del domingo.

Entre las muchas maneras de combatir la nada, una de las mejores es sacar fotografías, actividad que debería enseñarse tempranamente a los niños, pues exige disciplina, educación estética, buen ojo y dedos seguros. No se trata de estar acechando la mentira como cualquier reportér, y atrapar la estúpida silueta del personajón que sale del número 10 de Downing Street, pero de todas maneras cuando se anda con la cámara hay como el deber de estar atento, de no perder ese brusco y delicioso rebote de un rayo de sol en una vieja piedra, o la carrera trenzas al aire de una chiquilla que vuelve con un pan o una botella de leche. Michel sabía que el fotógrafo opera

---

[4] El sentido ambiguo, contradictorio y a veces impropio del lenguaje, la imposibilidad de apresar la realidad por medio de las palabras, se manifiesta en esta fluctuación que muchas veces concluye en un lenguaje poético, como afirmando que es el que posee la máxima posibilidad de aproximación y encuentro con lo sentido.

siempre como una permutación de su manera personal de ver el mundo por otra que la cámara le impone insidiosa (ahora pasa una gran nube casi negra), pero no desconfiaba, sabedor de que le bastaba salir sin la Cóntax para recuperar el tono distraído, la visión sin encuadre, la luz sin diafragma ni 1/250. Ahora mismo (qué palabra, *ahora*, qué estúpida mentira)[5] podía quedarme sentado en el pretil sobre el río, mirando pasar las pinazas[6] negras y rojas, sin que se me ocurriera pensar fotográficamente las escenas, nada más que dejándome ir en el dejarse ir de las cosas, corriendo inmóvil con el tiempo. Y ya no soplaba viento.

Después seguí por el Quai de Bourbon hasta llegar a la punta de la isla, donde la íntima placita (íntima por pequeña y no por recatada, pues da todo el pecho al río y al cielo) me gusta y me regusta. No había más que una pareja, y claro, palomas; quizá alguna de las que ahora pasan por lo que estoy viendo. De un salto me instalé en el parapeto y me dejé envolver y atar por el sol, dándole la cara, las orejas, las dos manos (guardé los guantes en el bolsillo). No tenía ganas de sacar fotos, y encendí un cigarrillo por hacer algo; creo que en el momento en que acercaba el fósforo al tabaco vi por primera vez al muchachito.

Lo que había tomado por una pareja se parecía mucho más a un chico con su madre, aunque al mismo tiempo me daba cuenta de que no era un chico con su madre, de que era una pareja en el sentido que damos siempre a las parejas cuando las vemos apoyadas en los parapetos o

----

[5] Cortázar intenta transmitirnos ese sentimiento de desconfianza frente a la realidad y a la palabra que debe nutrir la búsqueda de otras posibilidades. La palabra es vista como algo concreto, pero cuyo trámite cotidiano le ha hecho perder su trascendental significado. En las primeras páginas se había roto con las secuencias tradicionales del narrar: comienzo, desarrollo y desenlace, intentando invertir estos órdenes. Ahora se nos sugiere que es imposible determinar el momento en que ocurre el cuento.

[6] *Pinaza,* barco de vela y remo, estrecho y ligero.

abrazadas en los bancos de las plazas[7]. Como no tenía nada que hacer me sobraba tiempo para preguntarme por qué el muchachito estaba tan nervioso, tan como un potrillo o una liebre, metiendo las manos en los bolsillos, sacando en seguida una y después la otra, pasándose los dedos por el pelo, cambiando de postura, y sobre todo por qué tenía miedo, pues eso se lo adivinaba en cada gesto, un miedo sofocado por la vergüenza, un impulso de echarse atrás que se advertía como si su cuerpo estuviera al borde de la huida, conteniéndose en un último y lastimoso decoro.

Tan claro era todo eso, ahí a cinco metros —y estábamos solos contra el parapeto, en la punta de la isla— que al principio el miedo del chico no me dejó ver bien a la mujer rubia. Ahora, pensándolo, la veo mucho mejor en ese primer momento en que le leí la cara (de golpe había girado como una veleta de cobre, y los ojos, los ojos estaban ahí), cuando comprendí vagamente lo que podía estar ocurriéndole al chico y me dije que valía la pena quedarse y mirar (el viento se llevaba las palabras, los apenas murmullos). Creo que sé mirar, si es que algo sé, y que todo mirar rezuma falsedad, porque es lo que nos arroja más afuera de nosotros mismos, sin la menor garantía, en tanto que oler, o (pero Michel se bifurca fácilmente, no hay que dejarlo que declame a gusto). De todas maneras, si de antemano se prevé la probable falsedad, mirar se vuelve posible; basta quizá elegir bien entre el mirar y lo mirado, desnudar a las cosas de tanta ropa ajena. Y, claro, todo esto es más bien difícil.

Del chico recuerdo la imagen antes que el verdadero cuerpo (esto se entenderá después), mientras que ahora estoy seguro que de la mujer recuerdo mucho mejor su cuerpo que su imagen. Era delgada y esbelta, dos pala-

---

7 La analogía entre el ojo humano y el objetivo de una cámara fotográfica permiten el salto de un punto de vista a otro, y tal vez a concluir que todo estuvo contado por la cámara.

bras injustas para decir lo que era, y vestía un abrigo de piel casi negro, casi largo, casi hermoso. Todo el viento de esa mañana (ahora soplaba apenas, y no hacía frío) le había pasado por el pelo rubio que recortaba su cara blanca y sombría —dos palabras injustas— y dejaba al mundo de pie y horriblemente solo delante de sus ojos negros, sus ojos que caían sobre las cosas como dos águilas, dos saltos al vacío, dos ráfagas de fango verde. No describo nada, trato más bien de entender. Y he dicho dos ráfagas de fango verde.

Seamos justos, el chico estaba bastante bien vestido y llevaba unos guantes amarillos que yo hubiera jurado que eran de su hermano mayor, estudiante de derecho o ciencias sociales; era gracioso ver los dedos de los guantes saliendo del bolsillo de la chaqueta. Largo rato no le vi la cara, apenas un perfil nada tonto —pájaro azorado, ángel de Fra Filippo, arroz con leche— y una espalda de adolescente que quiere hacer judo y que se ha peleado un par de veces por una idea o una hermana. Al filo de los catorce, quizá de los quince, se lo adivinaba vestido y alimentado por sus padres pero sin un centavo en el bolsillo, teniendo que deliberar con los camaradas antes de decidirse por un café, un coñac, un atado de cigarrillos. Andaría por las calles pensando en las condiscípulas, en lo bueno que sería ir al cine y ver la última película, o comprar novelas o corbatas o botellas de licor con etiquetas verdes y blancas. En su casa (su casa sería respetable, sería almuerzo a las doce y paisajes románticos en las paredes, con un oscuro recibimiento y un paragüero de caoba al lado de la puerta) llovería despacio el tiempo de estudiar, de ser la esperanza de mamá, de parecerse a papá, de escribir a la tía de Avignon. Por eso tanta calle, todo el río para él (pero sin un centavo) y la ciudad misteriosa de los quince años, con sus signos en las puertas, sus gatos estremecedores, el cartucho de papas fritas a treinta francos, la revista pornográfica doblada en cuatro, la soledad como un vacío en los bolsillos, los encuentros felices, el fervor por tanta cosa incomprendida pero iluminada por un amor total, por la disponibilidad parecida al viento y a las calles.

Esta biografía era la del chico y la de cualquier chico, pero a éste lo veía ahora aislado, vuelto único por la presencia de la mujer rubia que seguía hablándole. (Me cansa insistir, pero acaban de pasar dos largas nubes desflecadas. Pienso que aquella mañana no miré ni una sola vez el cielo, porque tan pronto presentí lo que pasaba con el chico y la mujer no pude más que mirarlos y esperar, mirarlos y...) Resumiendo, el chico estaba inquieto y se podía adivinar sin mucho trabajo lo que acababa de ocurrir pocos minutos antes, a lo sumo media hora. El chico había llegado hasta la punta de la isla, vio a la mujer y la encontró admirable. La mujer esperaba eso porque estaba ahí para esperar eso, o quizá el chico llegó antes y ella lo vio desde un balcón o desde un auto, y salió a su encuentro, provocando el diálogo con cualquier cosa, segura desde el comienzo de que él iba a tenerle miedo y a querer escaparse, y que naturalmente se quedaría, engallado y hosco, fingiendo la veteranía y el placer de la aventura. El resto era fácil porque estaba ocurriendo a cinco metros de mí y cualquiera hubiese podido medir las etapas del juego, la esgrima irrisoria; su mayor encanto no era su presente, sino la previsión del desenlace. El muchacho acabaría por pretextar una cita, una obligación cualquiera, y se alejaría tropezando y confundido, queriendo caminar con desenvoltura, desnudo bajo la mirada burlona que lo seguiría hasta el final. O bien se quedaría, fascinado o simplemente incapaz de tomar la iniciativa, y la mujer empezaría a acariciarle la cara, a despeinarlo, hablándole ya sin voz, y de pronto lo tomaría del brazo para llevárselo, a menos que él, con una desazón que quizá empezara a teñir el deseo, el el riesgo de la aventura, se animase a pasarle el brazo por la cintura y a besarla. Todo esto podía ocurrir pero aún no ocurría, y perversamente Michel esperaba, sentado en el pretil, aprontando casi sin darse cuenta la cámara para sacar una foto pintoresca en un rincón de la isla con una pareja nada común hablando y mirándose.

Curioso que la escena (la nada, casi: dos que están ahí, desigualmente jóvenes) tuviera como un aura inquietante. Pensé que eso lo ponía yo, y que mi foto, si la sacaba, restituiría las cosas a su tonta verdad. Me hubiera gustado saber qué pensaba el hombre del sombrero gris sentado al volante del auto detenido en el muelle que lleva a la pasarela, y que leía el diario o dormía. Acababa de descubrirlo, porque la gente dentro de un auto detenido casi desaparece, se pierde en esa mísera jaula privada de la belleza que le dan el movimiento y el peligro. Y sin embargo el auto había estado ahí todo el tiempo, formando parte (o deformando esa parte) de la isla. Un auto: como decir un farol de alumbrado, un banco de plaza. Nunca el viento, la luz del sol, esas materias siempre nuevas para la piel y los ojos, y también el chico y la mujer, únicos, puestos ahí para alterar la isla, para mostrármela de otra manera. En fin, bien podía suceder que también el hombre del diario estuviera atento a lo que pasaba y sintiera como yo ese regusto maligno de toda expectativa. Ahora la mujer había girado suavemente hasta poner al muchachito entre ella y el parapeto, los veía casi de perfil y él era más alto, pero no mucho más alto, y sin embargo ella lo sobraba, parecía como cernida sobre él (su risa, de repente, un látigo de plumas), aplastándolo con sólo estar ahí, sonreír, pasear una mano por el aire. ¿Por qué esperar más? Con un diafragma dieciséis, con un encuadre donde no entrara el horrible auto negro, pero sí ese árbol, necesario para quebrar un espacio demasiado gris...

Levanté la cámara, fingí estudiar un enfoque que no los incluía, y me quedé al acecho, seguro de que atraparía por fin el gesto revelador, la expresión que todo lo resume, la vida que el movimiento acompasa pero que una imagen rígida destruye al seccionar el tiempo, si no elegimos la imperceptible fracción esencial. No tuve que esperar mucho. La mujer avanzaba en su tarea de maniatar suavemente al chico, de quitarle fibra a fibra sus últimos restos de libertad, en una lentísima tortura deliciosa. Imaginé los finales posibles (ahora asoma una pequeña nube espumosa, casi sola en el cielo), preví la llegada a la casa (un piso bajo probablemente, que ella saturaría de almohadones y de gatos) y sospeché el azoramiento del chico y su decisión desesperada de disimularlo y de dejarse llevar fingiendo que nada le era nuevo. Cerrando los ojos, si es que los cerré, puse en orden la escena, los besos burlones, la mujer rechazando con dulzura las manos que pretendían desnudarla como en las novelas, en una cama que tendría un edredón lila, y obligándolo en cambio a dejarse quitar la ropa, verdaderamente madre e hijo bajo una luz amarilla de opalinas, y todo acabaría como siempre, quizá, pero quizá todo fuera de otro modo, y la iniciación del adolescente no pasara, no la dejaran pasar, de un largo proemio donde las torpezas, las caricias exasperantes, la carrera de las manos se resolviera quién sabe en qué, en un placer por separado y solitario, en una petulante negativa mezclada con el arte de fatigar y desconcertar tanta inocencia lastimada. Podía ser así, podía muy bien ser así; aquella mujer no buscaba un amante en el chico, y a la vez se lo adueñaba para un fin imposible de entender si no lo imaginaba como un juego cruel, deseo de desear sin satisfacción, de excitarse para algún otro, alguien que de ninguna manera podía ser ese chico.

Michel es culpable de literatura, de fabricaciones irreales. Nada le gusta más que imaginar excepciones, individuos fuera de la especie, monstruos no siempre repugnantes. Pero esa mujer invitaba a la invención, dando quizá las claves suficientes para acertar con la verdad. Antes de que se fuera, y ahora que llenaría mi recuerdo durante muchos días, porque soy propenso a la rumia, decidí no perder un momento más. Metí todo en el visor (con el árbol, el pretil, el sol de las once) y tomé la foto. A tiempo para comprender que los dos se habían dado cuenta y que me estaban mirando, el chico sorprendido y como interrogante, pero ella irritada, resueltamente hostiles su cuerpo y su cara que se sabían robados, ignominiosamente presos en una pequeña imagen química.

Lo podría contar con mucho detalle pero no vale la pena. La mujer habló de que nadie tenía derecho a tomar una foto sin permiso, y exigió que le entregara el rollo de película. Todo esto con una voz seca y clara, de buen acento de París, que iba subiendo de color y de tono a cada frase. Por mi parte me importaba muy poco darle o no el rollo de película, pero cualquiera que me conozca sabe que las cosas hay que pedírmelas por las buenas. El resultado es que me limité a formular la opinión de que la fotografía no sólo no está prohibida en los lugares públicos, sino que cuenta con el más decidido favor oficial y privado. Y mientras se lo decía gozaba socarronamente de cómo el chico se replegaba, se iba quedando atrás —con sólo no moverse— y de golpe (parecía casi increíble) se volvía y echaba a correr, creyendo el pobre que caminaba y en realidad huyendo a la carrera, pasando al lado del auto, perdiéndose como un hilo de la Virgen en el aire de la mañana.

Pero los hilos de la Virgen se llaman también babas del diablo, y Michel tuvo que aguantar minuciosas imprecaciones, oírse llamar entrometido e imbécil, mientras se esmeraba deliberadamente en sonreír y declinar, con simples movimientos de cabeza, tanto envío barato. Cuando empezaba a cansarme, oí golpear la portezuela de un auto. El hombre del sombrero gris estaba ahí, mirándonos. Sólo entonces comprendí que jugaba un papel en la comedia.

Empezó a caminar hacia nosotros, llevando en la mano el diario que había pretendido leer. De lo que mejor me acuerdo es de la mueca que le ladeaba la boca, le cubría la cara de arrugas, algo cambiaba de lugar y forma porque la boca le temblaba y la mueca iba de un lado a otro de los labios como una cosa independiente y viva, ajena a la voluntad. Pero todo el resto era fijo, payaso

133

enharinado u hombre sin sangre, con la piel apagada y seca, los ojos metidos en lo hondo y los agujeros de la nariz negros y visibles, más negros que las cejas o el pelo o la corbata negra. Caminaba cautelosamente, como si el pavimento le lastimara los pies; le vi zapatos de charol, de suela tan delgada que debía acusar cada aspereza de la calle. No sé por qué me había bajado del pretil, no sé bien por qué decidí no darles la foto, negarme a esa exigencia en la que adivinaba miedo y cobardía. El payaso y la mujer se consultaban en silencio: hacíamos un perfecto triángulo insoportable, algo que tenía que romperse con un chasquido. Me les reí en la cara y eché a andar, supongo que un poco más despacio que el chico. A la altura de las primeras casas, del lado de la pasarela de hierro, me volví a mirarlos. No se movían, pero el hombre había dejado caer el diario; me pareció que la mujer, de espaldas al parapeto, paseaba las manos por la piedra, con el clásico y absurdo gesto del acosado que busca la salida.

Lo que sigue ocurrió aquí, casi ahora mismo, en una habitación de un quinto piso. Pasaron varios días antes de que Michel revelara las fotos del domingo; sus tomas de la Conserjería y de la Sainte-Chapelle eran lo que debían ser. Encontró dos o tres enfoques de prueba ya olvidados, una mala tentativa de atrapar un gato asombrosamente encaramado en el techo de un mingitorio callejero, y también la foto de la mujer rubia y el adolescente. El negativo era tan bueno que preparó una ampliación; la ampliación era tan buena que hizo otra mucho más grande, casi como un afiche. No se le ocurrió (ahora se lo pregunta y se lo pregunta) que sólo las fotos de la Conserjería merecían tanto trabajo. De toda la serie, la instantánea en la punta de la isla era la única que le interesaba; fijó la ampliación en una pared del cuarto, y el primer día estuvo un rato mirándola y acordándose, en esa operación comparativa y melancólica del recuerdo frente a la perdida realidad; recuerdo petrificado, como toda foto, donde nada faltaba, ni siquiera y sobre todo la nada, verdadera fijadora de la escena. Estaba la mujer, estaba el chico, rígido el árbol sobre sus cabezas, el cielo tan fijo como las piedras del parapeto, nubes y piedras confundidas en una sola materia inseparable (ahora pasa una con bordes afilados, corre como en una cabeza de tormenta). Los dos primeros días acepté lo que había hecho, desde la foto en sí hasta la ampliación en la pared, y no me pregunté siquiera por qué interrumpía a cada rato la traducción del tratado de José Norberto Allende para reencontrar la cara de la mujer, las manchas oscuras en el pretil. La primera sorpresa fue estúpida; nunca se me había ocurrido pensar que cuando miramos una foto de frente, los ojos repiten exactamente la posición y la visión del objetivo; son esas cosas que se dan por sentadas y que a nadie se le ocurre considerar. Desde mi silla, con la máquina de escribir por delante, miraba la foto ahí a tres metros, y entonces se me ocurrió que me había instalado exactamente en el punto de mira del objetivo[8]. Estaba muy bien así; sin duda era la manera más perfecta de apreciar una foto, aunque la visión en diagonal pudiera tener sus encantos y aun sus descubrimientos. Cada tantos minutos, por ejemplo cuando no encontraba la manera de decir en buen francés lo que José Alberto Allende decía en tan buen español, alzaba los ojos y miraba la foto; a veces me atraía la mujer, a veces el chico, a veces el pavimento donde una hoja seca se había situado admirablemente para valorizar un sector lateral. Entonces descansaba un rato de mi trabajo, y me incluía otra vez con gusto en aquella mañana que empapaba la foto, recordaba irónicamente la imagen colérica de la mujer reclamándome la fotografía, la fuga ridícula y patética del chico, la entrada en escena del hombre de la cara blanca. En el fondo estaba satisfecho de mí mismo; mi partida no había sido demasiado brillante, pues si a los franceses les ha sido dado el don de la pronta respuesta, no veía bien por qué había optado por irme sin

---

[8] V. nota 2.

una acabada demostración de privilegios, prerrogativas y derechos ciudadanos. Lo importante, lo verdaderamente importante era haber ayudado al chico a escapar a tiempo (esto en caso de que mis teorías fueran exactas, lo que no estaba suficientemente probado, pero la fuga en sí parecía demostrarlo). De puro entrometido le había dado oportunidad de aprovechar al fin su miedo para algo útil; ahora estaría arrepentido, menoscabado, sintiéndose poco hombre. Mejor era eso que la compañía de una mujer capaz de mirar como lo miraban en la isla; Michel es puritano a ratos, cree que no se debe corromper por la fuerza. En el fondo, aquella foto había sido una buena acción.

No por buena acción la miraba entre párrafo y párrafo de mi trabajo. En ese momento no sabía por qué la miraba, por qué había fijado la ampliación en la pared; quizá ocurra así con todos los actos fatales, y sea ésa la condición de su cumplimiento. Creo que el temblor casi furtivo de las hojas del árbol no me alarmó, que seguí una frase empezada y la terminé redonda. Las costumbres son como grandes herbarios, al fin y al cabo una ampliación de ochenta por sesenta se parece a una pantalla donde proyectan cine, donde en la punta de una isla una mujer habla con un chico y un árbol agita unas hojas secas sobre sus cabezas.

Pero las manos ya eran demasiado. Acababa de escribir: *Donc, la seconde clé réside dans la nature intrinsèque des difficultés que les sociétés*[9] — y vi la mano de la mujer que empezaba a cerrarse despacio, dedo por dedo. De mí no quedó nada, una frase en francés que jamás habrá de terminarse, una máquina de escribir que cae al suelo, una silla que chirría y tiembla, una niebla. El chico había agachado la cabeza, como los boxeadores cuando no pueden más y esperan el golpe de desgracia; se había alzado el cuello del sobretodo, parecía más que nunca un

---

[9] En francés: Así pues, la segunda clave está en la naturaleza intrínseca de las dificultades que las sociedades...

prisionero, la perfecta víctima que ayuda a la catástrofe. Ahora la mujer le hablaba al oído, y la mano se abría otra vez para posarse en su mejilla, acariciarla y acariciarla, quemándola sin prisa. El chico estaba menos azorado que receloso, una o dos veces atisbó por sobre el hombro de la mujer y ella seguía hablando, explicando algo que lo hacía mirar a cada momento hacia la zona donde Michel sabía muy bien que estaba el auto con el hombre del sombrero gris, cuidadosamente descartado en la fotografía pero reflejándose en los ojos del chico y (cómo dudarlo ahora) en las palabras de la mujer, en las manos de la mujer, en la presencia vicaria de la mujer. Cuando vi venir al hombre, detenerse cerca de ellos y mirarlos, las manos en los bolsillos y un aire entre hastiado y exigente, patrón que va a silbar a su perro después de los retozos en la plaza, comprendí, si eso era comprender, lo que tenía que pasar, lo que tenía que haber pasado, lo que hubiera tenido que pasar en ese momento, entre esa gente, ahí donde yo había llegado a trastrocar un orden, inocentemente inmiscuido en eso que no había pasado, pero que ahora iba a pasar, ahora se iba a cumplir. Y lo que entonces había imaginado era mucho menos horrible que la realidad, esa mujer que no estaba ahí por ella misma, no acariciaba ni proponía ni alentaba para su placer, para llevarse al ángel despeinado y jugar con su terror y su gracia deseosa. El verdadero amo esperaba, sonriendo petulante, seguro ya de la obra; no era el primero que mandaba a una mujer a la vanguardia, a traerle los prisioneros maniatados con flores. El resto sería tan simple, el auto, una casa cualquiera, las bebidas, las láminas excitantes, las lágrimas demasiado tarde, el despertar en el infierno. Y yo no podía hacer nada, esta vez no podía hacer absolutamente nada. Mi fuerza había sido una fotografía, ésa, ahí, donde se vengaban de mí mostrándome sin disimulo lo que iba a suceder. La foto había sido tomada, el tiempo había corrido; estábamos tan lejos unos de otros, la corrupción seguramente consumada, las lágrimas vertidas, y el resto conjetura y tristeza. De pronto el orden se invertía, ellos estaban vivos, moviéndose, decidían y eran decididos, iban a su futuro; y yo desde este lado, prisionero de otro tiempo, de una habitación en un quinto piso, de no saber quiénes eran esa mujer, y ese hombre y ese niño, de ser nada más que la lente de mi cámara, algo rígido, incapaz de intervención. Me tiraban a la cara la burla más horrible, la de decidir frente a mi impotencia, la de que el chico mirara otra vez al payaso enharinado y yo comprendiera que iba a aceptar, que la propuesta contenía dinero o engaño, y que no podía gritarle que huyera, o simplemente facilitarle otra vez el camino con una nueva foto, una pequeña y casi humilde intervención que desbaratara el andamiaje de baba y de perfume. Todo iba a resolverse allí mismo, en ese instante; había como un inmenso silencio que no tenía nada que ver con el silencio físico. Aquello se tendía, se armaba. Creo que grité, que grité terriblemente, y que en ese mismo segundo supe que empezaba a acercarme, diez centímetros, un paso, otro paso, el árbol giraba cadenciosamente sus ramas en primer plano, una mancha del pretil salía del cuadro, la cara de la mujer, vuelta hacia mí como sorprendida iba creciendo, y entonces giré un poco, quiero decir que la cámara giró un poco, y sin perder de vista a la mujer empezó a acercarse al hombre que me miraba con los agujeros negros que tenía en el sitio de los ojos, entre sorprendido y rabioso miraba queriendo clavarme en el aire, y en ese instante alcancé a ver como un gran pájaro fuera de foco que pasaba de un solo vuelo delante de la imagen, y me apoyé en la pared de mi cuarto y fui feliz porque el chico acababa de escaparse, lo veía corriendo, otra vez en foco, huyendo con todo el pelo al viento, aprendiendo por fin a volar sobre la isla, a llegar a la pasarela, a volverse a la ciudad. Por segunda vez se les iba, por segunda vez yo lo ayudaba a escaparse, lo devolvía a su paraíso precario. Jadeando me quedé frente a ellos; no había necesidad de avanzar más, el juego estaba jugado. De la mujer se veía apenas un hombro y algo de pelo, brutalmente cortado por el cuadro de la imagen; pero de frente estaba el hombre, entreabierta la boca donde veía temblar una lengua negra, y levantaba lentamente las manos, acercándolas al primer plano, un instante aún en perfecto foco, y después todo él un bulto que borraba la isla, el árbol, y yo cerré los ojos y no quise mirar más, y me tapé la cara y rompí a llorar como un idiota[10].

Ahora pasa una gran nube blanca, como todos estos días, todo este tiempo incontable. Lo que queda por decir es siempre una nube, dos nubes, o largas horas de cielo perfectamente limpio, rectángulo purísimo clavado con alfileres en la pared de mi cuarto. Fue lo que vi al abrir los ojos y secármelos con los dedos: el cielo limpio, y después una nube que entraba por la izquierda, paseaba lentamente su gracia y se perdía por la derecha. Y luego otra, y a veces en cambio todo se pone gris, todo es una enorme nube, y de pronto restallan las salpicaduras de la lluvia, largo rato se ve llover sobre la imagen, como un llanto al revés, y poco a poco el cuadro se aclara, quizá sale el sol, y otra vez entran las nubes, de a dos, de a tres. Y las palomas, a veces, y uno que otro gorrión.

---

[10] "El final del cuento es una cosa alucinante — dice Flora Schimi-novich —, de matices muchas veces kafkianos, en que los temas de la apertura y de la autonomía de lo narrado respecto a su narrador se trastocan en vivencias angustiosas, cargadas de emoción. Todas estas posibilidades y alternativas potenciales, todo este complejo mundoen-trecruzado de acciones y de irrealidades, envuelto en el tejido tenue de 'babas del diablo' aunque no por ello menos eficaz y del que no podemos escapar; todo esto es muy distinto de las meras fantasías y especulaciones que Michel hacía al principio, que no eran otra cosa que literatura."

EL PERSEGUIDOR*

In memoriam Ch. P.[1]
Sé fiel hasta la muerte
Apocalipsis, 2,10

O make me a mask
Dylan Thomas

Dédée me ha llamado por la tarde diciéndome que
Johnny no estaba bien, y he ido en seguida al hotel.
Desde hace unos días Johnny y Dédée viven en un hotel
de la rue Lagrange, en una pieza del cuarto piso. Me ha
bastado ver la puerta de la pieza para darme cuenta de
que Johnny está en la peor de las miserias; la ventana da
a un patio casi negro, y a la una de la tarde hay que tener
la luz encendida si se quiere leer el diario o verse la cara.
No hace frío, pero he encontrado a Johnny envuelto en
una frazada[2], encajado en un roñoso sillón que larga por

---

* Las notas de este relato son de Gustavo Domínguez.
[1] *Ch. P.* es el gran saxofonista Charlie Parker, protagonista del relato,
bajo el nombre de Johnny Carter. Nacido en Kansas City en 1920 y
muerto prematuramente en Nueva York en 1955. Improvisador genial
al saxo alto ha pasado a la historia del jazz como uno de los músicos
más revolucionarios y creadores. La mejor biografía sobre Parker es la
de Ross Russel: *Bird Lives. The high life and hard times of Charlie
(Yardbird) Parker,* Nueva York, Charterhouse, 1973. Son conocidas las
incursiones de Cortázar en el mundo del jazz que colorean algunas de
sus obras como *Rayuela* y *La vuelta al día en ochenta mundos.* En
perfecta analogía con la creación y crítica literaria, Cortázar se plantea
la dualidad creación/crítica jazzística en un homenaje de admiración al
genial músico.
[2] *Frazada:* manta, originalmente manta de lana de pelo largo.

141

todos lados pedazos de estopa amarillenta. Dédée está envejecida, y el vestido rojo le queda muy mal; es un vestido para el trabajo, para las luces de la escena; en esa pieza del hotel se convierte en una especie de coágulo repugnante.

— El compañero Bruno es fiel como el mal aliento — ha dicho Johnny a manera de saludo, remontando las rodillas hasta apoyar en ellas el mentón. Dédée me ha alcanzado una silla y yo he sacado un paquete de Gauloises[3]. Traía un frasco de ron en el bolsillo, pero no he querido mostrarlo hasta hacerme una idea de lo que pasa. Creo que lo más irritante era la lamparilla con su ojo arrancado colgando del hilo sucio de moscas. Después de mirarla una o dos veces, y ponerme la mano como pantalla, le he preguntado a Dédée si no podíamos apagar la lamparilla y arreglarnos con la luz de la ventana. Johnny seguía mis palabras y mis gestos con una gran atención distraída, como un gato que mira fijo pero se ve que está por completo en otra cosa; que es otra cosa. Por fin Dédée se ha levantado y ha apagado la luz. En lo que quedaba, una mezcla de gris y negro, nos hemos reconocido mejor. Johnny ha sacado una de sus largas manos flacas de debajo de la frazada, y yo he sentido la fláccida tibieza de su piel. Entonces Dédée ha dicho que iba a preparar unos nescafés. Me ha alegrado saber que por lo menos tienen una lata de nescafé. Siempre que una persona tiene una lata de nescafé me doy cuenta de que no está en la última miseria; todavía puede resistir un poco.

— Hace rato que no nos veíamos — le he dicho a Johnny —. Un mes por lo menos.

— Tú no haces más que contar el tiempo — me ha contestado de mal humor —. El primero, el dos, el tres, el veintiuno. A todo le pones un número, tú. Y ésta es igual. ¿Sabes por qué está furiosa? Porque he perdido el saxo. Tiene razón después de todo.

---

[3] *Gauloises:* marca de cigarrillos negros muy populares en Francia.

—¿Pero cómo has podido perderlo? —le he preguntado, sabiendo en el mismo momento que era justamente lo que no se le puede preguntar a Johnny.

—En el *métro* —ha dicho Johnny—. Para mayor seguridad lo había puesto debajo del asiento. Era magnífico viajar sabiendo que lo tenía debajo de las piernas, bien seguro.

—Se dio cuenta cuando estaba subiendo la escalera del hotel —ha dicho Dédée, con la voz un poco ronca—. Y yo tuve que salir como una loca a avisar a los del *métro,* a la policía.

Por el silencio siguiente me he dado cuenta de que ha sido tiempo perdido. Pero Johnny ha empezado a reírse como hace él, con una risa más atrás de los dientes y de los labios.

—Algún pobre infeliz estará tratando de sacarle algún sonido —ha dicho—. Era uno de los peores saxos que he tenido nunca; se veía que Doc Rodríguez había tocado en él, estaba completamente deformado por el lado del alma. Como aparato en sí no era malo, pero Rodríguez es capaz de echar a perder un Stradivarius con solamente afinarlo.

—¿Y no puedes conseguir otro?

—Es lo que estamos averiguando —ha dicho Dédée—. Parece que Rory Friend tiene uno. Lo malo es que el contrato de Johnny...

—El contrato —ha remedado Johnny—. Qué es eso del contrato. Hay que tocar y se acabó, y no tengo saxo ni dinero para comprar uno, y los muchachos están igual que yo.

Esto último no es cierto, y los tres lo sabemos. Nadie se atreve ya a prestarle un instrumento a Johnny, porque lo pierde o acaba con él en seguida. Ha perdido el saxo de Louis Rolling en Bordeaux, ha roto en tres pedazos, pisoteándolo y golpeándolo, el saxo que Dédée había comprado cuando lo contrataron para una gira por Inglaterra. Nadie sabe ya cuántos instrumentos lleva perdidos, empeñados o rotos. Y en todos ellos tocaba

143

como yo creo que solamente un dios puede tocar un saxo alto, suponiendo que hayan renunciado a las liras y a las flautas.

—¿Cuándo empiezas, Johnny?

—No sé. Hoy, creo, ¿eh Dé?

—No, pasado mañana.

—Todo el mundo sabe las fechas menos yo —rezonga Johnny, tapándose hasta las orejas con la frazada—. Hubiera jurado que era esta noche, y que esta tarde había que ir a ensayar.

—Lo mismo da —ha dicho Dédée—. La cuestión es que no tienes saxo.

—¿Cómo lo mismo da? No es lo mismo. Pasado mañana es después de mañana, y mañana es mucho después de hoy. Y hoy mismo es bastante después de ahora, en que estamos charlando con el compañero Bruno y yo me sentiría mucho mejor si me pudiera olvidar del tiempo y beber alguna cosa caliente.

—Ya va a hervir el agua, espera un poco.

—No me refería al calor por ebullición —ha dicho Johnny. Entonces he sacado el frasco de ron y ha sido como si encendiéramos la luz, porque Johnny ha abierto de par en par la boca, maravillado, y sus dientes se han puesto a brillar, y hasta Dédée ha tenido que sonreírse al verlo tan asombrado y contento. El ron con el nescafé no estaba mal del todo, y los tres nos hemos sentido mucho mejor después del segundo trago y de un cigarrillo. Ya para entonces he advertido que Johnny se retraía poco a poco y que seguía haciendo alusiones al tiempo, un tema que le preocupa desde que lo conozco. He visto pocos hombres tan preocupados por todo lo que se refiere al tiempo. Es una manía, la peor de sus manías, que son tantas. Pero él la despliega y la explica con una gracia que pocos pueden resistir. Me he acordado de un ensayo antes de una grabación, en Cincinnati, y esto era mucho antes de venir a París, en el cuarenta y nueve o el cincuenta. Johnny estaba en gran forma en esos días, y yo había ido al ensayo nada más que para escucharlo a él y también a Miles Davis[4]. Todos tenían ganas de tocar, estaban contentos, andaban bien vestidos (de esto me acuerdo quizá por contraste, por lo mal vestido y lo sucio que anda ahora Johnny), tocaban con gusto, sin ninguna impaciencia, y el técnico de sonido hacía señales de contento detrás de su ventanilla, como un babuino[5] satisfecho. Y justamente en ese momento, cuando Johnny estaba como perdido en su alegría, de golpe dejó de tocar y soltándole un puñetazo a no sé quién dijo: "Esto lo estoy tocando mañana", y los muchachos se quedaron cortados, apenas dos o tres siguieron unos compases, como un tren que tarda en frenar, y Johnny se golpeaba la frente y repetía: "Esto ya lo toqué mañana, es horrible, Miles, esto ya lo toqué mañana", y no lo podían hacer salir de eso, y a partir de entonces todo anduvo mal, Johnny tocaba in ganas y deseando irse (a drogarse otra vez, dijo el técnico de sonido muerto de rabia), y cuando lo vi salir, tambaleándose y con la cara cenicienta, me pregunté si eso iba a durar todavía mucho tiempo.

—Creo que llamaré al doctor Bernard —ha dicho Dédée, mirando de reojo a Johnny, que bebe su ron a pequeños sorbos—. Tienes fiebre, y no comes nada.

—El doctor Bernard es un triste idiota —ha dicho Johnny, lamiendo su vaso—. Me va a dar aspirinas, y después dirá que le gusta muchísimo el jazz, por ejemplo Ray Noble[6]. Te das una idea, Bruno. Si tuviera el saxo lo recibiría con una música que lo haría bajar de vuelta los cuatro pisos con el culo en cada escalón.

—De todos modos no te hará mal tomarte las aspirinas —he dicho, mirando de reojo a Dédée—. Si quieres yo telefonearé al salir, así Dédée no tiene que bajar. Oye,

---

[4] *Miles Davis:* Famosísimo trompetista, una de las cumbres del jazz moderno. En 1947 formó parte de un quinteto con Charlie Parker. El crítico Bruno se refiere a las grabaciones que realizó entre 1947 y 1949 antes del viaje de Parker a París.

[5] *Babuino:* tipo de mono grande.

[6] *Ray Noble:* compositor y director de orquesta inglés de cierto éxito comercial, aunque es propiamente un hombre de jazz.

pero ese contrato... Si empiezas pasado mañana creo que se podrá hacer algo. También yo puedo tratar de sacarle un saxo a Rory Friend. Y en el peor de los casos... La cuestión es que vas a tener que andar con más cuidado, Johnny.

—Hoy no —ha dicho Johnny mirando el frasco de ron—. Mañana, cuando tenga el saxo. De manera que no hay por qué hablar de eso ahora. Bruno, cada vez me doy mejor cuenta de que el tiempo... Yo creo que la música ayuda siempre a comprender un poco este asunto. Bueno, no a comprender porque la verdad es que no comprendo nada. Lo único que hago es darme cuenta de que hay algo. Como esos sueños, no es cierto, en que empiezas a sospecharte que todo se va a echar a perder, y tienes un poco de miedo por adelantado; pero al mismo tiempo no estás nada seguro, y a lo mejor todo se da vuelta como un panqueque[7] y de repente estás acostado con una chica preciosa y todo es divinamente perfecto.

Dédée está lavando las tazas y los vasos en un rincón del cuarto. Me he dado cuenta de que ni siquiera tienen agua corriente en la pieza; veo una palangana con flores rosadas y una jofaina que me hace pensar en un animal embalsamado. Y Johnny sigue hablando con la boca tapada a medias por la frazada, y también él parece un embalsamado con las rodillas contra el mentón y su cara negra y lisa que el ron y la fiebre empiezan a humedecer poco a poco.

—He leído algunas cosas sobre todo eso, Bruno. Es muy raro, y en realidad tan difícil... Yo creo que la música ayuda, sabes. No a entender, porque en realidad no entiendo nada. —Se golpea la cabeza con el puño cerrado. La cabeza le suena como un coco.

—No hay nada aquí dentro, Bruno, lo que se dice nada. Esto no piensa ni entiende nada. Nunca me ha hecho falta, para decirte la verdad. Yo empiezo a enten-

---

[7] *Panqueque:* del inglés *pancake* y generalizado en Latinoamérica para designar las tortitas.

der de los ojos para abajo, y cuanto más abajo mejor entiendo. Pero no es realmente entender, en eso estoy de acuerdo.

—Te va a subir la fiebre —ha rezongado Dédée desde el fondo de la pieza.

—Oh, cállate. Es verdad. Bruno. Nunca he pensado en nada, solamente de golpe me doy cuenta de lo que he pensado, pero eso no tiene gracia, ¿verdad? ¿Qué gracia va a tener darse cuenta de que uno ha pensado algo? Para el caso es lo mismo que si pensaras tú o cualquier otro. No soy yo, yo. Simplemente saco provecho de lo que pienso, pero siempre después, y eso es lo que no aguanto. Ah, es difícil, es tan difícil... ¿No ha quedado ni un trago?

Le he dado las últimas gotas de ron, justamente cuando Dédée volvía a encender la luz; ya casi no se veía en la pieza. Johnny está sudando, pero sigue envuelto en la frazada, y de cuando en cuando se estremece y hace crujir el sillón.

—Me di cuenta cuando era muy chico, casi en seguida de aprender a tocar el saxo. En mi casa había siempre un lío de todos los diablos, y no se hablaba más que de deudas, de hipotecas. ¿Tú sabes lo que es una hipoteca? Debe ser algo terrible, porque la vieja se tiraba de los pelos cada vez que el viejo hablaba de la hipoteca, y acababan a los golpes. Yo tenía trece años... pero ya has oído todo eso.

Vaya si lo he oído; vaya si he tratado de escribirlo bien y verídicamente en mi biografía de Johnny.

—Por eso en casa el tiempo no acababa nunca, sabes. De pelea en pelea, casi sin comer. Y para colmo la religión, ah, eso no te lo puedes imaginar. Cuando el maestro me consiguió un saxo que te hubieras muerto de risa si lo ves, entonces creo que me di cuenta en seguida. La música me sacaba del tiempo, aunque no es más que una manera de decirlo. Si quieres saber lo que realmente siento, yo creo que la música me metía en el tiempo. Pero entonces hay que creer que este tiempo no tiene nada que ver con... bueno, con nosotros, por decirlo así.

Como hace rato que conozco las alucinaciones de Johnny, de todos los que hacen su misma vida, lo escucho atentamente pero sin preocuparme demasiado por lo que dice. Me pregunto en cambio cómo habrá conseguido la droga en París. Tendré que interrogar a Dédée, suprimir su posible complicidad. Johnny no va a poder resistir mucho más en ese estado. La droga y la miseria no saben andar juntas. Pienso en la música que se está perdiendo, en las docenas de grabaciones donde Johnny podría seguir dejando esa presencia, ese adelanto asombroso que tiene sobre cualquier otro músico. "Esto lo estoy tocando mañana" se me llena de pronto de un sentido clarísimo, porque Johnny siempre está tocando mañana y el resto viene a la zaga, en este hoy que él salta sin esfuerzo con las primeras notas de su música.

Soy un crítico de jazz lo bastante sensible como para comprender mis limitaciones, y me doy cuenta de que lo que estoy pensando está por debajo del plano donde el pobre Johnny trata de avanzar con sus frases truncadas, sus suspiros, sus súbitas rabias y sus llantos. A él le importa un bledo que yo lo crea genial, y nunca se ha envanecido de que su música esté mucho más allá de la que tocan sus compañeros. Pienso melancólicamente que él está al principio de su saxo mientras yo vivo obligado a conformarme con el final. El es la boca y yo la oreja, por no decir que él es la boca y yo... Todo crítico, ay, es el triste final de algo que empezó como sabor, como delicia de morder y mascar. Y la boca se mueve otra vez, golosamente la gran lengua de Johnny recoge un chorrito de saliva de los labios. Las manos hacen un dibujo en el aire.

—Bruno, si un día lo pudieras escribir... No por mí, entiendes, a mí qué me importa. Pero debe ser hermoso, yo siento que debe ser hermoso. Te estaba diciendo que cuando empecé a tocar de chico me di cuenta de que el tiempo cambiaba. Esto se lo conté una vez a Jim y me dijo que todo el mundo se siente lo mismo, y que cuando uno se abstrae... Dijo así, cuando uno se abstrae. Pero no, yo no me abstraigo cuando toco. Solamente que cambio de lugar. Es como en un ascensor, tú estás en el ascensor hablando con la gente, y no sientes nada raro, y entre tanto pasa el primer piso, el décimo, el veintiuno, y la ciudad se quedó ahí abajo, y tú estás terminando la frase que habías empezado al entrar, y entre las primeras palabras y las últimas hay cincuenta y dos pisos. Yo me di cuenta cuando empecé a tocar que entraba en un ascensor, pero era un ascensor de tiempo, si te lo puedo decir así. No creas que me olvidaba de la hipoteca o de la religión. Solamente que en esos momentos la hipoteca y la religión eran como el traje que uno no tiene puesto; yo sé que el traje está en el ropero, pero a mí no vas a decirme que en este momento ese traje existe. El traje existe cuando me lo pongo, y la hipoteca y la religión existían cuando terminaba de tocar y la vieja entraba con el pelo colgándole en mechones y se quejaba de que yo le rompía las orejas con esa-música-del-diablo.

Dédée ha traído otra taza de nescafé, pero Johnny mira tristemente su vaso vacío.

—Esto del tiempo es complicado, me agarra por todos lados. Me empiezo a dar cuenta poco a poco de que el tiempo no es como una bolsa que se rellena. Quiero decir que aunque cambie el relleno, en la bolsa no cabe más que una cantidad y se acabó. ¿Ves mi valija, Bruno? Caben dos trajes y dos pares de zapatos. Bueno, ahora imagínate que la vacías y después vas a poner de nuevo los dos trajes y los dos pares de zapatos, y entonces te das cuenta de que solamente caben un traje y un par de zapatos. Pero lo mejor no es eso. Lo mejor es cuando te das cuenta de que puedes meter una tienda entera en la valija, cientos y cientos de trajes, como yo meto la música en el tiempo[8] cuando estoy tocando, a veces. La música y lo que pienso cuando viajo en el *métro*.

---

8 *Yo meto la música en el tiempo:* "La rítmica de Charlie Parker se basa en la descomposición del tiempo. Es, de alguna manera, una rítmica del semitiempo." Cfr. André Hodeir en *Jazz moderne*, Bruselas, Casterman, 1972, pág. 70.

—Cuando viajas en el *métro*.

—Eh, sí, ahí está la cosa —ha dicho socarronamente Johnny—. El *métro* es un gran invento, Bruno. Viajando en el *métro* te das cuenta de todo lo que podría caber en la valija. A lo mejor no perdí el saxo en el *métro*, a lo mejor...

Se echa a reír, tose, y Dédée lo mira inquieta. Pero él hace gestos, se ríe y tose mezclando todo, sacudiéndose debajo de la frazada como un chimpancé. Le caen lágrimas y se las bebe, siempre riendo.

—Mejor es no confundir las cosas —dice después de un rato—. Lo perdí y se acabó. Pero el *métro* me ha servido para darme cuenta del truco de la valija. Mira, esto de las cosas elásticas es muy raro, yo lo siento en todas partes. Todo es elástico, chico. Las cosas que parecen duras tienen una elasticidad...

Piensa, concentrándose.

—...una elasticidad retardada[9]— agrega sorprendentemente. Yo hago un gesto de admiración aprobatoria. Bravo, Johnny. El hombre que dice que no es capaz de pensar. Vaya con Johnny. Y ahora estoy realmente interesado por lo que va a decir, y él se da cuenta y me mira más socarronamente que nunca.

—¿Tú crees que podré conseguir otro saxo para tocar pasado mañana, Bruno?

—Sí, pero tendrás que tener cuidado.

—Claro, tendré que tener cuidado.

—Un contrato de un mes —explica la pobre Dédée—. Quince días en la *boite* de Rémy, dos conciertos y los discos. Podríamos arreglarnos tan bien.

—Un contrato de un mes —remeda Johnny con grandes gestos—. La *boite* de Rémy, dos conciertos y los discos. Be-bata-bop bop bop, chrrr. Lo que tiene es sed, una sed, una sed. Y unas ganas de fumar, de fumar. Sobre todo unas ganas de fumar.

---

[9] *Elasticidad retardada:* genial definición del lenguaje rítmico de Parker.

Le ofrezco un paquete de Gauloises, aunque sé muy bien que está pensando en la droga. Ya es de noche, en el pasillo empieza un ir y venir de gente, diálogos en árabe, una canción. Dédée se ha marchado, probablemente a comprar alguna cosa para la cena. Siento la mano de Johnny en la rodilla.

—Es una buena chica, sabes. Pero me tiene harto. Hace rato que no la quiero, que no puedo sufrirla. Todavía me excita, a ratos, sabe hacer el amor como... —junta los dedos a la italiana—. Pero tengo que librarme de ella, volver a Nueva York. Sobre todo tengo que volver a Nueva York, Bruno.

—¿Para qué? Allá te estaba yendo peor que aquí. No me refiero al trabajo, sino a tu vida misma. Aquí me parece que tienes más amigos.

—Sí, estás tú y la marquesa, y los chicos del club... ¿Nunca hiciste el amor con la marquesa, Bruno?

—No.

—Bueno, es algo que... Pero yo te estaba hablando del *métro*, y no sé por qué cambiamos de tema. El *métro* es un gran invento[10], Bruno. Un día empecé a sentir algo en el *métro*, después me olvidé... Y entonces se repitió, dos o tres días después. Y al final me di cuenta. Es fácil de explicar, sabes, pero es fácil porque en realidad no es la verdadera explicación. La verdadera explicación sencillamente no se puede explicar. Tendrías que tomar el *métro* y esperar a que te ocurra, aunque me parece que eso solamente me ocurre a mí. Es un poco así, mira. ¿Pero de verdad nunca hiciste el amor con la marquesa? Le tienes que pedir que se suba al taburete dorado que tiene en el rincón del dormitorio, al lado de una lámpara muy bonita, y entonces... Bah, ya está ésa de vuelta.

Dédée entra con un bulto, y mira a Johnny.

---

[10] *El métro es un gran invento:* Según Orrin Keepnews, Charlie Parker se pasaba con frecuencia la noche entera viajando sin meta en los trenes subterráneos.

—Tienes más fiebre. Ya telefoneé al doctor, va a venir a las diez. Dice que te quedes tranquilo.

—Bueno, de acuerdo, pero antes le voy a contar lo del *métro* a Bruno. El otro día me di bien cuenta de lo que pasaba. Me puse a pensar en mi vieja[11], después en Lan y los chicos, y claro, al momento me parecía que estaba caminando por mi barrio, y veía las caras de los muchachos, los de aquel tiempo. No era pensar, me parece que ya te he dicho muchas veces que yo no pienso nunca; estoy como parado en una esquina viendo pasar lo que pienso, pero no pienso lo que veo. ¿Te das cuenta? Jim dice que todos somos iguales, que en general (así dice) uno no piensa por su cuenta. Pongamos que sea así, la cuestión es que yo había tomado el *métro* en la estación Saint-Michel y en seguida me puse a pensar en Lan y los chicos, y a ver el barrio. Apenas me senté me puse a pensar en ellos. Pero al mismo tiempo me daba cuenta de que estaba en el *métro,* y vi que al cabo de un minuto más o menos llegábamos a Odéon, y que la gente entraba y salía. Entonces seguí pensando en Lan y vi a mi vieja cuando volvía de hacer las compras, y empecé a verlos a todos, a estar con ellos de una manera hermosísima, como hacía mucho que no sentía. Los recuerdos son siempre un asco, pero esta vez me gustaba pensar en los chicos y verlos. Si me pongo a contarte todo lo que vi no lo vas a creer porque tendría para rato. Y eso que ahorraría detalles. Por ejemplo, para decirte una sola cosa, veía a Lan con un vestido verde que se ponía cuando iba al Club 33 donde yo tocaba con Hamp[12]. Veía el vestido con unas cintas, un moño, una especie de adorno al costado y un cuello... No al mismo tiempo, sino que en realidad me estaba paseando alrededor del vestido de Lan y lo miraba despacito. Y después miré la cara de Lan y la de los chicos, y después me acordé de Mike

---

[11] *Vieja:* madre.
[12] *Hamp:* se trata del vibrafonista Lionel Hampton, también batería, pianista y director de orquesta, cuya obra más célebre es *Flyin' Home.*

que vivía en la pieza de al lado, y cómo Mike me había contado la historia de unos caballos salvajes en Colorado, y él que trabajaba en un rancho y hablaba sacando pecho como los domadores de caballos...

—Johnny —ha dicho Dédée desde su rincón.

—Fíjate que solamente te cuento un pedacito de todo lo que estaba pensando y viendo. ¿Cuánto hará que te estoy contando este pedacito?

—No sé, pongamos unos dos minutos.

—Pongamos unos dos minutos —remeda Johnny—. Dos minutos y te he contado un pedacito nada más. Si te contara todo lo que les vi hacer a los chicos, y cómo Hamp tocaba *Save it, pretty mamma* y yo escuchaba cada nota, entiendes, cada nota, y Hamp no es de los que se cansan, y si te contara que también le oí a mi vieja una oración larguísima, donde hablaba de repollos, me parece, pedía perdón por mi viejo y por mí y decía algo de unos repollos... Bueno, si te contara en detalle todo eso, pasarían más de dos minutos, ¿eh, Bruno?

—Si realmente escuchaste y viste todo eso, pasaría un buen cuarto de hora —le he dicho, riéndome.

—Pasaría un buen cuarto de hora, eh, Bruno. Entonces me vas a decir cómo puede ser que de repente siento que el *métro* se para y yo me salgo de mi vieja y Lan y todo aquello, y veo que estamos en Saint Germain-des-Prés, que queda justo a un minuto y medio de Odéon.

Nunca me preocupo demasiado por las cosas que dice Johnny pero ahora, con su manera de mirarme, he sentido frío.

—Apenas un minuto y medio por tu tiempo, por el tiempo de ésa —ha dicho rencorosamente Johnny—. Y también por el del *métro* y el de mi reloj, malditos sean. Entonces, ¿cómo puede ser que yo haya estado pensando un cuarto de hora, eh, Bruno? ¿Cómo se puede pensar un cuarto de hora en un minuto y medio? Te juro que ese día no había fumado ni un pedacito, ni una hojita —agrega como un chico que se excusa—. Y después me ha vuelto a suceder, ahora me empieza a suceder en todas partes.

Pero —agrega astutamente— sólo en el *métro* me puedo dar cuenta porque viajar en el *métro* es como estar metido en un reloj. Las estaciones son los minutos, comprendes, es ese tiempo de ustedes, de ahora; pero yo sé que hay otro, y he estado pensando, pensando...

Se tapa la cara con las manos y tiembla. Yo quisiera haberme ido ya, y no sé cómo hacer para despedirme sin que Johnny se resienta, porque es terriblemente susceptible con sus amigos. Si sigue así le va a hacer mal, por lo menos con Dédée no va a hablar de esas cosas.

—Bruno, si yo pudiera solamente vivir como en esos momentos, o como cuando estoy tocando y también el tiempo cambia... Te das cuenta de lo que podría pasar en un minuto y medio... Entonces un hombre, no solamente yo sino ésa y tú y todos los muchachos, podrían vivir cientos de años, si encontráramos la manera podríamos vivir mil veces más de lo que estamos viviendo por culpa de los relojes, de esa manía de minutos y de pasado mañana[13].

Sonrío lo mejor que puedo, comprendiendo vagamente que tiene razón, pero que lo que él sospecha y lo que yo presiento de su sospecha se va a borrar como siempre apenas esté en la calle y me meta en mi vida de todos los días. En ese momento estoy seguro de que Johnny dice algo que no nace solamente de que está medio loco, de que la realidad se le escapa y le deja en cambio una especie de parodia que él convierte en una esperanza. Todo lo que Johnny me dice en momentos así (y hace más de cinco años que Johnny me dice y les dice a todos cosas parecidas) no se puede escuchar prometiéndose volver a pensarlo más tarde. Apenas se está en la calle, apenas es el recuerdo y no Johnny quien repite las palabras, todo se vuelve un fantaseo de la marihuana, un manotear monótono (porque hay otros que dicen cosas

---

[13] *De minutos y de pasado mañana:* Johnny intuye otro ser suyo instalado en una atemporalidad cuya posesión busca en la música y en la droga. Charlie Parker solía repetir que su reloj nunca marchaba bien.

parecidas, a cada rato se sabe de testimonios parecidos) y después de la maravilla nace la irritación, y a mí por lo menos me pasa que siento como si Johnny me hubiera estado tomando el pelo. Pero esto ocurre siempre al otro día, no cuando Johnny me lo está diciendo, porque entonces siento que hay algo que quiere ceder en alguna parte, una luz que busca encenderse, o más bien como si fuera necesario quebrar alguna cosa, quebrarla de arriba abajo como un tronco metiéndole una cuña y martillando hasta el final. Y Johnny ya no tiene fuerzas para martillar nada, y yo ni siquiera sé qué martillo haría falta para meter una cuña que tampoco me imagino.

De manera que al final me he ido de la pieza, pero antes ha pasado una de esas cosas que tienen que pasar −ésa u otra parecida− y es que cuando me estaba despidiendo de Dédée y le daba la espalda a Johnny he sentido que algo ocurría, lo he visto en los ojos de Dédée y me he vuelto rápidamente (porque a lo mejor le tengo un poco de miedo a Johnny, a este ángel que es como mi hermano, a este hermano que es como mi ángel) y he visto a Johnny que se ha quitado de golpe la frazada con que estaba envuelto, y lo he visto sentado en el sillón completamente desnudo, con las piernas levantadas y las rodillas junto al mentón, temblando pero riéndose, desnudo de arriba a abajo en el sillón mugriento.

−Empieza a hacer calor −ha dicho Johnny−. Bruno, mira qué hermosa cicatriz tengo entre las costillas.

−Tápate −ha mandado Dédée, avergonzada y sin saber qué decir. Nos conocemos bastante y un hombre desnudo no es más que un hombre desnudo, pero de todos modos Dédée ha tenido vergüenza y yo no sabía cómo hacer para no dar la impresión de que lo que estaba haciendo Johnny me chocaba. Y él lo sabía y se ha reído con toda su bocaza, obscenamente manteniendo las piernas levantadas, el sexo colgándole al borde del sillón como un mono en el zoo, y la piel de los muslos con unas raras manchas que me han dado un asco infinito. Entonces Dédée ha agarrado la frazada y lo ha envuelto presurosa, mientras Johnny se reía y parecía muy feliz. Me he despedido vagamente, prometiendo volver al otro día, y Dédée me ha acompañado hasta el rellano, cerrando la puerta para que Johnny no oiga lo que va a decirme.

—Está así desde que volvimos de la gira por Bélgica. Había tocado tan bien en todas partes, y yo estaba tan contenta.

—Me pregunto de dónde habrá sacado la droga —he dicho, mirándola en los ojos.

—No sé. Ha estado bebiendo vino y coñac casi todo el tiempo. Pero también ha fumado, aunque menos que allá...

Allá es Baltimore y Nueva York, son los tres meses en el hospital psiquiátrico de Bellevue, y la larga temporada en Camarillo[14].

—¿Realmente Johnny tocó bien en Bélgica, Dédée?

—Sí, Bruno, me parece que mejor que nunca. La gente estaba enloquecida, y los muchachos de la orquesta me lo dijeron muchas veces. De repente pasaban cosas raras, como siempre con Johnny, pero por suerte nunca delante del público. Yo creí... pero ya ve, ahora es peor que nunca.

—¿Peor que en Nueva York? Usted no lo conoció en esos años.

Dédée no es tonta, pero a ninguna mujer le gusta que le hablen de su hombre cuando aún no estaba en su vida, aparte de que ahora tiene que aguantarlo y lo de antes no son más que palabras. No sé cómo decírselo, y ni siquiera le tengo plena confianza, pero al final me decido.

—Me imagino que se han quedado sin dinero.

—Tenemos ese contrato para empezar pasado mañana —ha dicho Dédée.

—¿Usted cree que va a poder grabar y presentarse en público?

---

[14] *Camarillo:* Hospital psiquiátrico en donde fue encerrado temporalmente Ch. Parker en julio de 1946 y que después dio origen a su obra *Relaxin' at Camarillo.*

—Oh, sí —ha dicho Dédée un poco sorprendida—. Johnny puede tocar mejor que nunca si el doctor Bernard le corta la gripe. La cuestión es el saxo.

—Me voy a ocupar de eso. Aquí tiene, Dédée. Solamente que... Lo mejor sería que Johnny no lo supiera.

—Bruno...

Con un gesto, y empezando a bajar la escalera, he detenido las palabras imaginables, la gratitud inútil de Dédée. Separado de ella por cuatro o cinco peldaños me ha sido más fácil decírselo.

—Por nada del mundo tiene que fumar antes del primer concierto. Déjelo beber un poco pero no le dé dinero para lo otro.

Dédée no ha contestado nada, aunque he visto cómo sus manos doblaban y doblaban los billetes, hasta hacerlos desaparecer. Por lo menos tengo la seguridad de que Dédée no fuma. Su única complicidad puede nacer del miedo o del amor. Si Johnny se pone de rodillas, como lo he visto en Chicago, y le suplica llorando... Pero es un riesgo como tantos otros con Johnny, y por el momento habrá dinero para comer y para remedios[15]. En la calle me he subido el cuello de la gabardina porque empezaba a lloviznar, y he respirado hasta que me dolieron los pulmones; me ha parecido que París olía a limpio, a pan caliente. Sólo ahora me he dado cuenta de cómo olía la pieza de Johnny, el cuerpo de Johnny sudando bajo la frazada. He entrado en un café para beber un coñac y lavarme la boca, quizá también la memoria que insiste e insiste en las palabras de Johnny, sus cuentos, su manera de ver lo que yo no veo y en el fondo no quiero ver. Me he puesto a pensar en pasado mañana y era como una tranquilidad, como un puente bien tendido del mostrador hacia adelante.

Cuando no se está demasiado seguro de nada, lo mejor es crearse deberes a manera de flotadores. Dos o tres días después he pensado que tenía el deber de averiguar si la

---

[15] *Remedios:* medicamentos.

marquesa le está facilitando marihuana a Johnny Carter[16], y he ido al estudio de Montparnasse. La marquesa es verdaderamente una marquesa, tiene dinero a montones que le viene del marqués, aunque hace rato que se hayan divorciado a causa de la marihuana y otras razones parecidas. Su amistad con Johnny viene de Nueva York, probablemente del año en que Johnny se hizo famoso de la noche a la mañana simplemente porque alguien le dio la oportunidad de reunir a cuatro o cinco muchachos a quienes les gustaba su estilo, y Johnny pudo tocar a sus anchas por primera vez y los dejó a todos asombrados. Este no es el momento de hacer crítica de jazz, y los interesados pueden leer mi libro sobre Johnny y el nuevo estilo de la posguerra, pero bien puedo decir que el cuarenta y ocho —digamos hasta el cincuenta— fue como una explosión de la música, pero una explosión fría, silenciosa, una explosión en la que cada cosa quedó en su sitio y no hubo gritos ni escombros, pero la costra de la costumbre se rajó en millones de pedazos y hasta sus defensores (en las orquestas y en el público) hicieron una cuestión de amor propio de algo que ya no sentían como antes. Porque después del paso de Johnny por el saxo alto no se puede seguir oyendo a los músicos anteriores y creer que son el non plus ultra; hay que conformarse con aplicar esa especie de resignación disfrazada que se llama sentido histórico, y decir que cualquiera de esos músicos ha sido estupendo y lo sigue siendo en-su-momento. Johnny ha pasado por el jazz como una mano que da vuelta la hoja, y se acabó.

La marquesa, que tiene unas orejas de lebrel para todo lo que sea música, ha admirado siempre una enormidad

---

[16] *Johnny Carter:* El nombre literario que encubre a Charlie Parker, aparte su fonética de evidente sabor jazzístico, bien podría ser la reunión del nombre y del apellido de dos contemporáneos, saxofonistas altos los dos: Benny Carter y Jonny Hodges.

Hay otros casos en el relato: vg. Tica, la marquesa, está relacionada con la baronesa Pannonica (Nica) protectora de Parker y de Thelonius Monk. Igualmente Lan pudiera estar relacionada con Chan Richardson, uno de los amores de Charlie Parker.

a Johnny y a sus amigos del grupo. Me imagino que debió darles no pocos dólares en los días del Club 33, cuando la mayoría de los críticos protestaban por las grabaciones de Johnny y juzgaban su jazz con arreglo a criterios más que podridos. Probablemente también en esa época la marquesa empezó a acostarse de cuando en cuando con Johnny, y a fumar con él. Muchas veces los he visto juntos antes de las sesiones de grabación o en los entreactos de los conciertos, y Johnny parecía enormemente feliz al lado de la marquesa, aunque en alguna otra platea o en su casa estaban Lan y los chicos esperándolo. Pero Johnny no ha tenido jamás idea de lo que es esperar nada, y tampoco se imagina que alguien pueda estar esperándolo. Hasta su manera de plantar a Lan lo pinta de cuerpo entero. He visto la postal que le mandó desde Roma, después de cuatro meses de ausencia (se había trepado a un avión con otros dos músicos sin que Lan supiera nada). La postal representaba a Rómulo y Remo, que siempre le han hecho mucha gracia a Johnny (una de sus grabaciones se llama así) y decía: "Ando solo en una multitud de amores", que es un fragmento de un poema de Dylan Thomas a quien Johnny lee todo el tiempo. Los agentes de Johnny en Estados Unidos se arreglaron para deducir una parte de sus regalías y entregarlas a Lan, que por su parte comprendió pronto que no había hecho tan mal negocio librándose de Johnny. Alguien me dijo que la marquesa dio también dinero a Lan, sin que Lan supiera de dónde procedía. No me extraña porque la marquesa es descabelladamente buena y entiende el mundo un poco como las tortillas que fabrica en su estudio cuando los amigos empiezan a llegar a montones, y que consiste en tener una especie de tortilla permanente a la cual echa diversas cosas y va sacando pedazos y ofreciéndolos a medida que hace falta.

He encontrado a la marquesa con Marcel Gavoty y con Art Boucaya, y precisamente estaban hablando de las grabaciones que había hecho Johnny la tarde anterior. Me han caído encima como si vieran llegar a un arcángel, la marquesa me ha besuqueado hasta cansarse, y los muchachos me han palmeado como pueden hacerlo un contrabajista y un saxo barítono. He tenido que refugiarme detrás de un sillón, defendiéndome como podía, y todo porque se han enterado de que soy el proveedor del magnífico saxo con el cual Johnny acaba de grabar cuatro o cinco de sus mejores improvisaciones. La marquesa ha dicho en seguida que Johnny era una rata inmunda, y que como estaba peleado con ella (no ha dicho por qué) la rata inmunda sabía muy bien que sólo pidiéndole perdón en debida forma hubiera podido conseguir el cheque para ir a comprarse un saxo. Naturalmente Johnny no ha querido pedir perdón desde que ha vuelto a París —la pelea parece que ha sido en Londres, dos meses atrás— y en esa forma nadie podía saber que había perdido su condenado saxo en el *métro*, etcétera. Cuando la marquesa echa a hablar uno se pregunta si el estilo de Dizzy[17] no se le ha pegado al idioma, pues es una serie interminable de variaciones en los registros más inesperados, hasta que al final la marquesa se da un gran golpe en los muslos, abre de par en par la boca y se pone a reír como si la estuvieran matando a cosquillas. Y entonces Art Boucaya ha aprovechado para darme detalles de la sesión de ayer, que me he perdido por culpa de mi mujer con neumonía.

—Tica puede dar fe —ha dicho Art mostrando a la marquesa que se retuerce de risa—. Bruno, no te puedes imaginar lo que fue eso hasta que oigas los discos. Si Dios estaba ayer en alguna parte puedes creerme que era en esa condenada sala de grabación, donde hacía un calor de mil demonios, dicho sea de paso. ¿Te acuerdas de *Willow Tree*, Marcel?

—Si me acuerdo —ha dicho Marcel—. El estúpido

---

[17] *Dizzie:* Dizzie Gillespie, trompetista célebre, gran amigo de Parker y con quien tocó muchas veces. Creador con él del estilo *be-bop*, en las célebres sesiones del Minton's Playhose en Nueva York el año 1945. A veces se les llama los Dióscuros del *Be-bop*.

pregunta si me acuerdo. Estoy tatuado de la cabeza a los pies con *Willow Tree*.

Tica nos ha traído *highballs*[18] y nos hemos puesto cómodos para charlar. En realidad hemos hablado poco de la sesión de ayer, porque cualquier músico sabe que de esas cosas no se puede hablar, pero lo poco que han dicho me ha devuelto alguna esperanza y he pensado que tal vez mi saxo le traiga buena suerte a Johnny. De todas maneras no han faltado las anécdotas que enfriaran un poco esa esperanza, como por ejemplo que Johnny se ha sacado los zapatos entre grabación y grabación, y se ha paseado descalzo por el estudio. Pero en cambio se ha reconciliado con la marquesa y ha prometido venir al estudio a tomar una copa antes de su presentación de esta noche.

— ¿Conoces a la muchacha que tiene ahora Johnny? — ha querido saber Tica. Le he hecho una descripción lo más sucinta posible, pero Marcel la ha completado a la francesa, con toda clase de matices y alusiones que han divertido muchísimo a la marquesa. No se ha hecho la menor referencia a la droga, aunque yo estoy tan aprensivo que me ha parecido olerla en el aire del estudio de Tica, aparte de que Tica se ríe de una manera que también noto a veces en Johnny y en Art, y que delata a los adictos. Me pregunto cómo se habrá procurado Johnny la marihuana si estaba peleado con la marquesa; mi confianza en Dédée se ha venido bruscamente al suelo, si es que en realidad le tenía confianza. En el fondo son todos iguales.

Envidio un poco esa igualdad que los acerca, que los vuelve cómplices con tanta facilidad; desde mi mundo puritano —no necesito confesarlo, cualquiera que me conozca sabe de mi horror al desorden moral— los veo como ángeles enfermos, irritantes a fuerza de irresponsabilidad pero pagando los cuidados con cosas como los discos de Johnny, la generosidad de la marquesa. Y no

---

[18] *Highballs:* bebida típica en Estados Unidos, compuesta de *whisky, ginger ale* y hielo.

digo todo, y quisiera forzarme a decirlo: los envidio, envidio a Johnny, a ese Johnny del otro lado, sin que nadie sepa qué es exactamente ese otro lado. Envidio todo menos su dolor, cosa que nadie dejará de comprender, pero aun en su dolor tiene que haber atisbos de algo que me es negado. Envidio a Johnny y al mismo tiempo me da rabia que se esté destruyendo por el mal empleo de sus dones, por la estúpida acumulación de insensatez que requiere su presión de vida. Pienso que si Johnny pudiera orientar esa vida, incluso sin sacrificarle nada, ni siquiera la droga, y si piloteara mejor ese avión que desde hace cinco años vuela a ciegas, quizá acabaría en lo peor, en la locura completa, en la muerte, pero no sin haber tocado a fondo lo que busca en sus tristes monólogos a posteriori, en sus recuentos de experiencias fascinantes pero que se quedan a mitad de camino. Y todo eso lo sostengo desde mi cobardía personal, y quizá en el fondo quisiera que Johnny acabara de una vez, como una estrella que se rompe en mil pedazos y deja idiotas a los astrónomos durante una semana, y después uno se va a dormir y mañana es otro día.

Parecería que Johnny ha tenido como una sospecha de todo lo que he estado pensando, porque me ha hecho un alegre saludo al entrar y ha venido casi en seguida a sentarse a mi lado, después de besar y hacer girar por el aire a la marquesa, y cambiar con ella y con Art un complicado ritual onomatopéyico que les ha producido una inmensa gracia a todos.

—Bruno —ha dicho Johnny, instalándose en el mejor sofá—, el cacharro es una maravilla y que digan éstos lo que le he sacado ayer del fondo. A Tica le caían unas lágrimas como bombillas eléctricas, y no creo que fuera porque le debe plata a la modista, ¿eh, Tica?

He querido saber algo más de la sesión, pero a Johnny le basta ese desborde de orgullo. Casi en seguida se ha puesto a hablar con Marcel del programa de esta noche y de lo bien que les caen a los dos los flamantes trajes grises con que van a presentarse en el teatro. Johnny está realmente muy bien y se ve que lleva días sin fumar demasiado; debe de tener exactamente la dosis que le hace falta para tocar con gusto. Y justamente cuando lo estoy pensando, Johnny me planta la mano en el hombro y se inclina para decirme:

—Dédée me ha contado que la otra tarde estuve muy mal contigo.

—Bah, ni te acuerdes.

—Pero si me acuerdo muy bien. Y si quieres mi opinión, en realidad estuve formidable. Deberías sentirte contento de que me haya portado así contigo; no lo hago con nadie, créeme. Es una muestra de cómo te aprecio. Tenemos que ir juntos a algún sitio para hablar de un montón de cosas. Aquí... —Saca el labio inferior, desdeñoso, y se ríe, se encoge de hombros, parece estar bailando en el sofá—. Viejo Bruno. Dice Dédée que me porté muy mal, de veras.

—Tenías gripe. ¿Estás mejor?

—No era gripe. Vino el médico, y en seguida empezó a decirme que el jazz le gusta enormemente, y que una noche tengo que ir a su casa para escuchar discos. Dédée me contó que le habías dado dinero.

—Para que salieran del paso hasta que cobres. ¿Qué tal lo de esta noche?

—Bueno, tengo ganas de tocar y tocaría ahora mismo si tuviera el saxo, pero Dédée se emperró en llevarlo ella misma al teatro. Es un saxo formidable, ayer me parecía que estaba haciendo el amor cuando lo tocaba. Vieras la cara de Tica cuando acabé. ¿Estabas celosa, Tica?

Y se han vuelto a reír a gritos, y Johnny ha considerado conveniente correr por el estudio dando grandes saltos de contento, y entre él y Art han bailado sin música, levantando y bajando las cejas para marcar el compás. Es imposible impacientarse con Johnny o con Art; sería como enojarse con el viento porque nos despeina. En voz baja, Tica, Marcel y yo hemos cambiado impresiones sobre la presentación de la noche. Marcel está seguro de que Johnny va a repetir su formidable éxito de 1951, cuando vino por primera vez a París[19]. Después de lo de ayer está seguro de que todo va a salir bien. Quisiera sentirme tan tranquilo como él, pero de todas maneras no podré hacer más que sentarme en las primeras filas y escuchar el concierto. Por lo menos tengo la tranquilidad de que Johnny no está drogado como la noche de Baltimore. Cuando le he dicho esto a Tica, me ha apretado la mano como si estuviera por caer al agua. Art y Johnny se han ido hasta el piano, y Art le está mostrando un nuevo tema a Johnny que mueve la cabeza y canturrea. Los dos están elegantísimos con sus trajes grises, aunque a Johnny lo perjudica la grasa que ha juntado en estos tiempos.

Con Tica hemos hablado de la noche de Baltimore, cuando Johnny tuvo la primera gran crisis violenta. Mientras hablábamos he mirado a Tica en los ojos, porque quería estar seguro de que me comprende, y que no cederá esta vez. Si Johnny llega a beber demasiado coñac o a fumar una nada de droga, el concierto va a ser un fracaso y todo se vendrá al suelo. París no es un casino de provincia y todo el mundo tiene puestos los ojos en Johnny. Y mientras lo pienso no puedo impedirme un mal gusto en la boca, una cólera que no va contra Johnny ni contra las cosas que le ocurren; más bien contra mí y la gente que lo rodea, la marquesa y Marcel, por ejemplo. En el fondo somos una banda de egoístas, so pretexto de cuidar a Johnny lo que hacemos es salvar nuestra idea de él, prepararnos a los nuevos placeres que va a darnos Johnny, sacarle brillo a la estatua que hemos erigido entre todos y defenderla cueste lo que cueste. El fracaso de Johnny sería malo para mi libro (de un momento a otro saldrá la traducción al inglés y al italiano), y probablemente de cosas así está hecha una parte de mi cuidado por Johnny. Art y Marcel lo necesitan para

[19] *Por primera vez a París:* La colocación temporal del relato, algunos personajes y situaciones, aunque no concuerden siempre con el trasfondo real de la vida de Charlie Parker, han quedado trabados de tal manera que adquieren una eficacia literaria mayor.

164

ganarse el pan, y la marquesa, vaya a saber qué ve la marquesa en Johnny aparte de su talento. Todo esto no tiene nada que hacer con el otro Johnny, y de repente me he dado cuenta de que quizá Johnny quería decirme eso cuando se arrancó la frazada y se mostró desnudo como un gusano, Johnny sin saxo, Johnny sin dinero y sin ropa, Johnny obsesionado por algo que su pobre inteligencia no alcanza a entender pero que flota lentamente en su música, acaricia su piel, lo prepara quizá para un salto imprevisible que nosotros no comprenderemos nunca.

Y cuando se piensan cosas así acaba uno por sentir de veras mal gusto en la boca, y toda la sinceridad del mundo no paga el momentáneo descubrimiento de que uno es una pobre porquería al lado de un tipo como Johnny Carter, que ahora ha venido a beberse su coñac al sofá y me mira con aire divertido. Ya es hora de que nos vayamos todos a la sala Pleyel. Que la música salve por lo menos el resto de la noche, y cumpla a fondo una de sus peores misiones, la de ponernos un buen biombo delante del espejo, borrarnos del mapa durante un par de horas.

Como es natural mañana escribiré para *Jazz Hot*[20] una crónica del concierto de esta noche. Pero aquí, con esta taquigrafía garabateada sobre una rodilla en los intervalos, no siento el menor deseo de hablar como crítico, es decir, de sancionar comparativamente. Sé muy bien que para mí Johnny ha dejado de ser un jazzman y que su genio musical es como una fachada, algo que todo el mundo puede llegar a comprender y a admirar pero que encubre otra cosa, y esa otra cosa es lo único que debería importarme, quizá porque es lo único que verdaderamente le importa a Johnny.

Es fácil decirlo, mientras soy todavía la música de Johnny. Cuando se enfría... ¿Por qué no podré hacer

---

[20] *Jazz Hot:* Célebre revista de jazz francesa en la que colaboraron Delaunay y Hodeir, que aparecen en el relato, y el malogrado Boris Vian.

como él, por qué no podré tirarme de cabeza contra la pared? Antepongo minuciosamente las palabras a la realidad que pretenden describirme, me escudo en consideraciones y sospechas que no son más que una estúpida dialéctica. Me parece comprender por qué la plegaria reclama instintivamente el caer de rodillas. El cambio de posición es el símbolo de un cambio en la voz, en lo que la voz va a articular, en lo articulado mismo. Cuando llego al punto de atisbar ese cambio, las cosas que hasta un segundo antes me habían parecido arbitrarias se llenan de sentido profundo, se simplifican extraordinariamente y al mismo tiempo se ahondan. Ni Marcel ni Art se han dado cuenta ayer de que Johnny no estaba loco cuando se sacó los zapatos en la sala de grabación. Johnny necesitaba en ese instante tocar el suelo con su piel, atarse a la tierra de la que su música era una confirmación y no una fuga. Porque también siento esto en Johnny, y es que no huye de nada, no se droga para huir como la mayoría de los viciosos, no toca el saxo para agazaparse detrás de un foso de música, no se pasa semanas encerrado en las clínicas psiquiátricas para sentirse al abrigo de las presiones que es incapaz de soportar. Hasta su estilo, lo más auténtico en él, ese estilo que merece nombres absurdos sin necesitar de ninguno, prueba que el arte de Johnny no es una sustitución ni una completación. Johnny ha abandonado el lenguaje *hot*[21] más o menos corriente hasta hace diez años, porque ese lenguaje violentamente erótico era demasiado pasivo para él. En su caso el deseo se antepone al placer y lo frustra, porque el deseo le exige avanzar, buscar, negando por adelantado los encuentros fáciles del jazz tradicional. Por eso, creo, a Johnny no le gustan gran cosa los *blues*, donde el masoquismo y las nostalgias... Pero de todo esto ya he hablado en mi libro, mostrando cómo la renuncia a la satisfacción inmediata indujo a Johnny a

---

[21] *Hot:* se usa generalmente para calificar al estilo anterior al *be-bop*, que dominó el jazz de 1935 a 1945.

elaborar un lenguaje que él y otros músicos están llevando hoy a sus últimas posibilidades. Este jazz desecha todo erotismo fácil, todo wagnerianismo por decirlo así, para situarse en un plano aparentemente desasido[22] donde la música queda en absoluta libertad, así como la pintura sustraída a lo representativo queda en libertad para no ser más que pintura. Pero entonces, dueño de una música que no facilita los orgasmos ni las nostalgias, de una música que me gustaría poder llamar metafísica, Johnny parece contar con ella para explorarse, para morder en la realidad que se le escapa todos los días. Veo ahí la alta paradoja de su estilo, su agresiva eficacia. Incapaz de satisfacerse, vale como un acicate continuo, una construcción infinita cuyo placer no está en el remate sino en la reiteración exploradora, en el empleo de facultades que dejan atrás lo prontamente humano sin perder humanidad. Y cuando Johnny se pierde como esta noche en la creación continua de su música, sé muy bien que no está escapando de nada. Ir a un encuentro no puede ser nunca escapar, aunque releguemos cada vez el lugar de la cita; y en cuanto a lo que pueda quedarse atrás, Johnny lo ignora o lo desprecia soberanamente. La marquesa, por ejemplo, cree que Johnny teme la miseria, sin darse cuenta de que lo único que Johnny puede temer es no encontrarse una chuleta al alcance del cuchillo cuando se le da la gana de comerla, o una cama cuando tiene sueño, o cien dólares en la cartera cuando le parece normal ser dueño de cien dólares. Johnny no se mueve en un mundo de abstracciones como nosotros; por eso su música, esa admirable música que he escuchado esta noche, no tiene nada de abstracta. Pero sólo él puede hacer el recuento de lo que ha cosechado mientras

---

[22] *Desasido:* es justamente el distanciamiento frío *(cool)* que caracteriza el estilo parkeriano que le permite la búsqueda metafísica de mundos melódicos difíciles que contrastan con la facilidad suave de sus contemporáneos Coleman Hawkins, Johnny Hodges o Benny Carter. Como afirma Cortázar, es una estética completamente diferente de la del *blues.*

tocaba, y probablemente ya estará en otra cosa, perdiéndose en una nueva conjetura o en una nueva sospecha. Sus conquistas son como un sueño, las olvida al despertar cuando los aplausos lo traen de vuelta, a él que anda tan lejos viviendo su cuarto de hora de minuto y medio.

Sería como vivir sujeto a un pararrayos en plena tormenta y creer que no va a pasar nada. A los cuatro o cinco días me he encontrado con Art Boucaya en el *Dupont* del barrio latino, y le ha faltado tiempo para poner los ojos en blanco y anunciarme las malas noticias. En el primer momento he sentido una especie de satisfacción que no me queda más remedio que calificar de maligna, porque bien sabía yo que la calma no podía durar mucho; pero después he pensado en las consecuencias y mi cariño por Johnny se ha puesto a retorcerme el estómago; entonces me he bebido dos coñacs mientras Art me describía lo ocurrido. En resumen, parece ser que esa tarde Delaunay[23] había preparado una sesión de grabación para presentar un nuevo quinteto con Johnny a la cabeza, Art, Marcel Gavoty y dos chicos muy buenos de París en el piano y la batería. La cosa tenía que empezar a las tres de la tarde y contaban con todo el día y parte de la noche para entrar en calor y grabar unas cuantas cosas. Y qué pasa. Pasa que Johnny empieza por llegar a las cinco, cuando Delaunay estaba que hervía de impaciencia, y después de tirarse en una silla dice que no se siente bien y que ha venido solamente para no estropearles el día a los muchachos, pero que no tiene ninguna gana de tocar.

—Entre Marcel y yo tratamos de convencerlo de que descansara un rato, pero no hacía más que hablar de no sé qué campos con urnas que había encontrado, y dale

---

[23] *Delaunay:* Charles Delaunay, uno de los mejores y más antiguos críticos de jazz franceses. Director del "Hot Club de France" y editor de una nutrida discografía de jazz.

con las urnas durante media hora. Al final empezó a sacar montones de hojas que había juntado en algún parque y guardado en los bolsillos. Resultado, que el piso del estudio parecía el jardín botánico, los empleados andaban de un lado a otro con cara de perros, y a todo esto sin grabar nada; fíjate que el ingeniero llevaba tres horas fumando en su cabina, y eso en París ya es mucho para un ingeniero.

"Al final Marcel convenció a Johnny de que lo mejor era probar, se pusieron a tocar los dos y nosotros los seguíamos de a poco, más bien para sacarnos el cansancio de no hacer nada. Hacía rato que me daba cuenta de que Johnny tenía una especie de contracción en el brazo derecho, y cuando empezó a tocar te aseguro que era terrible de ver. La cara gris, sabes, y de cuando en cuando como un escalofrío; yo no veía el momento de que se fuera al suelo. Y en una de ésas pega un grito, nos mira a todos uno a uno, muy despacio, y nos pregunta qué estamos esperando para empezar con *Amorous*. Ya sabes, ese tema de Alamo. Bueno, Delaunay le hace una seña al técnico, salimos todos lo mejor posible, y Johnny abre las piernas, se planta como en un bote que cabecea, y se larga a tocar de una manera que te juro no había oído jamás. Esto durante tres minutos, hasta que de golpe suelta un soplido capaz de arruinar la misma armonía celestial, y se va a un rincón dejándonos a todos en plena marcha, que acabáramos lo mejor que nos fuera posible.

Pero ahora viene lo peor, y es que cuando acabamos, lo primero que dijo Johnny fue que todo había salido como el diablo, y que esa grabación no contaba para nada. Naturalmente, ni Delaunay ni nosotros le hicimos caso, porque a pesar de los defectos el solo de Johnny valía por mil de los que oyes todos los días. Una cosa distinta, que no te puedo explicar... Ya lo escucharás, te imaginas que ni Delaunay ni los técnicos piensan destruir la grabación. Pero Johnny insistía como un loco, amenazando romper los vidrios de la cabina si no le probaban que el disco había sido anulado. Por fin el ingeniero le mostró cualquier cosa y lo convenció, y entonces Johnny propuso que grabáramos *Streptomicyne,* que salió mucho mejor y a la vez mucho peor, quiero decirte que es un disco impecable y redondo, pero ya no tiene esa cosa increíble que Johnny había soplado en *Amorous.*"

Suspirando, Art ha terminado de beber su cerveza y me ha mirado lúgubremente. Le he preguntado qué ha hecho Johnny después de eso, y me ha dicho que después de hartarlos a todos con sus historias sobre las hojas y los campos llenos de urnas, se ha negado a seguir tocando y ha salido a tropezones del estudio. Marcel le ha quitado el saxo para evitar que vuelva a perderlo o pisotearlo, y entre él y uno de los chicos franceses lo han llevado al hotel.

¿Qué otra cosa puedo hacer sino ir en seguida a verlo? Pero de todos modos lo he dejado para mañana. Y a la mañana siguiente me he encontrado a Johnny en las noticias de policía del *Figaro,* porque durante la noche parece que Johnny ha incendiado la pieza del hotel[24] y ha salido corriendo desnudo por los pasillos. Tanto él como Dédée han resultado ilesos, pero Johnny está en el hospital bajo vigilancia. Le he mostrado la noticia a mi mujer para alentarla en su convalecencia, y he ido en seguida al hospital donde mis credenciales de periodista no me han servido de nada. Lo más que he alcanzado a saber es que Johnny está delirando y que tiene adentro bastante marihuana como para enloquecer a diez personas. La pobre Dédée no ha sido capaz de resistir, de convencerlo de que siguiera sin fumar; todas las mujeres de Johnny acaban siendo sus cómplices, y estoy archiseguro de que la droga se la ha facilitado la marquesa.

En fin, la cuestión es que he ido inmediatamente a casa

---

[24] *Johnny ha incendiado la pieza del hotel:* Este episodio, localizado en el relato en París, tiene una base real: Charlie Parker en 1946 prendió fuego a su habitación del hotel tras la grabación de "Lover man" en los estudios Dial.

de Delaunay para pedirle que me haga escuchar *Amorous* lo antes posible. Vaya a saber si *Amorous* no resulta el testamento del pobre Johnny; y en ese caso, mi deber profesional...

Pero no, todavía no. A los cinco días me ha telefoneado Dédée diciéndome que Johnny está mucho mejor y que quiere verme. He preferido no hacerle reproches, primero porque supongo que voy a perder el tiempo, y segundo porque la voz de la pobre Dédée parece salir de una tetera rajada. He prometido ir en seguida, y le he dicho que tal vez cuando Johnny esté mejor se pueda organizar una gira por las ciudades del interior. He colgado el tubo[25] cuando Dédée empezaba a llorar.

Johnny está sentado en la cama, en una sala donde hay otros dos enfermos que por suerte duermen. Antes de que pueda decirle nada me ha atrapado la cabeza con sus dos manazas, y me ha besado muchas veces en la frente y las mejillas. Está terriblemente demacrado, aunque me ha dicho que le dan mucho de comer y que tiene apetito. Por el momento lo que más le preocupa es saber si los muchachos hablan mal de él, si su crisis ha dañado a alguien, y cosas así. Es casi inútil que le responda, pues sabe muy bien que los conciertos han sido anulados y que eso perjudica a Art, a Marcel y al resto; pero me lo pregunta como si creyera que entre tanto ha ocurrido algo de bueno, algo que componga las cosas. Y al mismo tiempo no me engaña, porque en el fondo de todo eso está su soberana indiferencia; a Johnny le importa un bledo que todo se haya ido al diablo, y lo conozco demasiado como para no darme cuenta.

—Qué quieres que te diga, Johnny. Las cosas podrían haber salido mejor, pero tú tienes el talento de echarlo todo a perder.

—Sí, no lo puedo negar —ha dicho cansadamente Johnny—. Y todo por culpa de las urnas.

---

[25] *Tubo:* arg., teléfono.

Me he acordado de las palabras de Art, me he quedado mirándolo.

—Campos llenos de urnas, Bruno. Montones de urnas invisibles, enterradas en un campo inmenso. Yo andaba por ahí y de cuando en cuando tropezaba con algo. Tú dirás que lo he soñado, eh. Era así, fíjate: de cuando en cuando tropezaba con una urna, hasta darme cuenta de que todo el campo estaba lleno de urnas, que había miles y miles, y que dentro de cada urna estaban las cenizas de un muerto. Entonces me acuerdo que me agaché y me puse a cavar con las uñas hasta que una de las urnas quedó a la vista. Sí, me acuerdo. Me acuerdo que pensé: "Esta va a estar vacía porque es la que me toca a mí." Pero no, estaba llena de un polvo gris como sé muy bien que estaban las otras aunque no las había visto. Entonces... entonces fue cuando empezamos a grabar *Amorous,* me parece.

Discretamente he echado una ojeada al cuadro de temperatura. Bastante normal, quién lo diría. Un médico joven se ha asomado a la puerta, saludándome con una inclinación de cabeza, y ha hecho un gesto de aliento a Johnny, un gesto casi deportivo, muy de buen muchacho. Pero Johnny no le ha contestado, y cuando el médico se ha ido sin pasar de la puerta, he visto que Johnny tenía los puños cerrados.

—Eso es lo que no entenderán nunca —me ha dicho—. Son como un mono con un plumero, como las chicas del conservatorio de Kansas City que creían tocar Chopin, nada menos. Bruno, en Camarillo me habían puesto en una pieza con otros tres, y por la mañana entraba un interno lavadito y rosadito que daba gusto. Parecía hijo del Kleenex y del Tampax, créeme. Una especie de inmenso idiota que se me sentaba al lado y me daba ánimos, a mí que quería morirme, que ya no pensaba en Lan ni en nadie. Y lo peor era que el tipo se ofendía porque no le prestaba atención. Parecía esperar que me sentara en la cama, maravillado de su cara blanca y su pelo bien peinado y sus uñas cuidadas, y que me mejorara como esos que llegan a Lourdes y tiran la muleta y salen a los saltos...

"Bruno, ese tipo y todos los otros tipos de Camarillo estaban convencidos. ¿De qué, quieres saber? No sé, te juro, pero estaban convencidos. De lo que eran, supongo, de lo que valían, de su diploma. No, no es eso. Algunos eran modestos y no se creían infalibles. Pero hasta el más modesto se sentía seguro. Eso era lo que me crispaba, Bruno, *que se sintieran seguros.* Seguros de qué, dime un poco, cuando yo, un pobre diablo con más pestes que el demonio debajo de la piel, tenía bastante conciencia para sentir que todo era como una jalea, que todo temblaba alrededor, que no había más que fijarse un poco, sentirse un poco, callarse un poco, para descubrir los agujeros. En la puerta, en la cama: agujeros. En la mano, en el diario, en el tiempo, en el aire: todo lleno de agujeros, todo esponja, todo como un colador colándose a sí mismo... Pero ellos eran la ciencia americana, ¿comprendes, Bruno? El guardapolvo los protegía de los agujeros; no veían nada, aceptaban lo ya visto por otros, se imaginaban que estaban viendo. Y naturalmente no podían ver los agujeros, y estaban muy seguros de sí mismos, convencidísimos de sus recetas, sus jeringas, su maldito psicoanálisis, sus no fume y sus no beba... Ah, el día en que pude mandarme mudar[26], subirme al tren, mirar por la ventanilla cómo todo se iba para atrás, se hacía pedazos, no sé si has visto cómo el paisaje se va rompiendo cuando lo miras alejarse...

Fumamos Gauloises. A Johnny le han dado permiso para beber un poco de coñac y fumar ocho o diez cigarrillos. Pero se ve que es su cuerpo el que fuma, que él está en otra cosa casi como si se negara a salir del pozo. Me pregunto qué ha visto, qué ha sentido estos últimos días. No quiero excitarlo, pero si se pusiera a hablar por su cuenta... Fumamos, callados, y a veces Johnny estira el brazo y me pasa los dedos por la cara, como para

---

[26] *Mandarse mudar:* irse.

identificarme. Después juega con su reloj pulsera, lo mira con cariño.

— Lo que pasa es que se creen sabios — dice de golpe —. Se creen sabios porque han juntado un montón de libros y se los han comido. Me da risa, porque en realidad son buenos muchachos y viven convencidos de que lo que estudian y lo que hacen son cosas muy difíciles y profundas. En el circo es igual, Bruno, y entre nosotros es igual. La gente se figura que algunas cosas son el colmo de la dificultad, y por eso aplauden a los trapecistas, o a mí. Yo no sé qué se imaginan, que uno se está haciendo pedazos para tocar bien, o que el trapecista se rompe los tendones cada vez que da un salto. En realidad, las cosas verdaderamente difíciles son otras tan distintas, todo lo que la gente cree poder hacer a cada momento. Mirar, por ejemplo, o comprender a un perro o a un gato. Esas son las dificultades, las grandes dificultades. Anoche se me ocurrió mirarme en este espejito, y te aseguro que era tan terriblemente difícil que casi me tiro de la cama. Imagínate que te estás viendo a ti mismo; eso tan sólo basta para quedarse frío durante media hora. Realmente ese tipo no soy yo, en el primer momento he sentido claramente que no era yo. Lo agarré de sorpresa, de refilón, y supe que no era yo. Eso lo sentía, y cuando algo se siente... Pero es como en Palm Beach, sobre una ola te cae la segunda, y después otra... Apenas has sentido ya viene lo otro, vienen las palabras, no son las palabras, son lo que está en las palabras, esa especie de cola de pegar, esa baba. Y la baba viene y te tapa, y te convence de que el del espejo eres tú. Claro, pero cómo no darse cuenta. Pero si soy yo, con mi pelo, esta cicatriz. Y la gente no se da cuenta de que lo único que aceptan es la baba, y por eso les parece tan fácil mirarse al espejo. O cortar un pedazo de pan con un cuchillo. ¿Tú has cortado un pedazo de pan con un cuchillo?

— Me suele ocurrir — he dicho, divertido.

— Y te has quedado tan tranquilo. Yo no puedo, Bruno. Una noche tiré todo tan lejos que el cuchillo casi le saca un ojo al japonés de la mesa de al lado. Era en Los Angeles, se armó un lío tan descomunal... Cuando les expliqué, me llevaron preso. Y eso que me parecía tan sencillo explicarles todo. Esa vez conocí al doctor Christie. Un tipo estupendo, y eso que yo a los médicos...

Ha pasado una mano por el aire, tocándolo por todos lados, dejándolo como marcado por su paso. Sonríe. Tengo la sensación que está solo, completamente solo. Me siento como hueco a su lado. Si a Johnny se le ocurriera pasar su mano a través de mí me cortaría como manteca, como humo. A lo mejor es por eso que a veces me roza la cara con los dedos, cautelosamente.

—Tienes el pan ahí, sobre el mantel —dice Johnny mirando el aire—. Es una cosa sólida, no se puede negar, con un color bellísimo, un perfume. Algo que no soy yo, algo distinto, fuera de mí. Pero si lo toco, si estiro los dedos y lo agarro, entonces hay algo que cambia, ¿no te parece? El pan está fuera de mí, pero lo toco con los dedos, lo siento, siento que eso es el mundo, pero si yo puedo tocarlo y sentirlo, entonces no se puede decir realmente que sea otra cosa, o ¿tú crees que se puede decir?

—Querido, hace miles de años que un montón de barbudos se vienen rompiendo la cabeza para resolver el problema.

—En el pan es de día —murmura Johnny, tapándose la cara—. Y yo me atrevo a tocarlo, a cortarlo en dos, a metérmelo en la boca. No pasa nada, ya sé: eso es lo terrible. ¿Te das cuenta de que es terrible que no pase nada? Cortas el pan, le clavas el cuchillo, y todo sigue como antes. Yo no comprendo, Bruno[27].

Me ha empezado a inquietar la cara de Johnny, su

---

[27] *Yo no comprendo, Bruno:* Las alucinaciones de Johnny, como su música, tienen el poder y la lucidez del poema, intuyen *"calidades ontológicas que no son las del hombre* y a las cuales, descubridor maravillado, el hombre ansía acceder".* Cfr. J. Cortázar en "Para una poética", *Revista general de la Universidad de Puerto Rico,* 1954, página 134.

excitación. Cada vez resulta más difícil hacerlo hablar de jazz, de sus recuerdos, de sus planes, traerlo a la realidad. (A la realidad; apenas lo escribo me da asco. Johnny tiene razón, la realidad no puede ser esto, no es posible que ser crítico de jazz sea la realidad, porque entonces hay alguien que nos está tomando el pelo. Pero al mismo tiempo a Johnny no se le puede seguir así la corriente porque vamos a acabar todos locos.)

Ahora se ha quedado dormido, o por lo menos ha cerrado los ojos y se hace el dormido. Otra vez me doy cuenta de lo difícil que resulta saber qué es lo que está haciendo, qué *es* Johnny. Si duerme, si se hace el dormido, si cree dormir. Uno está mucho más fuera de Johnny que de cualquier otro amigo. Nadie puede ser más vulgar, más común, más atado a las circunstancias de una pobre vida; accesible por todos lados, aparentemente. No es ninguna excepción, aparentemente. Cualquiera puede ser como Johnny, siempre que acepte ser un pobre diablo enfermo y vicioso y sin voluntad y lleno de poesía y de talento. Aparentemente. Yo que me he pasado la vida admirando a los genios, a los Picasso, a los Einstein, a toda la santa lista que cualquiera puede fabricar en un minuto (y Gandhi, y Chaplin, y Stravinsky), estoy dispuesto como cualquiera a admitir que esos fenómenos andan por las nubes, y que con ellos no hay que extrañarse de nada. Son diferentes, no hay vuelta que darle. En cambio la diferencia de Johnny es secreta, irritante por lo misteriosa, porque no tiene ninguna explicación. Johnny no es un genio, no ha descubierto nada, hace jazz como varios miles de negros y de blancos, y aunque lo hace mejor que todos ellos, hay que reconocer que eso depende un poco de los gustos del público, de las modas, del tiempo, en suma. Panassié[28], por

---

[28] *Panassié:* Hugues Panassié. El más importante crítico de jazz francés, impulsor de grabaciones y sesiones, presidente del "Hot Club de France" y autor de numerosos libros sobre jazz.

ejemplo, encuentra que Johnny es francamente malo, y aunque nosotros creemos que el francamente malo es Panassié, de todas maneras hay materia abierta a la polémica. Todo esto prueba que Johnny no es nada del otro mundo, pero apenas lo pienso me pregunto si precisamente no hay en Johnny algo del otro mundo (que él es el primero en desconocer). Probablemente se reiría mucho si se lo dijeran. Yo sé bastante bien lo que piensa, lo que vive de estas cosas. Digo: lo que vive de estas cosas, porque Johnny... Pero no voy a eso, lo que quería explicarme a mí mismo es que la distancia que va de Johnny a nosotros no tiene explicación, no se funda en diferencias explicables. Y me parece que él es el primero en pagar las consecuencias de eso, que lo afecta tanto como a nosotros. Dan ganas de decir en seguida que Johnny es como un ángel entre los hombres, hasta que una elemental honradez obliga a tragarse la frase, a darla bonitamente vuelta, y a reconocer que quizá lo que pasa es que Johnny es un hombre entre los ángeles, una realidad entre las irrealidades que somos todos nosotros. Y a lo mejor es por eso que Johnny me toca la cara con los dedos y me hace sentir tan infeliz, tan transparente, tan poca cosa con mi buena salud, mi casa, mi mujer, mi prestigio. Mi prestigio, sobre todo. Sobre todo mi prestigio.

Pero es lo de siempre, he salido del hospital y apenas he calzado en la calle, en la hora, en todo lo que tengo que hacer, la tortilla ha girado blandamente en el aire y se ha dado vuelta. Pobre Johnny, tan fuera de la realidad. (Es así, es así. Me es más fácil creer que es así, ahora que estoy en un café y a dos horas de mi visita al hospital, que todo lo que escribí más arriba forzándome como un condenado a ser por lo menos un poco decente conmigo mismo.)

Por suerte lo del incendio se ha arreglado O.K., pues como cabía suponer la marquesa ha hecho de las suyas para que lo del incendio se arreglara O.K. Dédée y Art

Boucaya han venido a buscarme al diario, y los tres nos hemos ido a *Vix* para escuchar la ya famosa —aunque todavía secreta— grabación de *Amorous*. En el taxi Dédée me ha contado sin muchas ganas cómo la marquesa lo ha sacado a Johnny del lío del incendio, que por lo demás no había pasado de un colchón chamuscado y un susto terrible de todos los argelinos que viven en el hotel de la rue Lagrange. Multa (ya pagada), otro hotel (ya conseguido por Tica), y Johnny está convaleciente en una cama grandísima y muy linda, toma leche a baldes y lee el *Paris Match* y el *New Yorker*, mezclando a veces su famoso (y roñoso) librito de bolsillo con poemas de Dylan Thomas[29] y anotaciones a lápiz por todas partes.

Con estas noticias y un coñac en el café de la esquina, nos hemos instalado en la sala de audiciones para escuchar *Amorous* y *Streptomicyne*. Art ha pedido que apagaran las luces y se ha acostado en el suelo para escuchar mejor. Y entonces ha entrado Johnny y nos ha pasado su música por la cara, ha entrado ahí aunque esté en su hotel y metido en la cama, y nos ha barrido con su música durante un cuarto de hora. Comprendo que le enfurezca la idea de que vayan a publicar *Amorous*, porque cualquiera se da cuenta de las fallas, del soplido perfectamente perceptible que acompaña algunos finales de frase, y sobre todo la salvaje caída final, esa nota sorda y breve que me ha parecido un corazón que se rompe, un cuchillo entrando en un pan (y él hablaba del pan hace unos días). Pero en cambio a Johnny se le escaparía lo que para nosotros es terriblemente hermoso, la ansiedad que busca salida en esa improvisación llena de huidas en todas direcciones, de interrogación, de manoteo desesperado. Johnny no puede comprender (porque lo que para él es fracaso a nosotros nos parece un camino, por lo

---

[29] *Dylan Thomas:* Se sabe que Charlie Parker prefería por encima de todos al poeta persa Omar Khayam. Es un indudable acierto de Cortázar la presencia del poeta galés, cuya personalidad y la de Parker tienen muchas semejanzas.

menos la señal de un camino) que *Amorous* va a quedar como uno de los momentos más grandes del jazz. El artista que hay en él va a ponerse frenético de rabia cada vez que oiga ese remedo de su deseo, de todo lo que quiso decir mientras luchaba, tambaleándose, escapándosele la saliva de la boca junto con la música, más que nunca solo frente a lo que persigue, a lo que se le huye mientras más lo persigue. Es curioso, ha sido necesario escuchar esto, aunque ya todo convergía a esto, a *Amorous,* para que yo me diera cuenta de que Johnny no es una víctima, no es un perseguido como lo cree todo el mundo, como yo mismo lo he dado a entender en mi biografía (por cierto que la edición en inglés acaba de aparecer y se vende como la coca-cola). Ahora sé que no es así, que Johnny persigue en ver de ser perseguido[30], que todo lo que le está ocurriendo en la vida son azares del cazador y no del animal acosado. Nadie puede saber qué es lo que persigue Johnny, pero es así, está ahí, en *Amorous,* en la marihuana, en sus absurdos discursos sobre tanta cosa, en las recaídas, en el librito de Dylan Thomas, en todo lo pobre diablo que es Johnny y que lo agranda y lo convierte en un absurdo viviente, en un cazador sin brazos y sin piernas, en una liebre que corre tras de un tigre que duerme. Y me veo precisado a decir que en el fondo *Amorous* me ha dado ganas de vomitar, como si eso pudiera librarme de él, de todo lo que en él corre contra mí y contra todos, esa masa negra informe sin manos y sin pies, ese chimpancé enloquecido que me pasa los dedos por la cara y me sonríe enternecido.

Art y Dédée no ven (me parece que no quieren ver)

---

[30] *Persigue en vez de ser perseguido:* Clave del título del cuento. Johnny —el creador— es el perseguidor de esa suprarrealidad que ilumina su propia identidad y que al mismo tiempo aturde con su chispazo genial a los que están inmersos en la realidad cotidiana. Johnny prefigura ya a otro perseguidor, el Horacio Oliveira de *Rayuela.* En el fondo de estos personajes se encuentra el propio Cortázar y su búsqueda ontológica.

más que la belleza formal de *Amorous*. Incluso a Dédée le gusta más *Streptomicyne,* donde Johnny improvisa con su soltura corriente, lo que el público entiende por perfección y a mí me parece que en Johnny es más bien distracción, dejar correr la música, estar en otro lado. Ya en la calle le he preguntado a Dédée cuáles son sus planes, y me ha dicho que apenas Johnny pueda salir del hotel (la policía se lo impide por el momento) una nueva marca de discos le hará grabar todo lo que él quiera y le pagará muy bien. Art sostiene que Johnny está lleno de ideas estupendas, y que él y Marcel Gavoty van a "trabajar" las novedades junto con Johnny, aunque después de las últimas semanas se ve que Art no las tiene todas consigo, y yo sé por mi parte que anda en conversaciones con un agente para volverse a Nueva York lo antes posible. Cosa que comprendo de sobra, pobre muchacho.

—Tica se está portando muy bien —ha dicho rencorosamente Dédée—. Claro, para ella es tan fácil. Siempre llega a último momento, y no tiene más que abrir el bolso y arreglarlo todo. Yo, en cambio...

Art y yo nos hemos mirado. ¿Qué le podríamos decir? Las mujeres se pasan la vida dando vueltas alrededor de Johnny y de los que son como Johnny. No es extraño, no es necesario ser mujer para sentirse atraído por Johnny. Lo difícil es girar en torno a él sin perder la distancia, como un buen satélite, un buen crítico. Art no estaba entonces en Baltimore, pero me acuerdo de los tiempos en que conocí a Johnny, cuando vivía con Lan y los niños. Daba lástima ver a Lan. Pero después de tratar un tiempo a Johnny, de aceptar poco a poco el imperio de su música, de sus terrores diurnos, de sus explicaciones inconcebibles sobre cosas que jamás habían ocurrido, de sus repentinos accesos de ternura, entonces uno comprendía por qué Lan tenía esa cara y cómo era imposible que tuviese otra cara y viviera a la vez con Johnny. Tica es otra cosa, se le escapa por la vía de la promiscuidad, de la gran vida, y además tiene al dólar sujeto por la cola y eso es más eficaz que una ametralladora, por lo menos es lo que dice Art Boucaya cuando anda resentido con Tica o le duele la cabeza.

—Venga lo antes posible —me ha pedido Dédée—. A él le gusta hablar con usted.

Me hubiera gustado sermonearla por lo del incendio (por la causa del incendio, de la que es seguramente cómplice), pero sería tan inútil como decirle al mismo Johnny que tiene que convertirse en un ciudadano útil. Por el momento todo va bien, y es curioso (es inquietante) que apenas las cosas andan bien por el lado de Johnny yo me siento inmensamente contento. No soy tan inocente como para creer en una simple reacción amistosa. Es más bien como un aplazamiento, un respiro. No necesito buscarle explicaciones cuando lo siento tan claramente como puedo sentir la nariz pegada a la cara. Me da rabia ser el único que siente esto, que lo padece todo el tiempo. Me da rabia que Art Boucaya, Tica o Dédée no se den cuenta de que cada vez que Johnny sufre, va a la cárcel, quiere matarse, incendia un colchón o corre desnudo por los pasillos de un hotel, está pagando algo por ellos, está muriéndose por ellos. Sin saberlo, y no como los que pronuncian grandes discursos en el patíbulo o escriben libros para denunciar los males de la humanidad o tocan el piano con el aire de quien está lavando los pecados del mundo. Sin saberlo, pobre saxofonista, con todo lo que esta palabra tiene de ridículo, de poca cosa, de uno más entre tantos pobres saxofonistas.

Lo malo es que si sigo así voy a acabar escribiendo más sobre mí mismo que sobre Johnny. Empiezo a parecerme a un evangelista y no me hace ninguna gracia. Mientras volvía a casa he pensado con el cinismo necesario para recobrar la confianza, que en mi libro sobre Johnny sólo menciono de paso, discretamente, el lado patológico de su persona. No me ha parecido necesario explicarle a la gente que Johnny cree pasearse por campos llenos de urnas, o que las pinturas se mueven cuando él las mira; fantasmas de la marihuana, al fin y al cabo, que se acaban con la cura de desintoxicación. Pero se diría que Johnny me deja en prenda esos fantasmas, me los pone como otros tantos pañuelos en el bolsillo hasta que llega la hora de recobrarlos. Y creo que soy el único que los aguanta, los convive y los teme; y nadie lo sabe, ni siquiera Johnny. Uno no puede confesarle cosas así a Johnny, como las confesaría a un hombre realmente grande, al maestro ante quien nos humillamos a cambio de un consejo. ¿Qué mundo es éste que me toca cargar como un fardo? ¿Qué clase de evangelista soy?[31] En Johnny no hay la menor grandeza, lo he sabido desde que lo conocí, desde que empecé a admirarlo. Ya hace rato que esto no me sorprende, aunque al principio me resultara desconcertante esa falta de grandeza, quizá porque es una dimensión que uno no está dispuesto a aplicar al primero que llega, y sobre todo a los jazzmen. No sé por qué (no *sé* por qué) creí en un momento que en Johnny había una grandeza que él desmiente de día en día (o que nosotros desmentimos, y en realidad no es lo mismo; porque, seamos honrados, en Johnny hay como el fantasma de otro Johnny que pudo ser, y ese otro Johnny está lleno de grandeza; al fantasma se le nota como la falta de esa dimensión que sin embargo negativamente evoca y contiene).

Esto lo digo porque las tentativas que ha hecho Johnny para cambiar de vida, desde su aborto de suicidio hasta la marihuana, son las que cabía esperar de alguien tan sin grandeza como él. Creo que lo admiro todavía más por eso, porque es realmente el chimpancé que quiere aprender a leer, un pobre tipo que se da con la cara contra las paredes, y no se convence, y vuelve a empezar.

Ah, pero si un día el chimpancé se pone a leer, qué quiebra en masa, qué desparramo, qué sálvese el que pueda, yo el primero. Es terrible que un hombre sin

---

[31] *¿Qué clase de evangelista soy?:* Los párrafos finales ilustran la impotencia del crítico, su amor y odio por el objeto de su estudio, la frontera entre el embebimiento y la distancia ante el ser genial o la obra de belleza inalcanzable.

grandeza alguna se tire de esa manera contra la pared. Nos denuncia a todos con el choque de sus huesos, nos hace trizas con la primera frase de su música. (Los mártires, los héroes, de acuerdo: uno está seguro con ellos. ¡Pero Johnny!)

Secuencias. No sé decirlo mejor, es como una noción de que bruscamente se arman secuencias terribles o idiotas en la vida de un hombre, sin que se sepa qué ley fuera de las leyes clasificadas decide que a cierta llamada telefónica va a seguir inmediatamente la llegada de nuestra hermana que vive en Auvernia, o se va a ir la leche al fuego, o vamos a ver desde el balcón a un chico debajo de un auto. Como en los equipos de fútbol y en las comisiones directivas, parecería que el destino nombra siempre algunos suplentes por si le fallan los titulares. Y así es que esta mañana, cuando todavía me duraba el contento por saberlo mejorado y contento a Johnny Carter, me telefonean de urgencia al diario, y la que telefonea es Tica, y la noticia es que en Chicago acaba de morirse Bee, la hija menor de Lan y de Johnny, y que naturalmente Johnny está como loco y sería bueno que yo fuera a darles una mano a los amigos.

He vuelto a subir una escalera de hotel —y van ya tantas en mi amistad con Johnny— para encontrarme con Tica tomando té, con Dédée mojando una toalla, con Art, Delaunay y Pepe Ramírez que hablan en voz baja de las últimas noticias de Lester Young[32], y con Johnny muy quieto en la cama, una toalla en la frente y un aire perfectamente tranquilo y casi desdeñoso. Inmediatamente me he puesto en el bolsillo la cara de circunstancias, limitándome a apretarle fuerte la mano a Johnny, encender un cigarrillo y esperar.

—Bruno, me duele aquí —ha dicho Johnny al cabo de un rato, tocándose el sitio convencional del corazón—.

---

[32] *Lester Young:* Saxofonista tenor, de gran influencia, que murió un año después que Parker. Trabajó con las orquestas de Count Basie y Teddy Wilson.

Bruno, ella era como una piedrecita blanca en mi mano. Y yo no soy nada más que un pobre caballo amarillo, y nadie, nadie, limpiará las lágrimas de mis ojos.

Todo esto dicho solemnemente, casi recitado, y Tica mirando a Art, y los dos haciéndose señas de indulgencia, aprovechando que Johnny tiene la cara tapada con la toalla mojada y no puede verlos. Personalmente me repugnan las frases baratas, pero todo esto que ha dicho Johnny, aparte de que me parece haberlo leído en algún sitio, me ha sonado como una máscara que se pusiera a hablar, así de hueco, así de inútil. Dédée ha venido con otra toalla y le ha cambiado el apósito, y en el intervalo he podido vislumbrar el rostro de Johnny y lo he visto de un gris ceniciento, con la boca torcida y los ojos apretados hasta arrugarse. Y como siempre con Johnny, las cosas han ocurrido de otra manera que la que uno esperaba, y Pepe Ramírez que no lo conoce gran cosa está todavía bajo los efectos de la sorpresa y yo creo que del escándalo, porque al cabo de un rato Johnny se ha sentado en la cama y se ha puesto a insultar lentamente, mascando cada palabra, y soltándola después como un trompo se ha puesto a insultar a los responsables de la grabación de *Amorous*, sin mirar a nadie pero clavándonos a todos como bichos en un cartón nada más que con la increíble obscenidad de sus palabras, y así ha estado dos minutos insultando a todos los de *Amorous*, empezando por Art y Delaunay, pasando por mí (aunque yo...) y acabando en Dédée, en Cristo omnipotente y en la puta que los parió a todos sin la menor excepción. Y eso ha sido en el fondo, eso y lo de la piedrecita blanca, la oración fúnebre de Bee, muerta en Chicago de neumonía.

Pasarán quince días vacíos; montones de trabajo, artículos periodísticos, visitas aquí y allá: un buen resumen de la vida de un crítico, ese hombre que sólo puede vivir de prestado, de las novedades y las decisiones ajenas. Hablando de lo cual una noche estaremos Tica,

Baby Lennox y yo en el Café de Flore[33], tarareando muy contentos *Out of nowhere* y comentando un solo de piano de Billy Taylor[34] que a los tres nos parece bueno, y sobre todo a Baby Lennox que además se ha vestido a la moda de Saint-Germain-des-Prés y hay que ver cómo le queda. Baby verá aparecer a Johnny con el arrobamiento de sus veinte años, y Johnny la mirará sin verla y seguirá de largo, hasta sentarse solo en otra mesa, completamente borracho o dormido. Sentiré la mano de Tica en la rodilla.

— Lo ves, ha vuelto a fumar anoche. O esta tarde. Esa mujer...

Le he contestado sin ganas que Dédée es tan culpable como cualquier otra, empezando por ella que ha fumado docenas de veces con Johnny y volverá a hacerlo el día que le dé la santa gana. Me vendrá un gran deseo de irme y de estar solo, como siempre que es imposible acercarse a Johnny, estar con él y de su lado. Lo veré hacer dibujos en la mesa con el dedo, quedarse mirando al camarero que le pregunta qué va a beber, y por fin Johnny dibujará en el aire una especie de flecha y la sostendrá con las dos manos como si pesara una barbaridad, y en las otras mesas la gente empezará a divertirse con mucha discreción como corresponde en el Flore. Entonces Tica dirá: "Mierda", se pasará a la mesa de Johnny, y después de dar una orden al camarero se pondrá a hablarle en la oreja a Johnny. Ni qué decir que Baby se apresurará a confiarme sus más caras esperanzas, pero yo le diré vagamente que esa noche hay que dejar tranquilo a Johnny y que las niñas buenas se van temprano a la cama, si es posible en compañía de un crítico de jazz. Baby reirá amablemente, su mano me acariciará el pelo, y después nos quedaremos tranquilos viendo pasar a la

<hr />

[33] *Flore:* Café del Barrio Latino, famoso en la época de la moda existencialista.
[34] *Billy Taylor:* Pianista que trabajó con Gillespie, entre otros, y que permaneció en París una temporada en 1946.

muchacha que se cubre la cara con una capa de albayalde y se pinta de verde los ojos y hasta la boca. Baby dirá que no le parece tan mal, y yo le pediré que me cante bajito uno de esos blues que le están dando fama en Londres y en Estocolmo. Y después volveremos a *Out of nowhere,* que esta noche nos persigue interminablemente como un perro que también fuera de albayalde y de ojos verdes.

Pasarán por ahí dos de los chicos del nuevo quinteto de Johnny, y aprovecharé para preguntarles cómo ha andado la cosa esa noche; me enteraré así de que Johnny apenas ha podido tocar, pero que lo que ha tocado valía por todas las ideas juntas de un John Lewis[35], suponiendo que este último sea capaz de tener alguna idea porque, como ha dicho uno de los chicos, lo único que tiene siempre a mano es las notas para tapar un agujero, que no es lo mismo. Y yo me preguntaré entre tanto hasta dónde va a poder resistir Johnny, y sobre todo el público que cree en Johnny. Los chicos no aceptarán un cerveza, Baby y yo nos quedaremos nuevamente solos, y acabaré por ceder a sus preguntas y explicarle a Baby, que realmente merece su apodo, por qué Johnny está enfermo y acabado, por qué los chicos del quinteto están cada día más hartos, por qué la cosa va a estallar en una de ésas como ya ha estallado en San Francisco, en Baltimore y en Nueva York media docena de veces.

Entrarán otros músicos que tocan en el barrio, y algunos irán a la mesa de Johnny y lo saludarán, pero él los mirará como desde lejos, con una cara horriblemente idiota, los ojos húmedos y mansos, la boca incapaz de contener la saliva que le brilla en los labios. Será divertido observar el doble manejo de Tica y de Baby, Tica apelando a su dominio sobre los hombres para alejarlos de Johnny con una rápida explicación y una sonrisa,

---

[35] *John Lewis:* Pianista, arreglador y compositor, director del "Modern Jazz Quartet". Una de las mayores inteligencias del jazz moderno cuyo sentido de la perfección molesta a Carter/Parker.

Baby soplándome en la oreja su admiración por Johnny y lo bueno que sería llevarlo a un sanatorio para que lo desintoxicaran, y todo ello simplemente porque está en celo y quisiera acostarse con Johnny esta misma noche, cosa por lo demás imposible según puede verse, y que me alegra bastante. Como me ocurre desde que la conozco, pensaré en lo bueno que sería poder acariciar los muslos de Baby y estaré a un paso de proponerle que nos vayamos a tomar un trago a otro lugar más tranquilo (ella no querrá y en el fondo yo tampoco, porque esa otra mesa nos tendrá atados e infelices) hasta que de repente, sin nada que anuncie lo que va a suceder, veremos levantarse lentamente a Johnny, mirarnos y reconocernos, venir hacia nosotros —digamos hacia mí, porque Baby no cuenta— y al llegar a la mesa se doblará un poco con toda naturalidad, como quien va a tomar una papa frita del plato, y lo veremos arrodillarse frente a mí, con toda naturalidad se pondrá de rodillas y me mirará en los ojos, y yo veré que está llorando, y sabré sin palabras que Johnny está llorando por la pequeña Bee.

Mi reacción es tan natural, he querido levantar a Johnny, evitar que hiciera el ridículo, y al final el ridículo lo he hecho yo porque nada hay más lamentable que un hombre esforzándose por mover a otro que está muy bien como está, que se siente perfectamente en la posición que le da la gana, de manera que los parroquianos del Flore, que no se alarman por pequeñas cosas, me han mirado poco amablemente, aun sin saber en su mayoría que ese negro arrodillado es Johnny Carter me han mirado como miraría la gente a alquien que se trepara a un altar y tironeara de Cristo para sacarlo de la cruz. El primero en reprochármelo ha sido Johnny, nada más que llorando silenciosamente ha alzado los ojos y me ha mirado, y entre eso y la censura evidente de los parroquianos no me ha quedado más remedio que volver a sentarme frente a Johnny, sintiéndome peor que él, queriendo estar en cualquier parte menos en esa silla y frente a Johnny de rodillas.

El resto no ha sido tan malo, aunque no sé cuántos siglos han pasado sin que nadie se moviera, sin que las lágrimas dejaran de correr por la cara de Johnny, sin que sus ojos estuvieran continuamente fijos en los míos mientras yo trataba de ofrecerle un cigarrillo, de encender otro para mí, de hacerle un gesto de entendimiento a Baby que estaba, me parece, a punto de salir corriendo o de ponerse a llorar por su parte. Como siempre, ha sido Tica la que ha arreglado el lío sentándose con su gran tranquilidad en nuestra mesa, arrimando una silla del lado de Johnny y poniéndole la mano en el hombro, sin forzarlo, hasta que al final Johnny se ha enderezado un poco y ha pasado de ese horror a la conveniente actitud del amigo sentado, nada más que levantando unos centímetros las rodillas y dejando que entre sus nalgas y el suelo (iba a decir y la cruz, realmente esto es contagioso) se interpusiera la aceptadísima comodidad de una silla. La gente se ha cansado de mirar a Johnny, él de llorar, y nosotros de sentirnos como perros. De golpe me he explicado el cariño que algunos pintores les tienen a las sillas, cualquiera de las sillas del Flore me ha parecido de repente un objeto maravilloso, una flor, un perfume, el perfecto instrumento del orden y la honradez de los hombres en su ciudad.

Johnny ha sacado un pañuelo, ha pedido disculpas sin forzar la cosa, y Tica ha hecho traer un café doble y se lo ha dado a beber. Baby ha estado maravillosa, renunciando de golpe a toda su estupidez cuando se trata de Johnny se ha puesto a tararear *Mamie's blues* sin dar la impresión de que lo hacía a propósito, y Johnny la ha mirado y se ha sonreído, y me parece que Tica y yo hemos pensado al mismo tiempo que la imagen de Bee se perdía poco a poco en el fondo de los ojos de Johnny, y que una vez más Johnny aceptaba volver por un rato a nuestro lado, acompañarnos hasta la próxima fuga. Como siempre, apenas ha pasado el momento en que me siento como un perro, mi superioridad frente a Johnny me ha permitido mostrarme indulgente, charlar de todo

188

un poco sin entrar en zonas demasiado personales (hubiera sido horrible ver deslizarse a Johnny de la silla, volver a...), y por suerte Tica y Baby se han portado como ángeles y la gente del Flore se ha ido renovando a lo largo de una hora, por lo cual los parroquianos de la una de la madrugada no han sospechado siquiera lo que acababa de pasar, aunque en realidad no haya pasado gran cosa si se lo piensa bien. Baby se ha ido la primera (es una chica estudiosa, Baby, a las nueve ya estará ensayando con Fred Callender para grabar por la tarde) y Tica ha tomado su tercer vaso de coñac y nos ha ofrecido llevarnos a casa. Entonces Johnny ha dicho que no, que prefería seguir charlando conmigo, y Tica ha encontrado que estaba muy bien y se ha ido, no sin antes pagar las vueltas de todos como corresponde a una marquesa. Y Johnny y yo nos hemos tomado una copita de chartreuse, dado que entre amigos están permitidas estas debilidades, y hemos empezado a caminar por Saint-Germain-des-Prés porque Johnny ha insistido en que le hará bien caminar y yo no soy de los que dejan caer a los camaradas en esas circunstancias.

Por la rue de l'Abbaye vamos bajando hasta la plaza Furstenberg, que a Johnny le recuerda peligrosamente un teatro de juguete que según parece le regaló su padrino cuando tenía ocho años. Trato de llevármelo hacia la rue Jacob por miedo de que los recuerdos lo devuelvan a Bee, pero se diría que Johnny ha cerrado el capítulo por lo que falta de la noche. Anda tranquilo, sin titubear (otras veces lo he visto tambalearse en la calle, y no por estar borracho; algo en los reflejos que no funciona) y el calor de la noche y el silencio de las calles nos hace bien a los dos. Fumamos Gauloises, nos dejamos ir hacia el río, y frente a una de las cajas de latón de los libreros del Quai de Conti[36] un recuerdo cualquiera o un

---

[36] *Quai de Conti:* Paseo junto al Sena donde instalan los libreros sus libros de viejo.

189

silbido de algún estudiante nos trae a la boca un tema de Vivaldi y los dos nos ponemos a cantarlo con mucho sentimiento y entusiasmo, y Johnny dice que si tuviera su saxo se pasaría la noche tocando Vivaldi, cosa que yo encuentro exagerada.

—En fin, también tocaría un poco de Bach y de Charles Ives —dice Johnny, condescendiente—. No sé por qué a los franceses no les interesa Charles Ives. ¿Conoces sus canciones? La del leopardo, tendrías que conocer la canción del leopardo. *A leopard...*

Y con su flaca voz de tenor se explaya sobre el leopardo, y ni qué decir que muchas de las frases que canta no son en absoluto de Ives, cosa que a Johnny lo tiene sin cuidado mientras esté seguro de que está cantando algo bueno. Al final nos sentamos sobre el pretil, frente a la rue Git-le-Coeur y fumamos otro cigarrillo porque la noche es magnífica y dentro de un rato el tabaco nos obligará a beber cerveza en un café y esto nos gusta por anticipado a Johnny y a mí. Casi no le presto atención cuando menciona por primera vez mi libro, porque en seguida vuelve a hablar de Charles Ives y de cómo se ha divertido en citar muchas veces temas de Ives en sus discos, sin que nadie se diera cuenta (ni el mismo Ives, supongo), pero al rato me pongo a pensar en lo del libro y trato de traerlo al tema.

—Oh, he leído algunas páginas —dice Johnny—. En lo de Tica hablaban mucho de tu libro pero yo no entendía ni el título. Ayer Art me trajo la edición inglesa y entonces me enteré de algunas cosas. Está muy bien tu libro.

Adopto la actitud natural en esos casos, mezclando un aire de displicente modestia con una cierta dosis de interés, como si su opinión fuera a revelarme —a mí, el autor— la verdad sobre mi libro.

—Es como en un espejo —dice Johnny—. Al principio yo creía que leer lo que escriben sobre uno era más o menos como mirarse a uno mismo y no en el espejo.

Admiro mucho a los escritores, es increíble las cosas que dicen. Toda esa parte sobre los orígenes del *bebop*[37]...

—Bueno, no hice más que transcribir literalmente lo que me contaste en Baltimore —digo, defendiéndome sin saber de qué.

—Sí, está todo, pero en realidad es como en un espejo —se emperra Johnny.

—¿Qué más quieres? Los espejos son fieles.

—Faltan cosas, Bruno —dice Johnny—. Tú estás mucho más enterado que yo, pero me parece que faltan cosas.

—Las que te habrás olvidado de decirme —contesto bastante picado. Este mono salvaje es capaz de... (Habrá que hablar con Delaunay, sería lamentable que una declaración imprudente malograra un sano esfuerzo crítico que... *Por ejemplo el vestido rojo de Lan* —está diciendo Johnny. Y en todo caso aprovechar las novedades de esta noche para incorporarlas a una nueva edición; no estaría mal. *Tenía como un olor a perro* —está diciendo Johnny— *y es lo único que vale en ese disco*. Sí, escuchar atentamente y proceder con rapidez, porque en manos de otras gentes estos posibles desmentidos podrían tener consecuencias lamentables. *Y la urna del medio, la más grande, llena de un polvo casi azul* —está diciendo Johnny— *y tan parecida a una polvera que tenía mi hermana*. Mientras no pase de las alucinaciones, lo peor sería que desmintiera las ideas de fondo, el sistema estético que tantos elogios... *Y además el cool*[38] *no es ni por casualidad lo que has escrito* —está diciendo Johnny. Atención.)

---

37 *Be-bop:* No hay acuerdo sobre los orígenes de la palabra, que dio origen al nuevo estilo jazzístico de los años 40. De *re-bop*, evolucionó a *be-bop* o simplemente *bop*. Cada músico tenía una teoría particular sobre su origen. Para Parker la palabra era el sonido de una porra de policía contra la cabeza.

38 *Cool:* Estilo desarrollado a partir del *be-bop* y presente en él, que se opone al *hot*. Se trata de una nueva técnica de entonación fría, sin vibrato, que tras el abandono de la base rítmica dio origen al *cool jazz* de los años 50.

—¿Cómo que no es lo que yo he escrito? Johnny, está bien que las cosas cambien, pero no hace seis meses que tú...

—Hace seis meses —dice Johnny, bajándose del pretil y acodándose para descansar la cabeza entre las manos—. *Six months ago*. Ah, Bruno, lo que yo podría tocar ahora mismo si tuviera a los muchachos... Y a propósito: muy ingenioso lo que has escrito sobre el saxo y el sexo, muy bonito el juego de palabras. *Six months ago. Six, sax, sex*. Positivamente precioso, Bruno. Maldito seas, Bruno.

No me voy a poner a decirle que su edad mental no le permite comprender que ese inocente juego de palabras encubre un sistema de ideas bastante profundo (a Leonard Feather[39] le pareció exactísimo cuando se lo expliqué en Nueva York) y que el paraerotismo del jazz evoluciona desde tiempos del *washboard*[40], etc. Es lo de siempre, de pronto me alegra poder pensar que los críticos son mucho más necesarios de lo que yo mismo estoy dispuesto a reconocer (en privado, en esto que escribo) porque los creadores, desde el inventor de la música hasta Johnny pasando por toda la condenada serie, son incapaces de extraer las consecuencias dialécticas de su obra, postular los fundamentos y la trascendencia de lo que están escribiendo o improvisando. Tendría que recordar esto en los momentos de depresión en que me da lástima no ser nada más que un crítico. *"El nombre de la estrella es Ajenjo"*[41], —está diciendo Johnny,

---

[39] *Leonard Feather:* El más prestigioso crítico mundial de jazz, autor de libros famosos como *The encyclopedia of jazz* y *The Book of Jazz*, difusor y alentador de esta música y colaborador de las revistas más importantes.

[40] *Washboard:* "tabla de lavar" utilizada como instrumento de percusión en las primeras bandas de jazz.

[41] *Ajenjo:* licor obtenido por destilación de una infusión alcohólica de varias plantas, principalmente ajenjo. El ajenjo, en un momento determinado de la cultura occidental, alcanza casi el nivel de símbolo. Beben ajenjo Poe, Baudelaire, Rimbaud y la mayoría de esos creadores o innovadores atormentados que viven inmersos en el mundo de la

y de golpe oigo su otra voz, la voz de cuando está...
¿cómo decir esto, cómo describir a Johnny cuando está
de su lado, ya solo otra vez, ya salido? Inquieto, me bajo
del pretil, lo miro de cerca. Y el nombre de la estrella es
Ajenjo, no hay nada que hacerle.

—El nombre de la estrella es Ajenjo —dice Johnny,
hablando para sus dos manos—. Y sus cuerpos serán
echados en las plazas de la grande ciudad. Hace seis
meses.

Aunque nadie me vea, aunque nadie lo sepa, me
encojo de hombros para las estrellas (el nombre de la
estrella es Ajenjo). Volvemos a lo de siempre: "Esto lo
estoy tocando mañana." El nombre de la estrella es
Ajenjo y sus cuerpos serán echados hace seis meses. En
las plazas de la grande ciudad. Salido, lejos. Y yo con
sangre en el ojo, simplemente porque no ha querido
decirme nada más sobre el libro, y en realidad no he
llegado a saber qué piensa del libro que tantos miles de
fans están leyendo en dos idiomas (muy pronto en tres, y
ya se habla de la edición española, parece que en Buenos
Aires no solamente se tocan tangos).

—Era un vestido precioso —dice Johnny—. No quieras saber cómo le quedaba a Lan, pero va a ser mejor que
te lo explique delante de un whisky, si es que tienes
dinero. Dédée me ha dejado apenas trescientos francos.

Ríe burlonamente, mirando el Sena. Como si él no
supiera procurarse la bebida y la marihuana. Empieza a
explicarme que Dédée es muy buena (y del libro nada) y
que lo hace por bondad, pero por suerte está el compañero Bruno (que ha escrito un libro, pero nada) y lo
mejor será ir a sentarse a un café del barrio árabe, donde
lo dejan a uno tranquilo siempre que se vea que pertenece un poco a la estrella llamada Ajenjo (esto lo pienso

---

bohemia. Aquí, Cortázar consigue una fuerte evocación de este mundo
bohemio, creativo y en que se busca paraísos artificiales, con la
reiteración monótona y vaga de la palabra, unida a "estrella".

yo, estamos entrando por el lado de Saint-Sévérin y son las dos de la mañana, hora en que mi mujer suele despertarse y ensayar todo lo que me va a decir junto con el café con leche). Así pasa con Johnny, así nos bebemos un horrible coñac barato, así doblamos la dosis y nos sentimos tan contentos. Pero del libro nada, solamente la polvera en forma de cisne, la estrella, pedazos de cosas que van pasando por pedazos de frases, por pedazos de miradas, por pedazos de sonrisas, por gotas de saliva sobre la mesa, pegadas a los bordes del vaso (del vaso de Johnny). Sí, hay momentos en que quisiera que ya estuviese muerto. Supongo que muchos en mi caso pensarían lo mismo. Pero cómo resignarse a que Johnny se muera llevándose lo que no quiere decirme esta noche, que desde la muerte siga cazando, siga salido (yo ya no sé cómo escribir todo esto) aunque me valga la paz, la cátedra, esa autoridad que dan las tesis incontrovertidas y los entierros bien capitaneados.

De cuando en cuando Johnny interrumpe un largo tamborileo sobre la mesa, me mira, hace un gesto incomprensible y vuelve a tamborilear. El patrón del café nos conoce desde los tiempos en que veníamos con un guitarrista árabe. Hace rato que Ben Aifa quisiera irse a dormir, somos los únicos en el mugriento café que huele a ají y a pasteles con grasa. También yo me caigo de sueño pero la cólera me sostiene, una rabia sorda y que no va contra Johnny, más bien como cuando se ha hecho el amor toda una tarde y se siente la necesidad de una ducha, de que el agua y el jabón se lleven eso que empieza a volverse rancio, a mostrar demasiado claramente lo que al principio... Y Johnny marca un ritmo obstinado sobre la mesa, y a ratos canturrea, casi sin mirarme. Muy bien puede ocurrir que no vuelva a hacer comentarios sobre el libro. Las cosas se lo van llevando de un lado a otro, mañana será una mujer, otro lío cualquiera, un viaje. Lo más prudente sería quitarle disimuladamente la edición en inglés, y para eso hablar con Dédée y pedirle el favor a cambio de tantos otros. Es absurda esta inquietud, esta casi cólera. No cabía esperar ningún entusiasmo de parte de Johnny; en realidad jamás se me había ocurrido pensar que leería el libro. Sé muy bien que el libro no dice la verdad sobre Johnny (tampoco miente), sino que se limita a la música de Johnny. Por discreción, por bondad, no he querido mostrar al desnudo su incurable esquizofrenia, el sórdido trasfondo de la droga, la promiscuidad de esa vida lamentable. Me he impuesto mostrar las líneas esenciales, poniendo el acento en lo que verdaderamente cuenta, el arte incomparable de Johnny. ¿Qué más podía decir? Pero a lo mejor es precisamente ahí donde está él esperándome, como siempre al acecho esperando algo, agazapado para dar uno de esos saltos absurdos de los que salimos todos lastimados. Y es ahí donde acaso está esperándome para desmentir todas las bases estéticas sobre las cuales he fundado la razón última de su música, la gran teoría del jazz contemporáneo que tantos elogios me ha valido en todas partes.

Honestamente, ¿qué me importa su vida? Lo único que me inquieta es que se deje llevar por esa conducta que no soy capaz de seguir (digamos que no quiero seguir) y acabe desmintiendo las conclusiones de mi libro. Que deje caer por ahí que mis afirmaciones son falsas, que su música es otra cosa.

—Oye, hace un rato dijiste que en el libro faltaban cosas.

(Atención, ahora.)

—¿Que faltan cosas, Bruno? Ah, sí, te dije que faltaban cosas. Mira, no es solamente el vestido rojo de Lan. Están... ¿Serán realmente urnas, Bruno? Anoche volví a verlas, un campo inmenso, pero ya no estaban tan enterradas. Algunas tenían inscripciones y dibujos, se veían gigantes con cascos como en el cine, y en las manos unos garrotes enormes. Es terrible andar entre las urnas y saber que no hay nadie más, que soy el único que anda entre ellas buscando. No te aflijas, Bruno, no importa que se te haya olvidado poner todo eso. Pero, Bruno —y levanta un dedo que no tiembla—, de lo que te has olvidado es de mí.

—Vamos, Johnny.

—De mí, Bruno, de mí. Y no es culpa tuya no haber podido escribir lo que yo tampoco soy capaz de tocar. Cuando dices por ahí que mi verdadera biografía está en mis discos, yo sé que lo crees de verdad y además suena muy bien, pero no es así. Y si yo mismo no he sabido tocar como debía, tocar lo que soy de veras... ya ves que no se te pueden pedir milagros, Bruno. Hace calor aquí adentro, vámonos.

Lo sigo a la calle, erramos unos metros hasta que en una calleja nos interpela un gato blanco y Johnny se queda largo tiempo acariciándolo. Bueno, ya es bastante; en la plaza Saint-Michel encontraré un taxi para llevarlo al hotel e irme a casa. Después de todo no ha sido tan terrible; por un momento temí que Johnny hubiera elaborado una especie de antiteoría del libro, y que la probara conmigo antes de soltarla por ahí a todo trapo. Pobre Johnny acariciando un gato blanco. En el fondo lo único que ha dicho es que nadie sabe nada de nadie, y no es una novedad. Toda biografía da eso por supuesto y sigue adelante, qué diablos. Vamos, Johnny, vamos a casa que es tarde.

—No creas que solamente es eso —dice Johnny, enderezándose de golpe como si supiera lo que estoy pensando—. Está Dios, querido. Ahí sí que no has pegado una.

—Vamos, Johnny, vamos a casa que es tarde.

—Está lo que tú y los que son como mi compañero Bruno llaman Dios. Y has tenido la desvergüenza de mezclarme con esa porquería, has escrito que mi infancia, y mi familia, y no sé qué herencias ancestrales... Un montón de huevos podridos y tú cacareando en el medio, muy contento con tu Dios. No quiero tu Dios, no ha sido nunca el mío.

—Lo único que he dicho es que la música negra...

—No quiero tu Dios —repite Johnny—. ¿Por qué me

lo has hecho aceptar en tu libro? Yo no sé si hay Dios, yo toco mi música, yo hago mi Dios, no necesito de tus inventos, déjaselos a Mahalia Jackson[42] y al Papa, y ahora mismo vas a sacar esa parte de tu libro.

— Si insistes —digo por decir algo—. En la segunda edición.

— Estoy tan solo como este gato, y mucho más solo porque lo sé y él no. Condenado, me está plantando las uñas en la mano. Bruno, el jazz no es solamente música, yo no soy solamente Johnny Carter.

— Justamente es lo que quería decir cuando escribí que a veces tú tocas como...

— Como si me lloviera en el culo —dice Johnny, y es la primera vez en la noche que lo siento enfurecerse—. No se puede decir nada, inmediatamente lo traduces a tu sucio idioma[43]. Si cuando yo toco tú ves a los ángeles, no es culpa mía. Si los otros abren la boca y dicen que he alcanzado la perfección, no es culpa mía. Y esto es lo peor, lo que verdaderamente te has olvidado de decir en tu libro, Bruno, y es que yo no valgo nada, que lo que toco y lo que la gente me aplaude no vale nada, realmente no vale nada.

Rara modestia, en verdad, a esa hora de la noche. Este Johnny...

— ¿Cómo te puedo explicar? —grita Johnny poniéndome las manos en los hombros, sacudiéndome a dere-

---

[42] *Mahalia Jackson:* Conocida cantante americana de espirituales negros y canciones de iglesia.

[43] *Traduces a tu sucio idioma:* Para Saúl Sosnowski (en H. Giacoman, *Homenaje a J. Cortázar,* pág. 433) *"El perseguidor* enfrenta la visión de Johnny Carter —que por ser un hombre instintivo se reduce a intuiciones, a sentimientos ocultos e irreducibles, a formulaciones lógicas— y la de Bruno, que se aferra a su fe en la verdad absoluta de un orden establecido por una perspectiva científico-burguesa... Cuando Bruno ya ha aceptado criterios básicos burgueses —la dignidad de la casa-mujer-oficio—, Johnny sigue en la etapa inicial de la búsqueda de un sentido ontológico que pueda responder al porqué de su circunstancia".

cha y a izquierda. *(La paix!*[44], chillan desde una ventana)—. No es una cuestión de más música o de menos música, es otra cosa... por ejemplo, es la diferencia entre que Bee haya muerto y que esté viva. Lo que yo toco es Bee muerta, sabes, mientras que lo que yo quiero, lo que yo quiero... Y por eso a veces pisoteo el saxo y la gente cree que se me ha ido la mano en la bebida. Claro que en realidad siempre estoy borracho cuando lo hago, porque al fin y al cabo un saxo cuesta muchísimo dinero.

—Vamos por aquí. Te llevaré al hotel en taxi.

—Eres la mar de bueno, Bruno —se burla Johnny—. El compañero Bruno anota en su libreta todo lo que uno le dice, salvo las cosas importantes. Nunca creía que pudieras equivocarte tanto hasta que Art me pasó el libro. Al principio me pareció que hablabas de algún otro, de Ronnie o de Marcel, y después Johnny de aquí y Johnny de allá, es decir que se trataba de mí y yo me preguntaba ¿pero éste soy yo?, y dale conmigo en Baltimore, y el *Birdland*[45], y que mi estilo... Oye —agrega casi fríamente—, no es que no me dé cuenta de que has escrito un libro para el público. Está muy bien y todo lo que dices sobre mi manera de tocar y de sentir el jazz me parece perfectamente O.K. ¿Para qué vamos a seguir discutiendo sobre el libro? Una basura en el Sena, esa paja que flota al lado del muelle, tu libro. Y yo esa otra paja, y tú esa botella que pasa por ahí cabeceando. Bruno, yo me voy a morir sin haber encontrado... sin...

Lo sostengo por debajo de los brazos, lo apoyo en el pretil del muelle. Se está hundiendo en el delirio de siempre, murmura pedazos de palabras, escupe.

—Sin haber encontrado —repite—. Sin haber encontrado...

—¿Qué querías encontrar, hermano? —le digo—. No

---

[44] *La paix:* ¡Basta! La expresión francesa es *ficher la paix,* dejar en paz.

[45] *Birdland:* Club de jazz creado en honor de Charlie Parker a causa de su apodo Bird (ingl. pájaro).

hay que pedir imposibles, lo que tú has encontrado bastaría para...

—Para ti, ya sé —dice rencorosamente Johnny—. Para Art, para Dédée, para Lan... No sabes cómo... Sí, a veces la puerta ha empezado a abrirse... Mira las dos pajas, se han encontrado, están bailando una frente a la otra... Es bonito, eh... Ha empezado a abrirse... El tiempo... yo te he dicho, me parece que eso del tiempo... Bruno, toda mi vida he buscado en mi música que esa puerta se abriera al fin. Una nada, una rajita... Me acuerdo en Nueva York, una noche... Un vestido rojo. Sí, rojo, y le quedaba precioso. Bueno, una noche estábamos con Miles y Hal... llevábamos yo creo que una hora dándole a lo mismo, solos, tan felices... Miles tocó algo tan hermoso que casi me tira de la silla, y entonces me largué, cerré los ojos, volaba. Bruno, te juro que volaba... Me oía como si desde un sitio lejanísimo pero dentro de mí mismo, al lado de mí mismo, alguien estuviera de pie... No exactamente alguien... Mira la botella, es increíble cómo cabecea... No era alguien, uno busca comparaciones... Era la seguridad, el encuentro, como en algunos sueños, ¿no te parece?, cuando todo está resuelto, Lan y las chicas te esperan con un pavo al horno, en el auto no atrapas ninguna luz roja, todo va dulce como una bola de billar. Y lo que había a mi lado era como yo mismo pero sin ocupar ningún sitio, sin estar en Nueva York, y sobre todo sin tiempo, sin que después... sin que hubiera después... Por un rato no hubo más que siempre... Y yo no sabía que era mentira, que eso ocurría porque estaba perdido en la música, y que apenas acabara de tocar, porque al fin y al cabo alguna vez tenía que dejar que el pobre Hal se quitara las ganas en el piano, en ese mismo instante me caería de cabeza en mí mismo...

Llora dulcemente, se frota los ojos con sus manos sucias. Yo ya no sé qué hacer, es tan tarde; del río sube la humedad, nos vamos a resfriar los dos.

—Me parece que he querido nadar sin agua —murmura Johnny—. Me parece que he querido tener el vestido rojo de Lan pero sin Lan. Y Bee está muerta, Bruno. Yo creo que tú tienes razón, que tu libro está muy bien.

—Vamos, Johnny, no pienso ofenderme por lo que le encuentres de malo.

—No es eso, tu libro está bien porque... porque no tiene urnas, Bruno. Es como lo que toca Satchmo[46], tan limpio, tan puro. ¿A ti no te parece que lo que toca Satchmo es como un cumpleaños o una buena acción? Nosotros... Te digo que he querido nadar sin agua. Me pareció... pero hay que ser idiota... me pareció que un día iba a encontrar otra cosa. No estaba satisfecho, pensaba que las cosas buenas, el vestido rojo de Lan, y hasta Bee, eran como trampas para ratones, no sé explicarme de otra manera... Trampas para que uno se conforme, sabes, para que uno diga que todo está bien. Bruno, yo creo que Lan y el jazz, sí, hasta el jazz, eran como anuncios en una revista, cosas bonitas para que me quedara conforme como te quedas tú porque tienes París y tu mujer y tu trabajo... Yo tenía mi saxo... y mi sexo, como dice el libro. Todo lo que hacía falta. Trampas, querido... porque no puede ser que no haya otra cosa, no puede ser que estemos tan cerca, tan del otro lado de la puerta...

—Lo único que cuenta es dar de sí todo lo posible —digo, sintiéndome insuperablemente estúpido.

—Y ganar todos los años el referéndum de *Down Beat*[47], claro —asiente Johnny—. Claro que sí, claro que sí, claro que sí. Claro que sí.

Lo llevo poco a poco hacia la plaza. Por suerte hay un taxi en la esquina.

—Sobre todo no acepto a tu Dios —murmura John-

---

[46] *Sachtmo*: Apodo de Louis Armstrong. Cfr. "Louis enormísimo *cronopio*", crónica de un concierto suyo escrita por Cortázar y publicada en *Buenos Aires literaria* en 1952. Recogida en *La vuelta al día en ochenta mundos*.

[47] *Down Beat*: Revista americana de jazz que publica anualmente la clasificación por votación popular de los mejores instrumentistas del año.

ny −. No me vengas con eso, no lo permito. Y si realmente está del otro lado de la puerta, maldito se me importa. No tiene ningún mérito pasar al otro lado porque él te abra la puerta. Desfondarla a patadas, eso sí. Romperla a puñetazos, eyacular contra la puerta, mear un día entero contra la puerta. Aquella vez en Nueva York yo creo que abrí la puerta con mi música, hasta que tuve que parar y entonces el maldito me la cerró en la cara nada más que porque no le he rezado nunca, porque no le voy a rezar nunca, porque no quiero saber nada con ese portero de librea, ese abridor de puertas a cambio de una propina, ese...

Pobre Johnny, después se queja de que uno no ponga esas cosas en un libro. Las tres de la madrugada, madre mía.

Tica se había vuelto a Nueva York, Johnny se había vuelto a Nueva York (sin Dédée, muy bien instalada ahora en casa de Louis Perron, que promete como trombonista). Baby Lennox se había vuelto a Nueva York. La temporada no era gran cosa en París y yo extrañaba a mis amigos. Mi libro sobre Johnny se vendía muy bien en todas partes, y naturalmente Sammy Pretzal hablaba ya de una posible adaptación en Hollywood, cosa siempre interesante cuando se calcula la relación franco-dólar. Mi mujer seguía furiosa por mi historia con Baby Lennox, nada demasiado grave por lo demás, al fin y al cabo Baby es acentuadamente promiscua y cualquier mujer inteligente debería comprender que esas cosas no comprometen el equilibrio conyugal, aparte de que Baby ya se había vuelto a Nueva York con Johnny, finalmente se había dado el gusto de irse con Johnny en el mismo barco. Ya estaría fumando marihuana con Johnny, perdida como él, pobre muchacha. Y *Amorous* acababa de salir en París, justo cuando la segunda edición de mi libro entraba en prensa y se hablaba de traducirlo al alemán. Yo había pensado mucho en las posibles modificaciones de la segunda edición. Honrado en la medida en que la profesión lo permite, me preguntaba si no hubiera sido necesario mostrar bajo otra luz la personalidad de mi biografiado. Discutimos varias veces con Delaunay y con Hodeir[48], ellos no sabían realmente qué aconsejarme porque encontraban que el libro era estupendo y que a la gente le gustaba así. Me pareció advertir que los dos temían un contagio literario, que yo acabara tiñendo la obra con matices que poco o nada tenían que ver con la música de Johnny, al menos según la entendíamos todos nosotros. Me pareció que la opinión de gentes autorizadas (y mi decisión personal, sería tonto negarlo a esta altura de las cosas) justificaba dejar tal cual la segunda edición. La lectura minuciosa de las revistas especializadas de los Estados Unidos (cuatro reportajes a Johnny, noticias sobre una nueva tentativa de suicidio, esta vez con tintura de yodo, sonda gástrica y tres semanas de hospital, de nuevo tocando en Baltimore como si nada) me tranquilizó bastante, aparte de la pena que me producían estas recaídas lamentables. Johnny no había dicho ni una palabra comprometedora sobre el libro. Ejemplo (en *Stomping Around,* una revista musical de Chicago, entrevista de Teddy Rogers a Johnny): "¿Has leído lo que ha escrito Bruno V... sobre ti en París?" "Sí. Está muy bien." "¿Nada qué decir sobre ese libro?" "Nada, fuera de que está muy bien. Bruno es un gran muchacho." Quedaba por saber lo que pudiera decir Johnny cuando anduviera borracho o drogado, pero por lo menos no había rumores de ningún desmentido de su parte. Decidí no tocar la segunda edición del libro, seguir presentando a Johnny como lo que era en el fondo: un pobre diablo de inteligencia apenas mediocre, dotado como tanto músico, tanto ajedrecista y tanto poeta del don de crear cosas estupendas sin tener la menor conciencia (a lo sumo un orgullo de boxeador que se sabe fuerte) de las dimensiones de su obra. Todo me inducía a

---

[48] *Hodeir:* André Hodeir. Arreglador y crítico francés que fue redactor de "Jazz Hot".

conservar tal cual ese retrato de Johnny; no era cosa de crearse complicaciones con un público que quiere mucho jazz pero nada de análisis musicales o psicológicos, nada que no sea la satisfacción momentánea y bien recortada, las manos que marcan el ritmo, las caras que se aflojan beatíficamente, la música que se pasea por la piel, se incorpora a la sangre y a la respiración, y después basta, nada de razones profundas.

Primero llegaron los telegramas (a Delaunay, a mí, por la tarde ya salían en los diarios con comentarios idiotas); veinte días después tuve carta de Baby Lennox, que no se había olvidado de mí. "En Bellevue lo trataron espléndidamente y yo lo fui a buscar cuando salió. Vivíamos en el departamento de Mike Russolo, que anda en gira por Noruega. Johnny estaba muy bien, y aunque no quería tocar en público aceptó grabar discos con los chicos del Club 28. A ti te lo puedo decir, en realidad estaba muy débil (ya me imagino lo que quería dar a entender Baby con esto, después de nuestra aventura en París) y de noche me daba miedo la forma en que respiraba y se quejaba. Lo único que me consuela —agregaba deliciosamente Baby—, es que murió contento[49] y sin saberlo. Estaba mirando la televisión y de golpe se cayó al suelo. Me dijeron que fue instantáneo." De donde se deducía que Baby no había estado presente, y así era porque luego supimos que Johnny vivía en casa de Tica y que había pasado cinco días con ella, preocupado y abatido, hablando de abandonar el jazz, irse a vivir a México y trabajar en el campo (a todos les da por ahí en algún momento de su vida, es casi aburrido), y que Tica lo vigilaba y hacía lo posible por tranquilizarlo y obligarlo a pensar en el futuro (esto lo dijo luego Tica, como si ella o Johnny hubieran tenido jamás la menor idea del futuro). A mitad de un programa de televisión que le hacía mucha gracia a Johnny empezó a toser, de golpe se dobló

---

[49] *Murió contento:* Cuando estaba sentado frente a la televisión, murió riendo una broma del *show* de los hermanos Dorsey.

bruscamente, etc. No estoy tan seguro de que la muerte fuese instantánea como lo declaró Tica a la policía (tratando de salir del lío descomunal en que la había metido la muerte de Johnny en su departamento, la marihuana que había al alcance de la mano, algunos líos anteriores de la pobre Tica, y los resultados no del todo convincentes de la autopsia. Ya se imagina uno todo lo que un médico podía encontrar en el hígado y en los pulmones de Johnny). "No quieras saber lo que me dolió su muerte, aunque podría contarte otras cosas —agregaba dulcemente esta querida Baby—, pero alguna vez cuando tenga más ánimos te escribiré o te contaré (parece que Rogers quiere contratarme para París y Berlín) todo lo que es necesario que sepas, tú que eras el mejor amigo de Johnny." Y después de una carilla entera dedicada a insultar a Tica, que de creerle no sólo sería causante de la muerte de Johnny sino del ataque a Pearl Harbor y de la Peste Negra, esta pobrecita Baby terminaba: "Antes de que se me olvide, un día en Bellevue preguntó mucho por ti, se le mezclaban las ideas y pensaba que estabas en Nueva York y que no querías ir a verlo, hablaba siempre de unos campos llenos de cosas, y después te llamaba y hasta te decía palabrotas, pobre. Ya sabes lo que es la fiebre. Tica le dijo a Bob Carey que las últimas palabras de Johnny habían sido algo así como: 'Oh, hazme una máscara'[50], pero ya te imaginas que en ese momento..." Vaya si me lo imaginaba. "Se había puesto muy gordo", agregaba Baby al final de su carta, "y jadeaba al caminar". Eran los detalles que cabía esperar de una persona tan delicada como Baby Lennox.

Todo esto coincidió con la aparición de la segunda

---

[50] *Hazme una máscara:* Lejos de la concepción griega del héroe que no pide ayuda en los momentos cruciales de la vida, Johnny es el héroe de nuestro mundo que pide una máscara antes de morir, cuando ya ha abandonado la lucha. En 1954 envió a su esposa Doris un poema que es como su credo: "¡Escucha las palabras, no las doctrinas! ¡Escucha el sermón, no las teorías!... La muerte es algo urgente... Mi fuego es inextinguible."

edición de mi libro, pero por suerte tuve tiempo de incorporar una nota necrológica redactada a toda máquina, y una fotografía del entierro donde se veía a muchos jazzmen famosos. En esa forma la biografía quedó, por decirlo así, completa. Quizá no esté bien que yo diga esto, pero como es natural me sitúo en un plano meramente estético. Ya hablan de una nueva traducción, creo que al sueco o al noruego. Mi mujer está encantada con la noticia.

LAS ARMAS SECRETAS

Curioso que la gente crea que tender una cama es exactamente lo mismo que tender una cama, que dar la mano es siempre lo mismo que dar la mano, que abrir una lata de sardinas es abrir al infinito la misma lata de sardinas. "Pero si todo es excepcional", piensa Pierre alisando torpemente el gastado cobertor azul. "Ayer llovía, hoy hubo sol, ayer estaba triste, hoy va a venir Michèle. Lo único invariable es que jamás conseguiré que esta cama tenga un aspecto presentable." No importa, a las mujeres les gusta el desorden de un cuarto de soltero, pueden sonreír (la madre asoma en todos sus dientes) y arreglar las cortinas, cambiar de sitio un florero o una silla, decir sólo a ti se te podía ocurrir poner esa mesa donde no hay luz. Michèle dirá probablemente cosas así, andará tocando y moviendo libros y lámparas, y él la dejará hacer mirándola todo el tiempo, tirado en la cama o hundido en el viejo sofá, mirándola a través del humo de una *Gauloise* y deseándola.

"Las seis, la hora grave", piensa Pierre. La hora dorada en que todo el barrio de Saint-Sulpice empieza a cambiar, a prepararse para la noche. Pronto saldrán las chicas del estudio del notario, el marido de madame Lenotre arrastrará su pierna por las escaleras, se oirán las voces de las hermanas del sexto piso, inseparables a la hora de comprar el pan y el diario. Michèle ya no puede tardar, a menos que se pierda o se vaya demorando por la calle, con su especial aptitud para detenerse en cualquier parte y echar a viajar por los pequeños mundos particulares de las vitrinas[1]. Después le contará: un oso de cuerda, un disco de Couperin, una cadena de bronce con una piedra azul, las obras completas de Stendhal, la moda de verano. Razones tan comprensibles para llegar un poco tarde. Otra Gauloise, entonces, otro trago de coñac. Le dan ganas de escuchar unas canciones de MacOrlan, busca sin mucho esfuerzo entre montones de papeles y cuadernos. Seguro que Roland o Babette se han llevado el disco; bien podrían avisarle cuando se llevan algo suyo. ¿Por qué no llega Michèle? Se sienta al borde de la cama, arrugando el cobertor. Ya está, ahora tendrá que tirar de un lado y de otro, reaparecerá el maldito borde de la almohada. Huele terriblemente a tabaco, Michèle va a fruncir la nariz y a decirle que huele terriblemente a tabaco. Cientos y cientos de Gauloises fumadas en cientos y cientos de días: una tesis, algunas amigas, dos crisis hepáticas, novelas, aburrimiento. ¿Cientos y cientos de Gauloises? Siempre lo sorprende descubrirse inclinado sobre lo nimio, dándole importancia a los detalles. Se acuerda de viejas corbatas que ha tirado a la basura hace diez años, del color de una estampilla[2] del Congo Belga, orgullo de una infancia filatélica. Como si en el fondo de la memoria supiera exactamente cuántos cigarrillos ha fumado en su vida, qué gusto tenía cada uno, en qué momento lo encendió, dónde tiró la colilla. A lo mejor las cifras absurdas que a veces aparecen en sus sueños son asomos de esa implacable contabilidad. "Pero entonces Dios existe", piensa Pierre. El espejo del armario le devuelve su sonrisa, obligándolo como siempre a recomponer el rostro, a echar hacia atrás el mechón de pelo negro que Michèle amenaza cortarle. ¿Por qué no llega Michèle? "Porque no quiere entrar en mi cuarto", piensa Pierre. Pero para poder cortarle un día el mechón de la frente tendrá que entrar en su cuarto y acostarse en su cama. Alto precio paga Dalila, no se llega sin más al pelo

---

[1] *Vidriera,* latinoamericano por escaparate.
[2] *Estampilla,* en el sur de Latinoamérica, sello de correos o fiscal.

de un hombre. Pierre se dice que es un estúpido por haber pensado que Michèle no quiere subir a su cuarto. Lo ha pensado sordamente, como desde lejos. A veces el pensamiento parece tener que abrirse camino por incontables barreras, hasta proponerse y ser escuchado. Es idiota haber pensado que Michèle no quiere subir a su cuarto. Si no viene es porque está absorta delante de la vitrina de una ferretería o una tienda, encantada con la visión de una pequeña foca de porcelana o una litografía de Zao-Wu-Ki. Le parece verla, y a la vez se da cuenta de que está imaginando una escopeta de doble caño[3], justamente cuando traga el humo del cigarrillo y se siente como perdonado de su tontería. Una escopeta de doble caño no tiene nada de raro, pero qué puede hacer a esa hora y en su pieza la idea de una escopeta de doble caño, y esa sensación como de extrañamiento. No le gusta esa hora en que todo vira al lila, al gris. Estira indolentemente el brazo para encender la lámpara de la mesa. ¿Por qué no llega Michèle? Ya no vendrá, es inútil seguir esperando. Habrá que pensar que realmente no quiere venir a su cuarto. En fin, en fin. Nada de tomarlo a lo trágico; otro coñac, la novela empezada, bajar a comer algo al bistró de León. Las mujeres serán siempre las mismas, en Enghien o en París, jóvenes o maduras. Su teoría de los casos excepcionales empieza a venirse al suelo, la ratita retrocede antes de entrar en la ratonera. ¿Pero qué ratonera? Un día u otro, antes o después... La ha estado esperando desde las cinco, aunque ella debía llegar a las seis; ha alisado especialmente para ella el cobertor azul, se ha trepado como un idiota a una silla, plumero en mano, para desprender una insignificante tela de araña que no hacía mal a nadie. Y sería tan natural que en ese mismo momento ella bajara del autobús en Saint-Sulpice y se acercara a su casa, deteniéndose ante las vitrinas o mirando las palomas de la plaza. No hay ninguna razón para que no quiera subir a

---

[3] *Caño,* cañón.

su cuarto. Claro que tampoco hay ninguna razón para pensar en una escopeta de doble caño, o decidir que en este momento Michaux sería mejor lectura que Graham Greene. La elección instantánea preocupa siempre a Pierre. No puede ser que todo sea gratuito, que un mero azar decida Greene contra Michaux, Michaux contra Enghien, es decir, contra Greene. Incluso confundir una localidad como Enghien con un escritor como Greene... "No puede ser que todo sea tan absurdo", piensa Pierre tirando el cigarrillo. "Y si no viene es porque le ha pasado algo; no tiene nada que ver con nosotros dos."

Baja a la calle, espera un rato en la puerta. Ve encenderse las luces en la plaza. En lo de León no hay casi nadie cuando se sienta en una mesa de la calle y pide una cerveza. Desde donde está puede ver la entrada de su casa, de modo que si todavía... León habla de la Vuelta de Francia[4], llegan Nicole y su amiga, la florista de la voz ronca. La cerveza está helada, será cosa de pedir unas salchichas. En la entrada de su casa el chico de la portera juega a saltar sobre un pie. Cuando se cansa se pone a saltar sobre el otro, sin moverse de la puerta.

— Qué tontería — dice Michèle —. ¿Por qué no iba a querer ir a tu casa, si habíamos quedado en eso?

Edmond trae el café de las once de la mañana. No hay casi nadie a esa hora, y Edmond se demora al lado de la mesa para comentar la Vuelta de Francia. Después Michèle explica lo presumible, lo que Pierre hubiera debido pensar. Los frecuentes desvanecimientos de su madre, papá que se asusta y telefonea a la oficina, saltar a un taxi para que luego no sea nada, un mareo insignificante. Todo eso no ocurre por primera vez, pero hace falta ser Pierre para...

— Me alegro de que ya esté bien — dice tontamente Pierre.

Pone una mano sobre la mano de Michèle. Michèle

---

[4] Se refiere a la vuelta ciclista a Francia, acontecimiento deportivo muy popular en este país.

pone su otra mano sobre la de Pierre. Pierre pone su otra mano sobre la de Michèle. Michèle saca la mano de abajo y la pone encima. Pierre saca la mano de abajo y la pone encima. Michèle saca la mano de abajo y apoya la palma contra la nariz de Pierre.

— Fría como la de un perrito.

Pierre admite que la temperatura de su nariz es un enigma insondable.

— Bobo —dice Michèle, resumiendo la situación.

Pierre la besa en la frente, sobre el pelo. Como ella agacha la cabeza, le toma el mentón y la obliga a que lo mire antes de besarla en la boca. La besa una, dos veces. Huele a algo fresco, a la sombra bajo los árboles. *Im wunderschonen Monat Mai*[5], oye distintamente la melodía. Lo admira vagamente recordar tan bien las palabras, que sólo traducidas tienen pleno sentido para él. Pero le gusta la melodía, las palabras suenan tan bien contra el pelo de Michèle, contra su boca húmeda. *Im wunderschonen Monat Mai, als...*

La mano de Michèle se hinca en su hombro, le clava las uñas.

— Me haces daño —dice Michèle rechazándolo, pasándose los dedos por los labios.

Pierre ve la marca de sus dientes en el borde del labio. Le acaricia la mejilla y la besa otra vez, livianamente. ¿Michèle está enojada? No, no está. ¿Cuándo, cuándo, cuándo van a encontrarse a solas? Le cuesta comprender, las explicaciones de Michèle parecen referirse a otra cosa. Obstinado en la idea de verla llegar algún día a su casa, de que va a subir los cinco pisos y entrar en su cuarto, no entiende que todo se ha despejado de golpe, que los padres de Michèle se van por quince días a la granja. Que se vayan, mejor así, porque entonces Michèle... De golpe se da cuenta, se queda mirándola. Michèle ríe.

— ¿Vas a estar sola en tu casa estos quince días?

---

[5] *Im wunderschonen Monat Mai*, al. "En el maravilloso mes de mayo."

—Qué bobo eres —dice Michèle. Alarga un dedo y dibuja invisibles estrellas, rombos, suaves espirales. Por supuesto su madre cuenta con que la fiel Babette la acompañará esas dos semanas, ha habido tantos robos y asaltos en los suburbios. Pero Babette se quedará en París todo lo que ellos quieran.

Pierre no conoce el pabellón aunque lo ha imaginado tantas veces que es como si ya estuviera en él, entra con Michèle en un saloncito agobiado de muebles vetustos, sube una escalera después de rozar con los dedos la bola de vidrio donde nace el pasamanos. No sabe por qué la casa le desagrada, tiene ganas de salir al jardín aunque cuesta creer que un pabellón tan pequeño pueda tener un jardín. Se desprende con esfuerzo de la imagen, descubre que es feliz, que está en el café con Michèle, que la casa será distinta de eso que imagina y que lo ahoga un poco con sus muebles y sus alfombras desvaídas. "Tengo que pedirle la motocicleta a Xavier", piensa Pierre. Vendrá a esperar a Michèle y en media hora estarán en Clamart, tendrán dos fines de semana para hacer excursiones, habrá que conseguir un termo y comprar nescafé.

—¿Hay una bola de vidrio en la escalera de tu casa?

—No —dice Michèle—, te confundes con...

Calla, como si algo le molestara en la garganta. Hundido en la banqueta, la cabeza apoyada en el alto espejo con que Edmond pretende multiplicar las mesas del café, Pierre admite vagamente que Michèle es como una gata o un retrato anónimo. La conoce desde hace tan poco, quizá también ella lo encuentra difícil de entender. Por lo pronto quererse no es nunca una explicación, como no lo es tener amigos comunes o compartir opiniones políticas. Siempre se empieza por creer que no hay misterio en nadie, es tan fácil acumular noticias: Michèle Duvernois, veinticuatro años, pelo castaño, ojos grises, empleada de escritorio. Y ella también sabe que Pierre Jolivet, veintitrés años, pelo rubio... Pero mañana irá con ella a su casa, en media hora de viaje estarán en Enghien. "Dale con Enghien", piensa Pierre, rechazando el nombre como si fuera una mosca. Tendrán quince días para estar juntos, y en la casa hay un jardín, probablemente tan distinto del que imagina, tendrá que preguntarle a Michèle cómo es el jardín, pero Michèle está llamando a Edmond, son más de las once y media y el gerente fruncirá la nariz si la ve volver tarde.

—Quédate un poco más —dice Pierre—. Ahí vienen Roland y Babette. Es increíble cómo nunca podemos estar solos en este café.

—¿Solos? —dice Michèle—. Pero si venimos para encontrarnos con ellos.

—Ya sé, pero lo mismo.

Michèle se encoge de hombros, y Pierre sabe que lo comprende y que en el fondo también lamenta que los amigos aparezcan tan puntualmente. Babette y Roland traen su aire habitual de plácida felicidad que esta vez lo irrita y lo impacienta. Están del otro lado, protegidos por el rompeolas del tiempo; sus cóleras y sus insatisfacciones pertenecen al mundo, a la política o al arte, nunca a ellos mismos, a su relación más profunda. Salvados por la costumbre, por los gestos mecánicos. Todo alisado, planchado, guardado, numerado. Cerditos contentos, pobres muchachos tan buenos amigos. Está a punto de no estrechar la mano que le tiende Roland, traga saliva, lo mira en los ojos, después le aprieta los dedos como si quisiera rompérselos. Roland ríe y se sienta frente a ellos; trae noticias de un cine club, habrá que ir sin falta el lunes. "Cerditos contentos", mastica Pierre. Es idiota, es injusto. Pero un film de Pudovkin, vamos, ya se podría ir buscando algo nuevo.

—Lo nuevo —se burla Babette—. Lo nuevo. Qué viejo estás., Pierre.

Ninguna razón para no querer darle la mano a Roland.

—Y se había puesto una blusa naranja que le quedaba tan bien —cuenta Michèle.

Roland ofrece Gauloises y pide café. Ninguna razón para no querer darle la mano a Roland.

—Sí, es una chica inteligente —dice Babette.

Roland mira a Pierre y le guiña un ojo. Tranquilo, sin problemas. Absolutamente sin problemas, cerdito tranquilo. A Pierre le da asco esa tranquilidad, que Michèle pueda estar hablando de una blusa naranja, tan lejos de él como siempre. No tiene nada que ver con ellos, ha entrado el último en el grupo, lo toleran apenas.

Mientras habla (ahora es cuestión de unos zapatos) Michèle se pasa un dedo por el borde del labio. Ni siquiera es capaz de besarla bien, le ha hecho daño y Michèle se acuerda. Y todo el mundo le hace daño a él, le guiñan un ojo, le sonríen, lo quieren mucho. Es como un peso en el pecho, una necesidad de irse y estar solo en su cuarto preguntándose por qué no ha venido Michèle, por qué Babette y Roland se han llevado un disco sin avisarle.

Michèle mira el reloj y se sobresalta. Arreglan lo del cine club, Pierre paga el café. Se siente mejor, quisiera charlar un poco más con Roland y Babette, los saluda con afecto. Cerditos buenos, tan amigos de Michèle.

Roland los ve alejarse, salir a la calle bajo el sol. Bebe despacio su café.

— Me pregunto — dice Roland.

— Yo también — dice Babette.

— ¿Por qué no, al fin y al cabo?

— Por qué no, claro. Pero sería la primera vez desde entonces.

— Ya es tiempo de que Michèle haga algo de su vida — dice Roland —. Y si quieres mi opinión, está muy enamorada.

— Los dos están muy enamorados.

Roland se queda pensando.

Se ha citado con Xavier en un café de la plaza Saint-Michel, pero llega demasiado temprano. Pide cerveza y hojea el diario; no se acuerda bien de lo que ha hecho desde que se separó de Michèle en la puerta de la oficina. Los últimos meses son tan confusos como la mañana que aún no ha transcurrido y es ya una mezcla de falsos recuerdos, de equivocaciones. En esa remota vida que lleva, la única certidumbre es haber estado lo más cerca posible de Michèle, esperando y dándose cuenta de que no basta con eso, que todo es vagamente asombroso, que no sabe nada de Michèle, absolutamente nada en realidad (tiene ojos grises, tiene cinco dedos en cada mano, es soltera, se peina como una chiquilla), absolutamente nada en realidad. Entonces si uno no sabe nada de Michèle, basta dejar de verla un momento para que el hueco se vuelva una maraña espesa y amarga; te tiene miedo, te tiene asco, a veces te rechaza en lo más hondo de un beso, no se quiere acostar contigo, tiene horror de algo, esta misma mañana te ha rechazado con violencia (y qué encantadora estaba, y cómo se ha pegado contra ti en el momento de despedirse, y cómo lo ha preparado todo para reunirse contigo mañana e ir juntos a su casa de Enghien) y tú le has dejado la marca de los dientes en la boca, la estabas besando y la has mordido y ella se ha quejado, se ha pasado los dedos por la boca y se ha quejado sin enojo, un poco asombrada solamente, *als alle Knospen sprangen*[6], tú cantabas por dentro Schumann, pedazo de bruto, cantabas mientras la mordías en la boca y ahora te acuerdas, además subías una escalera, sí, la subías, rozabas con la mano la bola de vidrio donde nace el pasamanos, pero después Michèle ha dicho que en su casa no hay ninguna bola de vidrio.

Pierre resbala en la banqueta, busca los cigarrillos. En fin, tampoco Michèle sabe mucho de él, no es nada curiosa aunque tenga esa manera atenta y grave de escuchar las confidencias, esa aptitud para compartir un momento de vida, cualquier cosa, un gato que sale de una puerta cochera, una tormenta en la Cité, una hoja de trébol, un disco de Gerry Mulligan[7]. Atenta, entusiasta y grave a la vez, tan igual para escuchar y para hacerse escuchar. Es así cómo de encuentro en encuentro, de

---

6 *Als alle knospen sprangen:* al. "Cuando todos los capullos brotan."
7 *Gerry Mulligan:* Famoso hombre de jazz. Su instrumento habitual es el saxo barítono.

charla en charla, han derivado a la soledad de la pareja en la multitud, un poco de política, novelas, ir al cine, besarse cada vez más hondamente, permitir que su mano baje por la garganta, roce los senos, repita la interminable pregunta sin respuesta. Llueve, hay que refugiarse en un portal; el sol cae sobre la cabeza, entraremos en esa librería, mañana te presentaré a Babette, es una vieja amiga, te va a gustar. Y después sucederá que el amigo de Babette es un antiguo camarada de Xavier que es el mejor amigo de Pierre, y el círculo se irá cerrando, a veces en casa de Babette y Roland, a veces en el consultorio de Xavier o en los cafés del barrio latino por la noche. Pierre agradecerá, sin explicarse la causa de su gratitud, que Babette y Roland sean tan amigos de Michèle y que den la impresión de protegerla discretamente, sin que Michèle necesite ser protegida. Nadie habla mucho de los demás en ese grupo; prefieren los grandes temas, la política o los procesos, y sobre todo mirarse satisfechos, cambiar cigarrillos, sentarse en los cafés y vivir sintiéndose rodeados de camaradas. Ha tenido suerte de que lo acepten y lo dejen entrar; no son fáciles, conocen los métodos más seguros para desanimar a los advenedizos. "Me gustan", se dice Pierre, bebiendo el resto de la cerveza. Quizá crean que ya es el amante de Michèle, por lo menos Xavier ha de creerlo; no le entraría en la cabeza que Michèle haya podido negarse todo ese tiempo, sin razones precisas, simplemente negarse y seguir encontrándose con él, saliendo juntos, dejándolo hablar o hablando ella. Hasta a la extrañeza es posible acostumbrarse, creer que el misterio se explica por sí mismo y que uno acaba por vivir dentro, aceptando lo inaceptable, despidiéndose en las esquinas o en los cafés cuando todo sería tan simple, una escalera con una bola de vidrio en el nacimiento del pasamanos que lleva al encuentro, al verdadero. Pero Michèle ha dicho que no hay ninguna bola de vidrio.

Alto y flaco, Xavier trae su cara de los días de trabajo. Habla de unos experimentos, de la biología como una incitación al escepticismo. Se mira un dedo, manchado de amarillo. Pierre le pregunta:

—¿Te ocurre pensar de golpe en cosas completamente ajenas a lo que estabas pensando?

—Completamente ajenas es una hipótesis de trabajo y nada más —dice Xavier.

—Me siento bastante raro estos días. Deberías darme alguna cosa, una especie de objetivador.

—¿De objetivador? —dice Xavier—. Eso no existe, viejo.

—Pienso demasiado en mí mismo —dice Pierre—. Es idiota.

—¿Y Michèle, no te objetiva?

—Precisamente, ayer me ocurrió que...

Se oye hablar, ve a Xavier que lo está viendo, ve la imagen de Xavier en un espejo, la nuca de Xavier, se ve a sí mismo hablando para Xavier (pero por qué se me tiene que ocurrir que hay una bola de vidrio en el nacimiento del pasamanos), y de cuando en cuando asiste al movimiento de cabeza de Xavier, el gesto profesional tan ridículo cuando no se está en un consultorio y el médico no tiene puesto el guardapolvo que lo sitúa en otro plano y le confiere otras potestades.

—Enghien —dice Xavier—. No te preocupes por eso, yo confundo siempre Le Mans con Menton. La culpa será de alguna maestra, allá en la lejana infancia.

Im wunderschonen Monat Mai, tararea la memoria de Pierre.

—Si no duermes bien avísame y te daré alguna cosa —dice Xavier—. De todas maneras estos quince días en el paraíso bastarán, estoy seguro. No hay como compartir una almohada, eso aclara completamente las ideas; a veces hasta acaba con ellas, lo cual es una tranquilidad.

Quizá si trabajara más, si se cansara más, si pintara su habitación o hiciera a pie el trayecto hasta la facultad en vez de tomar el autobús. Si tuviera que ganar los setenta mil francos que le mandan sus padres. Apoyado en el pretil del Pont Neuf mira pasar las barcazas y siente el sol de verano en el cuello y los hombros. Un grupo de muchachas ríe y juega, se oye el trote de un caballo; un ciclista pelirrojo silba largamente al cruzarse con las muchachas, que ríen con más fuerza, y es como si las hojas secas se levantaran y le comieran la cara en un solo y horrible mordisco negro.

Pierre se frota los ojos, se endereza lentamente. No han sido palabras, tampoco una visión: algo entre las dos, una imagen descompuesta en tantas palabras como hojas secas en el suelo (que se ha levantado para darle en plena cara). Ve que su mano derecha está temblando contra el pretil. Aprieta el puño, lucha hasta dominar el temblor. Xavier ya andará lejos, sería inútil correr tras él, agregar una nueva anécdota al muestrario insensato. "Hojas secas", dirá Xavier. "Pero no hay hojas secas en el Pont Neuf." Como si él no supiera que no hay hojas secas en el Pont Neuf, que las hojas secas están en Enghien.

Ahora voy a pensar en ti, querida, solamente en ti toda la noche. Voy a pensar solamente en ti, es la única manera de sentirme a mí mismo, tenerte en el centro de mí mismo como un árbol, desprenderme poco a poco del tronco que me sostiene y me guía, flotar a tu alrededor cautelosamente, tanteando el aire con cada hoja (verdes, verdes, yo mismo y tú misma, tronco de savia y hojas verdes: verdes, verdes), sin alejarme de ti, sin dejar que lo otro penetre entre tú y yo, me distraiga de ti, me prive por un solo segundo de saber que esta noche está girando hacia el amanecer y que allá del otro lado, donde vives y estás durmiendo, será otra vez de noche cuando lleguemos juntos y entremos a tu casa, subamos los peldaños del porche, encendamos las luces, acariciemos a tu perro, bebamos café, nos miremos tanto antes de que yo te abrace (tenerte en el centro de mí mismo como un árbol) y te lleve hasta la escalera (pero no hay ninguna bola de vidrio) y empecemos a subir, subir, la puerta está cerrada, pero tengo la llave en el bolsillo...

Pierre salta de la cama, mete la cabeza bajo la canilla

del lavabo. Pensar solamente en ti, pero cómo puede ocurrir que lo que está pensando sea un deseo oscuro y sordo donde Michèle no es ya Michèle (tenerte en el centro de mí mismo como un árbol), donde no alcanza a sentirla en sus brazos mientras sube la escalera, porque apenas ha pisado un peldaño ha visto la bola de vidrio y está solo, está subiendo solo la escalera y Michèle está arriba, encerrada, está detrás de la puerta sin saber que él tiene otra llave en el bolsillo y que está subiendo.

Se seca la cara, abre de par en par la ventana al fresco de la madrugada. Un borracho monologa amistosamente en la calle, balanceándose como si flotara en un agua pegajosa. Canturrea, va y viene cumpliendo una especie de danza suspendida y ceremoniosa en la grisalla que muerde poco a poco las piedras del pavimento, los portales cerrados. *Als alle Knospen sprangen,* las palabras se dibujan en los labios resecos de Pierre, se pegan al canturreo de abajo que no tiene nada que ver con la melodía, pero tampoco las palabras tienen que ver con nada, vienen como todo el resto, se pegan a la vida por un momento y después hay como una ansiedad rencorosa, huecos volcándose para mostrar jirones que se enganchan en cualquier otra cosa, una escopeta de dos caños, un colchón de hojas secas, el borracho que danza acompasadamente una especie de pavana, con reverencias que se despliegan en harapos y tropezones y vagas palabras masculladas.

La moto ronronea a lo largo de la rue d'Alésia. Pierre siente los dedos de Michèle que aprietan un poco más su cintura cada vez que pasan pegados a un autobús o viran en una esquina. Cuando las luces rojas los detienen, echa atrás la cabeza y espera una caricia, un beso en el pelo.

—Ya no tengo miedo —dice Michèle—. Manejas muy bien. Ahora hay que tomar a la derecha.

El pabellón está perdido entre docenas de casas parecidas, en una colina más allá de Clamart. Para Pierre la palabra pabellón suena como un refugio, la seguridad de que todo será tranquilo y aislado, de que habrá un jardín con sillas de mimbre y quizá, por la noche, alguna luciérnaga.

— ¿Hay luciérnagas en tu jardín?

— No creo —dice Michèle—. Qué ideas tan absurdas tienes.

Es difícil hablar en la moto, el tráfico obliga a concentrarse y Pierre está cansado, apenas si ha dormido unas horas por la mañana. Tendrá que acordarse de tomar los comprimidos que le ha dado Xavier, pero naturalmente no se acordará de tomarlos y además no los va a necesitar. Echa atrás la cabeza y gruñe porque Michèle tarda en besarlo, Michèle se ríe y le pasa una mano por el pelo. Luz verde. "Déjate de estupideces", ha dicho Xavier, evidentemente desconcertado. Por supuesto que pasará, dos comprimidos antes de dormir, un trago de agua. ¿Cómo dormirá Michèle?

— Michèle, ¿cómo duermes?

— Muy bien —dice Michèle—. A veces tengo pesadillas, como todo el mundo.

Claro, como todo el mundo, solamente que al despertarse sabe que el sueño ha quedado atrás, sin mezclarse con los ruidos de la calle, las caras de los amigos, eso que se infiltra en las ocupaciones más inocentes (pero Xavier ha dicho que con dos comprimidos todo irá bien), dormirá con la cara hundida en la almohada, las piernas un poco encogidas, respirando levemente, y así va a verla ahora, va a tenerla contra su cuerpo así dormida, oyéndola respirar, indefensa y desnuda cuando él le sujete el pelo con una mano, y luz amarilla, luz roja, stop.

Frena con tanta violencia que Michèle grita y después se queda muy quieta, como si tuviera vergüenza de su grito. Con un pie en el suelo, Pierre gira la cabeza, sonríe a algo que no es Michèle y se queda como perdido en el aire, siempre sonriendo. Sabe que la luz va a pasar al verde, detrás de la moto hay un camión y un auto, luz verde, detrás de la moto hay un camión y un auto, alquien hace sonar la bocina, dos, tres veces.

—¿Qué te pasa? —dice Michèle.

El del auto lo insulta al pasarlo, y Pierre arranca lentamente. Estábamos en que iba a verla tal como es, indefensa y desnuda. Dijimos eso, habíamos llegado exactamente al momento en que la veíamos dormir indefensa y desnuda, es decir que no hay ninguna razón para suponer ni siquiera por un momento que va a ser necesario... Sí, ya he oído, primero a la izquierda y después otra vez a la izquierda. ¿Allá, aquel techo de pizarra? Hay pinos, qué bonito, pero qué bonito es tu pabellón, un jardín con pinos y tus papás que se han ido a la granja, casi no se puede creer, Michèle, una cosa así casi no se puede creer.

Bobby, que los ha recibido con un gran aparato de ladridos, salva las apariencias olfateando minuciosamente los pantalones de Pierre, que empuja la motocicleta hasta el porche. Ya Michèle ha entrado en la casa, abre las persianas, vuelve a recibir a Pierre que mira las paredes y descubre que nada de eso se parece a lo que había imaginado.

—Aquí debería haber tres peldaños —dice Pierre—. Y este salón, pero claro... No me hagas caso, uno se figura siempre otra cosa. Hasta los muebles, cada detalle. ¿A ti te pasa lo mismo?

—A veces sí —dice Michèle—. Pierre, yo tengo hambre. No, Pierre, escucha, sé bueno y ayúdame; habrá que cocinar alguna cosa.

—Querida —dice Pierre.

—Abre esa ventana, que entre el sol. Quédate quieto, Bobby va a creer que...

—Michèle —dice Pierre.

—No, déjame que suba a cambiarme. Quítate el saco si quieres, en ese armario vas a encontrar bebidas, yo no entiendo de eso.

La ve correr, trepar por la escalera, perderse en el rellano. En el armario hay bebidas, ella no entiende de eso. El salón es profundo y oscuro, la mano de Pierre acaricia el nacimiento del pasamanos. Michèle se lo

221

había dicho, pero es como un sordo desencanto, entonces no hay una bola de vidrio.

Michèle vuelve con unos pantalones viejos y una blusa inverosímil.

—Pareces un hongo —dice Pierre con la ternura de todo hombre hacia una mujer que se pone ropas demasiado grandes—. ¿No me muestras la casa?

—Si quieres —dice Michèle—. ¿No encontraste las bebidas? Espera, no sirves para nada.

Llevan los vasos al salón y se sientan en el sofá frente a la ventana entornada. Bobby les hace fiestas, se echa en la alfombra y los mira.

—Te ha aceptado en seguida —dice Michèle, lamiendo el borde del vaso—. ¿Te gusta mi casa?

—No —dice Pierre—. Es sombría, burguesa a morirse, llena de muebles abominables. Pero estás tú, con esos horribles pantalones.

Le acaricia la garganta, la atrae contra él, la besa en la boca. Se besan en la boca, en Pierre se dibuja el calor de la mano de Michèle, se besan en la boca, resbalan un poco, pero Michèle gime y busca desasirse, murmura algo que él no entiende. Piensa confusamente que lo más difícil es taparle la boca, no quiere que se desmaye. La suelta bruscamente, se mira las manos como si no fueran suyas, oyendo la respiración precipitada de Michèle, el sordo gruñido de Bobby en la alfombra.

—Me vas a volver loco —dice Pierre, y el ridículo de la frase es menos penoso que lo que acaba de pasar. Como una orden, un deseo incontenible, taparle la boca pero que no se desmaye. Estira la mano, acaricia desde lejos la mejilla de Michèle, está de acuerdo en todo, en comer algo improvisado, en que tendrá que elegir el vino, en que hace muchísimo calor al lado de la ventana.

Michèle come a su manera, mezclando el queso con las anchoas en aceite, la ensalada y los trozos de cangrejo. Pierre bebe vino blanco, la mira y le sonríe. Si se casara con ella bebería todos los días su vino blanco en esa mesa, y la miraría y sonreiría.

—Es curioso —dice Pierre—. Nunca hemos hablado de los años de guerra.

—Cuanto menos se hable... —dice Michèle, rebañando el plato.

—Ya sé, pero los recuerdos vuelven a veces. Para mí no fue tan malo, al fin y al cabo éramos niños entonces. Como unas vacaciones interminables, un absurdo total y casi divertido.

—Para mí no hubo vacaciones —dice Michèle—. Llovía todo el tiempo.

—¿Llovía?

—Aquí —dice ella, tocándose la frente—. Delante de mis ojos, detrás de mis ojos. Todo estaba húmedo, todo parecía sudado y húmedo.

—¿Vivías en esta casa?

—Al principio, sí. Después, cuando la ocupación, me llevaron a casa de unos tíos en Enghien.

Pierre no ve que el fósforo arde entre sus dedos, abre la boca, sacude la mano y maldice. Michèle sonríe, contenta de poder hablar de otra cosa. Cuando se levanta para traer la fruta, Pierre enciende el cigarrillo y traga el humo como si se estuviera ahogando, pero ya ha pasado, todo tiene una explicación si se la busca, cuántas veces Michèle habrá mencionado a Enghien en las charlas de café, esas frases que parecen insignificantes y olvidables, hasta que después resultan el tema central de un sueño o un fantaseo. Un durazno, sí, pero pelado. Ah, lo lamenta mucho pero las mujeres siempre le han pelado los duraznos y Michèle no tiene por qué ser una excepción.

—Las mujeres. Si te pelaban los duraznos eran unas tontas como yo. Harías mejor en moler el café.

—Entonces viviste en Enghien —dice Pierre, mirando las manos de Michèle con el leve asco que siempre le produce ver pelar una fruta—. ¿Qué hacía tu viejo durante la guerra?

—Oh, no hacía gran cosa. Vivíamos, esperando que todo terminara de una vez.

—¿Los alemanes no los molestaron nunca?

—No —dice Michèle, dando vueltas el durazno entre los dedos húmedos.

—Es la primera vez que me dices que vivieron en Enghien.

—No me gusta hablar de esos tiempos —dice Michèle.

—Pero alguna vez habrás hablado —dice contradictoriamente Pierre—. No sé cómo, pero yo estaba enterado de que viviste en Enghien.

El durazno cae en el plato y los pedazos de piel vuelven a pegarse a la pulpa. Michèle limpia el durazno con un cuchillo y Pierre siente otra vez asco, hace girar el molino de café con todas sus fuerzas. ¿Por qué no le dice nada? Parecería que sufre, aplicada a la limpieza del horrible durazno chorreante. ¿Por qué no habla? Está llena de palabras, no hay más que verle las manos, el parpadeo nervioso que termina en una especie de tic, todo un lado de la cara se alza apenas y vuelve a su sitio, ya otra vez, en un banco del Luxemburgo[8], ha notado ese tic que siempre coincide con una desazón o un silencio.

Michèle prepara el café de espaldas a Pierre, que enciende un cigarrillo con otro. Vuelven al salón llevando las tazas de porcelana con pintas azules. El olor del café les hace bien, se miran como extrañados de esa tregua y de todo lo que la ha precedido; cambian palabras sueltas, mirándose y sonriendo, beben el café distraídos, como se beben los filtros que atan para siempre. Michèle ha entornado las persianas y del jardín entra una luz verdosa y caliente que los envuelve como el humo de los cigarrillos y el coñac que Pierre saborea perdido en un blando abandono. Bobby duerme sobre la alfombra, estremeciéndose y suspirando.

—Sueña todo el tiempo —dice Michèle—. A veces llora y se despierta de golpe, nos mira a todos como si

<hr>

[8] Jardín del Barrio Latino de París.

acabara de pasar por un inmenso dolor. Y es casi un cachorro...

La delicia de estar ahí, de sentirse tan bien en ese instante, de cerrar los ojos, de suspirar como Bobby, de pasarse la mano por el pelo, una, dos veces, sintiendo la mano que anda por el pelo casi como si no fuera suya, la leve cosquilla al llegar a la nuca, el reposo. Cuando abre los ojos ve la cara de Michèle, su boca entreabierta, la expresión como si de golpe se hubiera quedado sin una gota de sangre. La mira sin entender, un vaso de coñac rueda por la alfombra. Pierre está de pie frente al espejo; casi le hace gracia ver que tiene el pelo partido al medio, como los galanes del cine mudo. ¿Por qué tiene que llorar Michèle? No está llorando, pero una cara entre las manos es siempre alguien que llora. Se las aparta bruscamente, la besa en el cuello, busca su boca. Nacen las palabras, las suyas, las de ella, como bestezuelas buscándose, un encuentro que se demora en caricias, un olor a siesta, a casa sola, a escalera esperando con la bola de vidrio, en el nacimiento del pasamanos. Pierre quisiera alzar en vilo a Michèle, subir a la carrera, tiene la llave en el bolsillo, entrará en el dormitorio, se tenderá contra ella, la sentirá estremecerse, empezará torpemente a buscar cintas, botones, pero no hay una bola de vidrio en el nacimiento del pasamanos, todo es lejano y horrible, Michèle ahí a su lado está tan lejos y llorando, su cara llorando entre los dedos mojados, su cuerpo que respira y tiene miedo y lo rechaza.

Arrodillándose, apoya la cabeza en el regazo de Michèle. Pasan horas, pasa un minuto o dos, el tiempo es algo lleno de látigos y baba. Los dedos de Michèle acarician el pelo de Pierre y él le ve otra vez la cara, un asomo de sonrisa, Michèle lo peina con los dedos, lo lastima casi a fuerza de echarle el pelo hacia atrás, y entonces se inclina y lo besa y le sonríe.

— Me diste miedo, por un momento me pareció... Qué tonta soy, pero estabas tan distinto.

— ¿A quién viste?

—A nadie —dice Michèle.

Pierre se agazapa esperando, ahora hay algo como una puerta que oscila y va a abrirse. Michèle respira pesadamente, tiene algo de nadador a la espera del pistoletazo de salida.

—Me asusté porque... No sé, me hiciste pensar en que...

Oscila, la puerta oscila, la nadadora espera el disparo para zambullirse. El tiempo se estira como un pedazo de goma, entonces Pierre tiende los brazos y apresa a Michèle, se alza hasta ella y la besa profundamente, busca sus senos bajo la blusa, la oye gemir y también gime besándola, ven, ven ahora, tratando de alzarla en vilo (hay quince peldaños y una puerta a la derecha), oyendo la queja de Michèle, su protesta inútil, se endereza teniéndola en los brazos, incapaz de esperar más, ahora, en este mismo momento, de nada valdrá que quiera aferrarse a la bola de vidrio, al pasamanos (pero no hay ninguna bola de vidrio en el pasamanos), lo mismo ha de llevarla arriba y entonces como a una perra, todo él es un nudo de músculos, como la perra que es, para que aprenda, oh Michèle, oh mi amor, no llores así, no estés triste, amor mío, no me dejes caer de nuevo en ese pozo negro, cómo he podido pensar eso, no llores, Michèle.

—Déjame —dice Michèle en voz baja, luchando por soltarse. Acaba de rechazarlo, lo mira un instante como si no fuera él y corre fuera del salón, cierra la puerta de la cocina, se oye girar una llave, Bobby ladra en el jardín.

El espejo le muestra a Pierre una cara lisa, inexpresiva, unos brazos que cuelgan como trapos, un faldón de la camisa por fuera del pantalón. Mecánicamente se arregla las ropas, siempre mirándose en su reflejo. Tiene tan apretada la garganta que el coñac le quema la boca, negándose a pasar, hasta que se obliga y sigue bebiendo de la botella, un trago interminable. Bobby ha dejado de ladrar, hay un silencio de siesta, la luz en el pabellón es cada vez más verdosa. Con un cigarrillo entre los labios resecos sale al porche, baja al jardín, pasa al lado de la moto y va hacia los fondos. Huele a zumbido de abejas, a colchón de agujas de pino, y ahora Bobby se ha puesto a ladrar entre los árboles, le ladra a él, de repente se ha puesto a gruñir y a ladrar sin acercarse a él, cada vez más cerca y a él.

La pedrada lo alcanza en mitad del lomo; Bobby aúlla y escapa, desde lejos vuelve a ladrar. Pierre apunta despacio y le acierta en una pata trasera. Bobby se esconde entre los matorrales. "Tengo que encontrar un sitio donde pensar", se dice Pierre. "Ahora mismo tengo que encontrar un sitio y esconderme a pensar." Su espalda resbala en el tronco de un pino, se deja caer poco a poco. Michèle lo está mirando desde la ventana de la cocina. Habrá visto cuando apedreaba al perro, me mira como si no me viera, me está mirando y no llora, no dice nada, está tan sola en la ventana, tengo que acercarme y ser bueno con ella, yo quiero ser bueno, quiero tomarle la mano y besarle los dedos, cada dedo, su piel tan suave.

— ¿A qué estamos jugando, Michèle?

— Espero que no lo hayas lastimado.

— Le tiré una piedra para asustarlo. Parece que me desconoció, igual que tú.

— No digas tonterías.

— Y tú no cierres las puertas con llave.

Michèle lo deja entrar, acepta sin resistencia el brazo que rodea su cintura. El salón está más oscuro, casi no se ve el nacimiento de la escalera.

— Perdóname — dice Pierre —. No puedo explicarte, es tan insensato.

Michèle levanta el vaso caído y tapa la botella de coñac. Hace cada vez más calor, es como si la casa respirara pesadamente por sus bocas. Un pañuelo que huele a musgo limpia el sudor de la frente de Pierre. Oh Michèle, cómo seguir así, sin hablarnos, sin querer entender esto que nos está haciendo pedazos en el momento mismo en que... Sí, querida, me sentaré a tu lado y no seré tonto, te besaré, me perderé en tu pelo, en tu garganta, y comprenderás que no hay razón... sí, comprenderás que cuando quiero tomarte en brazos y llevarte conmigo, subir a tu habitación sin hacerte daño, apoyando tu cabeza en mi hombro...

—No, Pierre, no. Hoy no, querido, por favor.

—Michèle, Michèle...

—Por favor.

—¿Por qué? Dime por qué.

—No sé, perdóname... No te reproches nada, toda la culpa es mía. Pero tenemos tiempo, tanto tiempo...

—No esperemos más, Michèle. Ahora.

—No, Pierre, hoy no.

—Pero me prometiste —dice estúpidamente Pierre—. Vinimos... Después de tanto tiempo, de tanto esperar que me quisieras un poco... No sé lo que digo, todo se ensucia cuando lo digo...

—Si pudieras perdonarme, si yo...

—¿Cómo te puedo perdonar si no hablas, si apenas te conozco? ¿Qué te tengo que perdonar?

Bobby gruñe en el porche. El calor les pega las ropas, les pega el tictac del reloj, el pelo en la frente de Michèle hundida en el sofá mirando a Pierre.

—Yo tampoco te conozco tanto, pero no es eso... Vas a creer que estoy loca.

Bobby gruñe de nuevo.

—Hace años... —dice Michèle, y cierra los ojos—. Vivíamos en Enghien, ya te hablé de eso. Creo que te dije que vivíamos en Enghien. No me mires así.

—No te miro —dice Pierre.

—Sí, me haces daño.

Pero no es cierto, no puede ser que le haga daño por esperar sus palabras, inmóvil esperando que siga, viendo moverse apenas sus labios, y ahora va a ocurrir, va a juntar las manos y suplicar, una flor de delicia que se abre mientras ella implora, debatiéndose y llorando entre sus brazos, una flor húmeda que se abre, el placer de sentirla debatirse en vano... Bobby entra arrastrándose, va a tenderse en un rincón. "No me mires así", ha dicho

Michèle, y Pierre ha respondido: "No te miro", y entonces ella ha dicho que sí, que le hace daño sentirse mirada de ese modo, pero no puede seguir hablando porque ahora Pierre se endereza mirando a Bobby, mirándose en el espejo, se pasa una mano por la cara, respira con un quejido largo, un silbido que no se acaba, y de pronto cae de rodillas contra el sofá y entierra la cara entre los dedos, convulso y jadeante, luchando por arrancarse las imágenes como una tela de araña que se pega en pleno rostro, como hojas secas que se pegan en la cara empapada.

—Oh, Pierre —dice Michèle con un hilo de voz.

El llanto pasa entre los dedos que no pueden retenerlo, llena el aire de una materia torpe, obstinadamente renace y se continúa.

—Pierre, Pierre —dice Michèle—. Por qué, querido, por qué.

Lentamente le acaricia el pelo, le alcanza el pañuelo con su olor a musgo.

—Soy un pobre imbécil, perdóname. Me es... me estabas di...

Se incorpora, se deja caer en el otro extremo del sofá. No advierte que Michèle se ha replegado bruscamente, que otra vez lo mira como antes de escapar. Repite: "Me es... me estabas diciendo", con un esfuerzo, tiene la garganta cerrada, y qué es eso, Bobby gruñe otra vez, Michèle de pie, retrocediendo paso a paso sin volverse, mirándolo y retrocediendo, qué es eso, por qué ahora eso, por qué se va, por qué. El golpe de la puerta lo deja indiferente. Sonríe, ve su sonrisa en el espejo, sonríe otra vez, *als alle Knospen sprangen,* tararea con los labios apretados, hay un silencio, el clic del teléfono que alguien descuelga, el zumbido del dial, una letra, otra letra, la primera cifra, la segunda. Pierre se tambalea, vagamente se dice que debería ir a explicarse con Michèle, pero ya está afuera al lado de la moto. Bobby gruñe en el porche, la casa devuelve con violencia el ruido del arranque, primera, calle arriba, segunda, bajo el sol.

—Era la misma voz, Babette. Y entonces me di cuenta de que...

—Tonterías —contesta Babette—. Si estuviera allá creo que te daría una paliza.

—Pierre se ha ido —dice Michèle.

—Casi es lo mejor que podía hacer.

—Babette, si pudieras venir.

—¿Para qué? Claro que iré, pero es idiota.

—Tartamudeaba, Babette, te juro... No es una alucinación, ya te dije que antes... Fue como si otra vez... Ven pronto, así por teléfono no puedo explicarte... Y ahora acabo de oír la moto, se ha ido y me da una pena tan horrible, cómo puede comprender lo que me pasa, pobrecito, pero él también está como loco, Babette, es tan extraño.

—Te imaginaba curada de todo aquello —dice Babette con una voz demasiado desapegada—. En fin, Pierre no es tonto y comprenderá. Yo creía que estaba enterado desde hace rato.

—Iba a decírselo, quería decírselo y entonces... Babette, te juro que me habló tartamudeando, y antes, antes...

—Ya me dijiste, pero estás exagerando. Roland también se peina a veces como le da la gana y no por eso lo confundes, qué demonios.

—Y ahora se ha ido —repite monótonamente Michèle.

—Ya volverá —dice Babette—. Bueno, prepara algo sabroso para Roland que está cada día más hambriento.

—Me estás difamando —dice Roland desde la puerta—. ¿Qué le pasa a Michèle?

—Vamos —dice Babette—. Vamos en seguida.

El mundo se maneja con un cilindro de caucho que cabe en la mano; girando apenas a la derecha, todos los árboles son un solo árbol tendido a la vera del camino; entonces se hace girar una nada a la izquierda, el gigante verde se deshace en cientos de álamos que corren hacia atrás, las torres de alta tensión avanzan pausadamente, una a una, la marcha es una cadencia feliz en la que ya pueden entrar palabras, jirones de imágenes que no son las de la ruta, el cilindro de caucho gira a la derecha, el sonido sube y sube, una cuerda de sonido se tiende insoportablemente, pero ya no se piensa más, todo es máquina, cuerpo pegado a la máquina y viento en la cara como un olvido, Corbeil, Arpajon, Linas-Montlhéry, otra vez los álamos, la garita del agente de tránsito, la luz cada vez más violeta, un aire fresco que llena la boca entreabierta, más despacio, más despacio, en esa encrucijada tomar a la derecha, París a dieciocho kilómetros, *Cinzano,* París a diecisiete kilómetros. "No me he matado", piensa Pierre entrando lentamente en el camino de la izquierda. "Es increíble que no me haya matado." El cansancio pesa como un pasajero a sus espaldas, algo cada vez más dulce y necesario. "Yo creo que me perdonará", piensa Pierre. "Los dos somos tan absurdos, es necesario que comprenda, que comprenda, que comprenda, nada se sabe de verdad hasta no haberse amado, quiero su pelo entre mis manos, su cuerpo, la quiero, la quiero..." El bosque nace al lado del camino, las hojas secas invaden la carretera, traídas por el viento. Pierre mira las hojas que la moto va tragando y agitando; el cilindro de caucho empieza a girar otra vez a la derecha, más y más. Y de pronto es la bola de vidrio que brilla débilmente en el nacimiento del pasamanos. No hay ninguna necesidad de dejar la moto lejos del pabellón, pero Bobby va a ladrar y por eso uno esconde la moto entre los árboles y llega a pie con las últimas luces, entra en el salón buscando a Michèle que estará ahí, pero Michèle no está sentada en el sofá, hay solamente la botella de coñac y los vasos usados, la puerta que lleva a la cocina ha quedado abierta y por ahí entra una luz rojiza, el sol que se pone en el fondo del jardín, y solamente silencio, de modo que lo mejor es ir hacia la escalera orientándose por la bola de vidrio que brilla, o son los ojos de Bobby tendido en el primer peldaño con el pelo erizado, gruñendo apenas, no es difícil pasar por encima de Bobby, subir lentamente los peldaños para que no crujan y Michèle no se asuste, la puerta entornada, no puede ser que la puerta esté entornada y que él no tenga la llave en el bolsillo, pero si la puerta está entornada ya no hay necesidad de llave, es un placer pasarse las manos por el pelo mientras se avanza hacia la puerta, se entra apoyando ligeramente el pie derecho, empujando apenas la puerta que se abre sin ruido, y Michèle sentada al borde de la cama levanta los ojos y lo mira, se lleva las manos a la boca, parecería que va a gritar (pero por qué no tiene el pelo suelto, por qué no tiene puesto el camisón celeste, ahora está vestida con unos pantalones y parece mayor), y entonces Michèle sonríe, suspira, se endereza tendiéndole los brazos, dice: "Pierre, Pierre", en vez de juntar las manos y suplicar y resistirse dice su nombre y lo está esperando, lo mira y tiembla como de felicidad o de vergüenza, como la perra delatora que es, como si la estuviera viendo a pesar del colchón de hojas secas que otra vez le cubren la cara[9] y que se arranca con las dos manos mientras Michèle retrocede, tropieza con el borde de la cama, mira desesperadamente hacia atrás, grita, grita, todo el placer que sube y lo baña, grita, así, el pelo entre los dedos, así, aunque suplique, así entonces, perra, así.

— Por Dios, pero si es un asunto más que olvidado
— dice Roland, tomando un viraje a toda máquina.
— Eso creía yo. Casi siete años. Y de golpe salta, justamente ahora...

---

[9] En su análisis de este cuento, *Las transformaciones del yo*, Malva Filer dice: "Sin duda, pues, la idea de un yo liberado de la individualidad y, por tanto, ubicuo y susceptible de diversas encarnaciones, ha atraído poderosamente a Cortázar. Pero su intento de darle vida y forma se ve frustrado por una evidente imposibilidad de llevar el concepto no individualista del yo hasta sus últimas consecuencias. Sus personajes se sienten habitados, invadidos, y luchan por reafirmar su identidad. Salen al encuentro de esos 'otros', a cumplir un destino que se les impone inexplicablemente. Pero el encuentro con el 'otro' acaba siempre con la destrucción concreta o simbólica del personaje" (en H. Giacoman, *op. cit.*, pág. 276).

—En eso te equivocas —dice Roland—. Si alguna vez tenía que saltar es ahora, dentro de lo absurdo resulta bastante lógico. Yo mismo... A veces sueño con todo eso, sabes. La forma en que matamos al tipo no es de las que se olvidan. En fin, uno no podía hacer las cosas mejor en esos tiempos —dice Roland, acelerando a fondo.

—Ella no sabe nada —dice Babette—. Solamente que lo mataron poco después. Era justo decirle por lo menos eso.

—Por supuesto. Pero a él no le pareció nada justo. Me acuerdo de su cara cuando lo sacamos del auto en pleno bosque, se dio cuenta inmediatamente de que estaba liquidado. Era valiente, eso sí.

—Ser valiente es siempre más fácil que ser hombre —dice Babette—. Abusar de una criatura que... Cuando pienso en lo que tuve que luchar para que Michèle no se matara. Esas primeras noches... No me extraña que ahora vuelva a sentirse la de antes, es casi natural.

El auto entra a toda velocidad en la calle que lleva al pabellón.

—Sí, era un cochino —dice Roland—. El ario puro, como lo entendían ellos en ese tiempo. Pidió un cigarrillo, naturalmente, la ceremonia completa. También quiso saber por qué íbamos a liquidarlo, y se lo explicamos, vaya si se lo explicamos. Cuando sueño con él es sobre todo en ese momento, su aire de sorpresa desdeñosa, su manera casi elegante de tartamudear. Me acuerdo de cómo cayó, con la cara hecha pedazos entre las hojas secas.

—No sigas, por favor —dice Babette.

—Se lo merecía, aparte de que no teníamos otras armas. Un cartucho de caza bien usado... ¿Es a la izquierda, allá en el fondo?

—Sí, a la izquierda.

—Espero que haya coñac —dice Roland, empezando a frenar.

Colección Letras Hispánicas

TÍTULOS PUBLICADOS

1 *Cuatro obras*, ALFONSO R. CASTELAO.
   Edición de Jesús Alonso Montero (2.ª ed.).
2 *El hombre y su poesía*, MIGUEL HERNÁNDEZ.
   Edición de Juan Cano Ballesta (4.ª ed.).
3 *Verso y prosa*, BLAS DE OTERO.
   Edición del autor (7.ª ed.).
4 *La Celestina*, FERNANDO DE ROJAS.
   Edición de Bruno Mario Damiani (8.ª ed.).
5 *Raquel*, VICENTE GARCÍA DE LA HUERTA.
   Edición de Joseph G. Fucilla (2.ª ed.).
6 *El estudiante de Salamanca*, JOSÉ DE ESPRONCEDA.
   Edición de Benito Varela Jácome (6.ª ed.).
7 *Descubrimiento de Madrid*, RAMÓN GÓMEZ DE LA SERNA.
   Edición de Tomás Borrás (2.ª ed.).
8 *Cárcel de amor*, DIEGO DE SAN PEDRO.
   Edición de Enrique Moreno Báez (2.ª ed.).
9 *El sombrero de tres picos*, PEDRO ANTONIO DE ALARCÓN.
   Edición de Arcadio López-Casanova (8.ª ed.).
10 *Campos de Castilla*, ANTONIO MACHADO.
   Edición de José Luis Cano (7.ª ed.).
11 *El condenado por desconfiado*, TIRSO DE MOLINA.
   Edición de Ciriaco Morón y Rolena Adorno (4.ª ed.).
12 *Los intereses creados*, JACINTO BENAVENTE.
   Edición de Fernando Lázaro Carreter (6.ª ed.).
13 *El pelo de la dehesa*, MANUEL BRETÓN DE LOS HERREROS.
   Edición de José Montero Padilla (2.ª ed.).
14 *Lírica española de hoy*.
   Edición de José Luis Cano (5.ª ed.).
15 *El gran teatro del mundo. El gran mercado del mundo*, PE-
   DRO CALDERÓN DE LA BARCA.
   Edición de Eugenio Frutos (5.ª ed.).
16 *Cantares gallegos*, ROSALÍA DE CASTRO.
   Edición de Ricardo Carballo Calero (5.ª ed.).
17 *Itinerario poético*, GABRIEL CELAYA.
   Edición del autor (4.ª ed.).
18 *Prosa y poesía*, ALFONSO REYES.
   Edición de James Willis Robb (2.ª ed.).
19 *Antolojía poética*, JUAN RAMÓN JIMÉNEZ.
   Edición de Vicente Gaos (7.ª ed.).
20 *El rufián dichoso*, MIGUEL DE CERVANTES.
   Edición de Edward Nagy (2.ª ed.).
21 *El sí de las niñas*, LEANDRO F. DE MORATÍN.
   Edición de José Montero Padilla (7.ª ed.).
22 *Poemas de los pueblos de España*, MIGUEL DE UNAMUNO.
   Edición de Manuel García Blanco (4.ª ed.).

23 *Clemencia*, FERNÁN CABALLERO.
   Edición de Julio Rodríguez Luis.
24 *La Tribuna*, EMILIA PARDO BAZÁN.
   Edición de Benito Varela Jácome (3.ª ed.).
25 *José*, ARMANDO PALACIO VALDÉS.
   Edición de Jorge Campos (2.ª ed.).
26 *Teatro sobre teatro*, JOSÉ RUIBAL.
   Edición del autor (3.ª ed.).
27 *La Comendadora, El clavo y otros cuentos*, PEDRO ANTONIO
   DE ALARCÓN.
   Edición de Laura de los Ríos (2.ª ed.).
28 *Pequeñeces*, LUIS COLOMA.
   Edición de Rubén Benítez (3.ª ed.).
29 *Genio y figura*, JUAN VALERA.
   Edición de Cyrus De-Coster (2.ª ed.).
30 *Antología del grupo poético de 1927*.
   Edición de Vicente Gaos actualizada por Carlos Sahagún
   (7.ª ed.).
31 *Rimas*, GUSTAVO ADOLFO BÉCQUER.
   Edición de José Luis Cano (7.ª ed.).
32 *Obras incompletas*, GLORIA FUERTES.
   Edición de la autora (7.ª ed.).
33 *Don Álvaro o la fuerza del sino*, DUQUE DE RIVAS.
   Edición de Alberto Sánchez (7.ª ed.).
34 *De tal palo tal astilla*, JOSÉ MARÍA DE PEREDA.
   Edición de Joaquín Casalduero (2.ª ed.).
35 *Poema de mio Cid*.
   Edición de Colin Smith (7.ª ed.).
36 *Summa poética*, NICOLÁS GUILLÉN.
   Edición de Luis Íñigo Madrigal (4.ª ed.).
37 *Traidor, inconfeso y mártir*, JOSÉ ZORRILLA.
   Edición de Ricardo Senabre (4. ªed.).
38 *Poesía*, JORGE MANRIQUE.
   Edición de Jesús-Manuel Alda Tesán (6.ª ed.).
39 *La dama duende*, PEDRO CALDERÓN DE LA BARCA.
   Edición de Ángel Valbuena Briones (3.ª ed.).
40 *Cleopatra Pérez*, JOSÉ ORTEGA MUNILLA.
   Edición de Juan Ignacio Ferreras.
41 *Pipá*, LEOPOLDO ALAS «CLARÍN».
   Edición de Antonio Ramos-Gascón (3.ª ed.).
42 *Poesía castellana completa*, GARCILASO DE LA VEGA.
   Edición de Consuelo Burell (6.ª ed.).
43 *La casa de Bernarda Alba*, FEDERICO GARCÍA LORCA.
   Edición de Allen Josephs y Juan Caballero (7.ª ed.).
44 *Lazarillo de Tormes*.
   Edición de Joseph V. Ricapito (9.ª ed.).
45 *La tejedora de sueños. Llegada de los dioses*, ANTONIO BUERO
   VALLEJO.
   Edición de Luis Iglesias-Feijoo (4.ª ed.).

46 *Yerma*, FEDERICO GARCÍA LORCA.
   Edición de Ildefonso-Manuel Gil (5.ª ed.).
47 *Belarmino y Apolonio*, RAMÓN PÉREZ DE AYALA.
   Edición de Andrés Amorós (3.ª ed.).
48 *El vergonzoso en palacio*. TIRSO DE MOLINA.
   Edición de Everett Hesse (3.ª ed.).
49 *La verdad sospechosa*. JUAN RUIZ DE ALARCÓN.
   Edición de Alva V. Ebersole (3.ª ed.).
50 *La dama boba*, LOPE DE VEGA.
   Edición de Diego Marín (5.ª ed.).
51 *Dulce y sabrosa*, JACINTO OCTAVIO PICÓN.
   Edición de Gonzalo Sobejano.
52 *El romancero viejo*.
   Edición de Mercedes Díaz Roig (5.ª ed.).
53 *El Conde Lucanor*, DON JUAN MANUEL.
   Edición de Alfonso I. Sotelo (6.ª ed.).
54 *El caballero encantado*, BENITO PÉREZ GALDÓS.
   Edición de Julio Rodríguez-Puértolas (2.ª ed.).
55 *El túnel*, ERNESTO SÁBATO.
   Edición de Ángel Leiva (5.ª ed.).
56 *Antología lírica*, SALVADOR ESPRIU.
   Edición bilingüe de José Batlló (2.ª ed.).
57 *La vida es sueño*, PEDRO CALDERÓN DE LA BARCA.
   Edición de Ciriaco Morón (7.ª ed.).
58. *El burlador de Sevilla y convidado de piedra*, TIRSO DE
   MOLINA.
   Edición de Joaquín Casalduero (5.ª ed.).
59 *De los nombres de Cristo*, FRAY LUIS DE LEÓN.
   Edición de Cristóbal Cuevas (2.ª ed.).
60 *Lírica española de tipo popular*.
   Edición de Margit Frenk de Alatorre (2.ª ed.).
61 *Espectáculos y diversiones públicas. Informe sobre la Ley
   Agraria*, GASPAR MELCHOR DE JOVELLANOS (2.ª ed.).
   Edición de José Lage.
62 *Cuentos* IGNACIO ALDECOA.
   Edición de Josefina Rodríguez de Aldecoa (6.ª ed.).
63 *Pic-Nic, El triciclo, El laberinto*, FERNANDO ARRABAL.
   Edición de Ángel Berenguer (3.ª ed.).
64 *El lindo don Diego*, AGUSTÍN MORETO.
   Edición de Frank P Casa y Berislav Primorac (3.ª ed.).
65 *Las salvajes en Puente San Gil. Las arrecogías del Beaterio
   Edición de Francisco Ruiz Ramón
   de Santa María Egipciaca*, JOSÉ MARTÍN RECUERDA (2.ª ed.)
66 *Poema del Cante Jondo. Romancero gitano*, FEDERICO GAR-
   CÍA LORCA.
   Edición de Allen Josephs y Juan Caballero (4.ª ed.).
67 *El alcalde de Zalamea*, PEDRO CALDERÓN DE LA BARCA.
   Edición de A. J. Valbuena-Briones (3.ª ed.).
68 *El humo dormido*, GABRIEL MIRÓ.
   Edición de Vicente Ramos (3.ª ed.).

69 *Las armas secretas*, JULIO CORTÁZAR.
   Edición de Susana Jakfalvi (2.ª ed.).
71 *Farsas*, DIEGO SÁNCHEZ DE BADAJOZ.
   Edición de José María Díez Borque.
72 *Las Mocedades del Cid*, GUILLÉN DE CASTRO.
   Edición de Luciano García Lorenzo (2.ª ed.).
73 *Las inquietudes de Shanti Andía*, PÍO BAROJA.
   Edición de Julio Caro Baroja (3.ª ed.).
74 *Metanoia*, CARLOS EDMUNDO DE ORY.
   Edición de Rafael de Cózar.
75 *Poemas paradisíacos*, VICENTE ALEIXANDRE.
   Edición de José Luis Cano (2.ª ed.).
76 *El doncel de don Enrique el Doliente*, MARIANO JOSÉ DE
   LARRA.
   Edición de José Luis Varela.
77 *La Lapa*, ÁNGEL GUERRA.
   Edición de Antonio Cabrera Perera.
78 *Cartas marruecas. Noches lúgubres*, JOSÉ CADALSO.
   Edición de Joaquín Arce (5.ª ed.).
79 *Pizzicato irrisorio y gran pavana de lechuzos*, MIGUEL RO-
   MERO ESTEO.
   Edición del autor.
80 *Del Madrid castizo. Sainetes*, CARLOS ARNICHES.
   Edición de José Montero Padilla (3.ª ed.).
81 *Fiesta al Noroeste*, ANA MARÍA MATUTE.
   Edición de José Mas.
82 *Don Segundo Sombra*, RICARDO GÜIRALDES.
   Edición de Sara M. Parkinson.
83 *La cabeza del cordero*, FRANCISCO AYALA.
   Edición de Rosario Hiriart.
84 *La tregua*, MARIO BENEDETTI.
   Edición de Eduardo Nogareda (2.ª ed.).
85 *Poesía Lírica del Siglo de Oro*.
   Edición de Elias L. Rivers (2.ª ed.).
86-87 *Guzmán de Alfarache*, MATEO ALEMÁN.
   Edición de Benito Brancaforte.
88 *La sangre y la ceniza. Crónicas romanas*, ALFONSO SASTRE.
   Edición de Magda Ruggeri.
89 *Mientras el aire es nuestro*, JORGE GUILLÉN.
   Edición de Philip W. Silver.
90 *Platero y yo*, JUAN RAMÓN JIMÉNEZ.
   Edición de Michael P. Predmore (4.ª ed.).
91 *Antología de sus versos*, JOSÉ MARÍA VALVERDE.
   Edición del autor.
92 *Arcipreste de Talavera o Corbacho*, ALFONSO MARTÍNEZ DE
   TOLEDO.
   Edición de Michael Gerli.
93 *El desván de los machos y el sótano de las hembras. El palacio de los monos*, LUIS RIAZA.
   Edición de Alberto Castilla y del autor.

94 *El Patrañuelo*, Joan Timoneda.
   Edición de José Romera Castillo.
95 *San Manuel Bueno, mártir*, Miguel de Unamuno.
   Edición de Mario J. Valdés (3.ª ed.).
96 *Peribáñez y el Comendador de Ocaña*, Lope de Vega.
   Edición de Juan María Marín (2.ª ed.).
97 *Tres sombreros de copa*, Miguel Mihura.
   Edición de Jorge Rodríguez Padrón (4.ª ed.).
98 *Libro de la Vida*, Santa Teresa de Jesús.
   Edición de Dámaso Chicharro (2.ª ed.).
99 *Martín Fierro*, José Hernández.
   Edición de Luis Sáinz de Medrano (2.ª ed.).
100-101 *Don Quijote de la Mancha*, Miguel de Cervantes.
   Edición de John Jay Allen (2.ª ed.).
102 *Soledades*, Luis de Góngora.
   Edición de John Beverley (2.ª ed.).
103 *Páginas escogidas*, Rubén Darío.
   Edición de Ricardo Gullón.
104 *Bodas que fueron famosas del Pingajo y la Fandanga. Flor de Otoño*, José María Rodríguez Méndez.
   Edición de José Martín Recuerda.
105-106 *Novelas ejemplares*, Miguel de Cervantes.
   Edición de Harry Sieber (2.ª ed.).
107 *Joven poesía española*.
   Edición de Concepción G. Moral y Rosa María Pereda (2.ª ed.).
108 *Greguerías*, Ramón Gómez de la Serna.
   Edición de Rodolfo Cardona.
109 *Un drama nuevo*, Manuel Tamayo y Baus.
   Edición de Alberto Sánchez.
110 *Laberinto de Fortuna*, Juan de Mena.
   Edición de John G. Cummins.
111 *Maldan-behera. Harri eta herri*, Gabriel Aresti.
   Edición bilingüe de Javier Atienza.
112 *Paradiso*, José Lezama Lima.
   Edición de Eloísa Lezama Lima.
113 *El esclavo del demonio*, Antonio Mira de Amescua.
   Edición de James A. Castañeda.
114 *Don Juan Tenorio*, José Zorrilla.
   Edición de Aniano Peña (2.ª ed.).
115 *El abencerraje*.
   Edición de Francisco López Estrada.
116 *Viaje de Turquía*.
   Edición de Fernando García Salinero.
117 *Los complementarios*, Antonio Machado.
   Edición de Manuel Alvar.
118 *Selección de mis versos*, Carlos Bousoño.
   Edición del autor.
119 *Malditas sean Coronada y sus hijas. Delirio del amor hostil*, Francisco Nieva.
   Edición de Antonio González.

120 *Los de abajo*, MARIANO AZUELA.
   Edición de Marta Portal.
121 *Poemas*, ÁNGEL GONZÁLEZ.
   Edición del autor.
123 *Narraciones*, JORGE LUIS BORGES.
   Edición de Marcos Ricardo Barnatán.
124 *El Buscón*, FRANCISCO DE QUEVEDO.
   Edición de Domingo Ynduráin (2.ª ed.).
125 *Teatro crítico universal (Selección)*, BENITO J. FEIJOO.
   Edición de Ángel-Raimundo Fernández González.
126 *Los Amantes de Teruel*, JUAN EUGENIO HARTZENBUSCH.
   Edición de Carmen Iranzo.
127 *Vida*, DIEGO DE TORRES VILLARROEL.
   Edición de Dámaso Chicharro.
128 *Paraíso cerrado*, PEDRO SOTO DE ROJAS.
   Edición de Aurora Egido.
129 *Volvoreta*, WENCESLAO FERNÁNDEZ FLÓREZ.
   Edición de José-Carlos Mainer.
130 *Memorias inmemoriales*, GABRIEL CELAYA.
   Edición de Gustavo Domínguez.
131 *Historia de Gloria*, GLORIA FUERTES.
   Edición de Pablo González Rodas.
132 *Del rey abajo, ninguno*, FRANCISCO ROJAS ZORRILLA.
   Edición de Brigitte Wittmann.
133 *Altazor. Temblor del cielo*, VICENTE HUIDOBRO.
   Edición de René de Costa.
134 *Poesía varia*, FRANCISCO DE QUEVEDO.
   Edición de James O. Crosby.
135 *Aventura poética*, PEDRO SALINAS.
   Edición de David L. Stixrude.
136 *Sobre los ángeles*, RAFAEL ALBERTI.
   Edición de C. B. Morris.
137 *Fuente Ovejuna*, LOPE DE VEGA.
   Edición de Juan María Marín.
140 *Un viaje de invierno*, JUAN BENET.
   Edición de Diego Martínez Torrón.
141 *Artículos*, MARIANO JOSÉ DE LARRA.
   Edición de Enrique Rubio.
143 *El engañao. Caballos desbocaos*, JOSÉ MARTÍN RECUERDA.
   Edición de Martha T. Halsey y Ángel Cobo.
146 *Sonetos y madrigales*, GUTIERRE DE CETINA.
   Edición de Begoña López Bueno.

DE INMINENTE APARICIÓN

Pasos, LOPE DE RUEDA.
   Edición de Fernando González Ollé y Vicente Tusón.
Martín Rivas, ANTONIO BLES DE GANA.
   Edición de Guillermo Araya.
Las lágrimas de Angélica, LUIS BARAHONA DE SOTO.
   Edición de José Lara Garrido.